INK INK INK INK INK INK INK
NK INK INK INK INK INK INK
INK INK INK INK INK INK INK
NK INK INK INK INK INK INK
INK INK INK INK INK INK INK
NK INK INK INK INK INK INK
INK INK INK INK INK INK INK
NK INK INK INK INK INK INK
INK INK INK INK INK INK INK
NK INK INK INK INK INK INK
INK INK INK INK INK INK INK
NK INK INK INK INK INK INK
INK INK INK INK INK INK INK
NK INK INK INK INK INK INK
INK INK INK INK INK INK INK
NK INK INK INK INK INK INK
INK INK INK INK INK INK INK
NK INK INK INK INK INK INK
INK INK INK INK INK INK INK
NK INK INK INK INK INK INK
INK INK INK INK INK INK INK
NK INK INK INK INK INK INK
INK INK INK INK INK INK INK
NK INK INK INK INK INK INK
INK INK INK INK INK INK INK
NK INK INK INK INK INK INK
INK INK INK INK INK INK INK

INK 文學叢書 065

慢船去中國——簡妮

陳丹燕◎著

目次

Individuality: n. 個性，個體，個人，單一性，（個人的）特性，特質

送走了爸爸和姊姊，簡妮回到曼哈頓的四十二街汽車總站。那是個曼哈頓一如既往的下午，豔陽高照，曼哈頓島上到處都是人，各種各樣的人種，形形色色的表情，千奇百怪的姿勢，在簡妮面前晃過，留下他們身上的氣味和說話的聲音。明亮的陽光如同暴雨一樣有力地落下，將玻璃幕牆的摩天大樓照耀得宛如透明的魔棒。時代廣場上到處都是這樣閃閃發光的玻璃摩天樓，時報大樓上通體都是廣告牌，上面閃爍著可口可樂的紅色，褐色的氣泡在玻璃瓶口翻滾著，十全十美。滿耳都是聲音，吸引購買的聲音，新錄音機試音的短暫音樂聲，商店門口飄出來的背景音樂，簡妮站在時代廣場前，好像突然被扔進一個正在轉動的萬花筒裡，裡面的碎玻璃正彼此碰撞，那些清脆的聲音預示著萬花筒的變化。簡妮想起了小時候喜歡的一個上海萬花筒，其實也不能說是小時候，她一直喜歡它，一直到考高中的時候，還將那個萬花筒放在自己桌上。阿克蘇的乾打壘窗前，種了一排白楊樹，即使沒有風，楊樹葉也會顫抖個不停。樹葉雖然遮不住陽光，但它們也使簡妮對著陽光看自己的萬花筒時，感到它們

的閃爍。媽媽告訴簡妮說，耶穌的十字架是用楊樹枝做的，所以，一千多年來，楊樹一直因爲耶穌被釘上十字架而疼痛得顫抖個不停。在光線閃爍中的萬花筒，在輕微的轉動中變換不可思議的燦爛圖案。在時代廣場附近的鑽石街上，簡妮看到櫥窗裡的鑽石閃爍著光芒，滿腦子都是那個萬花筒裡那些細碎的彩色玻璃的光芒。她默默地數著標價上的那些零，然後在心裡乘以九，將它換算成人民幣。她對美元沒有概念，當那些價錢變成了人民幣以後，就像手榴彈那樣，在她的腦子裡炸響：那意謂著，爸爸用生命換來的保險費，還不能買到一條義大利出產的鑽石項鍊。

曼哈頓的人群穿梭不停，空氣中充滿了緊張、驚歎、戒備、孤注一擲、興高采烈和心醉神迷，那是一種不能控制的貪婪。大家的眼睛都不由自主地斜向兩邊的玻璃櫥窗，全世界最奢侈、最時髦、最新式、牌子最好的商品，都雲集在那些一塵不染的櫥窗裡，都在聚光燈下閃耀著不可一世的光芒，義大利的珠寶，捷克的玻璃，西班牙的鑽石，義大利的皮包，德國的皮鞋，德國的刀，法國的香水，法國的晚禮服，西班牙的酒，即使是一件百分之百棉布的藍色短裙，也散發著那種驕傲的光芒，只是，它們並不傲慢，它們在炫耀中默默釋放吸鐵石般的吸引力，每個人在它們面前總不得不想像自己擁有它的樣子，這就是商品的魔力，也是曼哈頓的魔力。一個又一個街口，一家緊緊挨著一家的商店，無窮無盡一塵不染的櫥窗，最好的設計突出了商品的魅力，完美得就像中世紀在義大利教堂和修道院裡描繪出來的天堂。人群在街上和商店裡來來往往，不由得帶上一點點醉了的樣子。簡妮的手無力地垂在身體兩邊，她跟著人群進出商店，最昂貴的商店裡有種刀劍出鞘般的氣氛，令人不得不提起一口氣來。

在 Saks Fifth Avenue，店員們恭維而精明的微笑，像稱鑽石的天平上那根精確的指標一樣，分毫不差地體現著世界上最昂貴百貨店的富貴，那是如同商品一樣的微笑，輕柔而有力地煽動著人們帶著虛榮心的欲望。他們穿著黑色制服的挺拔姿態，讓簡妮想起了《蝴蝶夢》裡面那個英國女管家，是一樣的謙恭又傲慢。但是，他們更像商品，他們的微笑好像在不斷地熱身，他們向每一個人暗示，只要你付錢，他們就馬上開始服務。在樓上的女鞋部，簡妮看到穿著筆挺黑色制服的男售貨員，單膝跪在地毯上，爲買鞋的女人試鞋，他們的手是訓練有素的、潔白的、溫柔的、克制的，像對待一個女王。簡妮靠在鞋架上，她有點頭暈，就像在上海過第一個夏天的時候那樣。她從涼爽的新疆到上海，無所不在的熱氣逼住了她身上的每一個毛孔，從那些沒有經驗的毛孔鑽進身體，那種陌生的灼熱的東西，讓她頭暈。她聽到自己脖子上的動脈咚咚地跳著，簡直就像另一個心臟。她想起了南京路上的第一百貨商店，想起包了木頭邊的玻璃櫃檯後面，店員在日光燈下發青的臉，搶購的人幾乎將手伸到他們臉上，他們「乒」地一聲，將東西重重拍到顧客手裡，同時將他們手裡捏著的錢抓走。想起了爸爸媽媽在骯髒的月台上滾著將要帶回新疆的行李，裡面都是上海的東西，有三分之一，是新疆的同事託帶的上海貨。「撲通撲通」，塞得結結實實，像水泥包一樣的行李在月台上發出沉悶的響聲。她聽到兩個倫敦口音的女人一邊挑著鞋子，一邊說，英國小報上說，這裡的女鞋部減價時，英國女王也專門來買鞋。「她的飛機飛一次要多少錢呀！眞不夠打折的錢。」其中一個人驚歎道。簡妮心裡也驚歎著，尾隨她們到了頂樓，那裡長長的克魯米吊衣架上，掛著成千上萬件夏季削價服裝，起伏的人頭像麥田裡正在工作的農民，而衣架上的鐵鉤在吊衣架的鐵杆上被拿出來，或者被掛回去的聲音，像大風中戈壁上被掀動的石塊所發出的。簡妮看到那兩個手裡提著紙袋的英國女人，像飢餓的蚊子一樣向前撲去。簡妮也跟隨而去，她伸著手，掠過那些衣服，感受著它們，中國絲綢的光滑，印度棉布的輕軟，義大利皮的柔韌，法國紗的微澀，英國呢的暖意，簡妮覺得心頭一緊，背上和臉腮邊起了一層雞皮疙瘩。那就是過電的感覺。

走到洛克菲勒中心的時候，簡妮已經走不動了，她靠著下沉廣場的台階坐了下來。她心裡有點怕，她一直是個健壯的孩子，通宵復習功課，第二天也從來不頭昏，她不熟悉頭昏的感覺，她怕自己生病了，范妮看病已經用了不少錢，她不想把自己的學費花到醫生那兒去。廣場上方，放著一個有幾層樓高的卡通狗，是用無數紅色的玫瑰做出來的，許多人在那裡照相，他們在快門按動前，此起彼伏地叫「cheese」，就像中國人喜歡叫「茄子」。洛克菲勒中心的摩天大樓在陽光下閃閃發光，像金子打的一樣，表現著美國富豪的自豪和力量以及洋洋得意。簡妮想起，自己曾看過一篇文章說，老洛克菲勒不肯讓家裡的孩子坐享家中的財產，規定他們必須自己從最低級的職員開始做起，讓他們知道錢的力量，知道錢來得不容易，知道怎樣可以賺到錢。簡妮還是在新疆的時候讀到那篇文章的，在那篇短文裡，她學會了一個片語「make money」，錢是製造出來的。她抬頭仰望它，它像曼哈頓湧動的欲望一樣直沖雲霄，不可阻擋。西裝革履的生意人，拿著沉甸甸的公事包進進出出，用一隻肩膀輕輕點著牆，瞇著眼睛深深吸菸的，是從裡面全封閉的辦公室出來透口氣的生意人，他們的臉上，不論長相和性別，都能看到一種決一死戰的狠勁，還有一種前途未可限量的豪情。摩天大樓是曼哈頓這樣一個堅硬的岩石島上出現的奇蹟，暗示著人的偉大力量，夢想的偉大力量，它們在曼哈頓勾起的欲望上火上澆油。在摩天大樓下，沒有走在深山的溝壑之間的感覺，和山在一起的時候，人會覺得自己渺小而平靜，但在摩天大樓下，人的心常常感到被鼓舞和被批評，而思進取。那不能寧靜的心，常常到了街口，又突然看到另一座更高更偉岸的大樓排山倒海般地屹立在另一條街上，它在太陽下的陰影，長長地蓋到下一個街口。再遲鈍的人，都能在這裡聞到燃燒的氣味。

簡妮像夢遊一樣，帶著奇怪的乏力和昏眩，慢慢從四十二街一直走到四街的格林威治村。街道兩邊的房子漸漸散發出與中城的浮華與強悍不同的氣味，上百年的棕色老磚房牆上，防火鐵梯在陽光裡留下複雜的纖細的陰影，空氣裡一陣陣飄著新鮮咖啡的香氣，還有一陣陣的歌聲，有人在街角賣唱。狹窄的街道上一派花花綠綠，那是咖啡館沿街的遮陽傘，小服裝店放在門口人行道邊上的減價品，畫廊在牆上飄拂的幌子，酒館在自家外牆上畫的滿滿一牆正在音樂和美酒中忘形的人們，在高高拉起的窗上垂掛下來的先鋒話劇上演的廣告，人們在咖啡桌前看書，曬太陽，親嘴，喝水，聊天，抽菸，或者無所事事。在街道上唱歌，打鼓，等人，淘舊書攤，逼尖了舌頭舔手裡的冰淇淋，將手放在女朋友的屁股上，像握著一只有點洩氣的白色排球。在商店裡翻動各種漂亮的東西，格林威治村那些仍舊充滿了藝術氣息的大小商店，它們的妖媚清新，對比出了中城昂貴的名牌店裡金錢的銅臭。對中城覺得乏味的人們，聚集到格林威治村來透氣，享受這裡在世紀初由那些等待成功的作家和畫家留下的浪漫氣息，他們在老倉庫改造成的畫廊裡看畫，慢慢穿過正在舉行小型畫展開幕式的畫廊門口，那裡得到邀請的人，正手裡擎著一杯葡萄酒，高談闊論。他們在商店裡進進出出，驚喜地看著印度的，泰國的，南美那些西班牙舊殖民地的神祕而特別的手工製品，優美的燭台，薰香用的小陶罐，猩紅的幃帳，畫滿了旖旎圖案的高麗紙燈籠，用於性交的烏木靠椅，畫在金箔上的東方春宮畫，還有堆積成山的各種精油做的肥皂，像琥珀和翡翠那樣透明的肥皂裡，嵌著一朵花或者一粒貝殼，能想像到它們在水裡被沖洗時候的樣子。他們輕輕翻動著那些藝術化了的商品，它們像古老的阿拉伯傳說裡的妖姬那樣，迷惑著人們的心，即使是沒有太多虛榮心的人，也忍不住要在這裡流連和沉迷。在格林威治村和鄰近的蘇活區的街道上，人們會放下被中城鼓舞起來的緊張感，在街上閒逛，在咖啡座裡看人，像在上海的淮海中路上那樣熱中地看人，也被人看。打扮出挑的人，在常春藤覆蓋的老房子邊上招搖過市，扭動自己的身體，像一條養在玻璃魚缸裡的熱帶魚。

簡妮看到一個漂亮女孩，一頭筆直的金髮，長長地拖到腰際，身上的皮膚卻是淡棕色的，她穿著一件僅僅遮到肋骨的背心，一條短襠長褲，褲腰鬆鬆地橫在胯骨上，露出大半個柔軟的臀部，她的股溝像十九世紀歐洲女人胸前的乳溝那樣露著，她輕輕扭動著整個裸露的腰肢，像緞子那樣細膩而光滑的皮膚在陽光裡閃閃發光，從容而挑戰似地在街上款款地走著。她看上去很單純、很年輕，像一個突然從雲端落下來的天使那樣不設防。在馬路中間停下的敞篷車上，那戴墨鏡的男人撮起嘴來，吹了一聲長長的、婉轉的口哨，她好像不明白那聲口哨是爲了她。

滿街的行樂氣息，讓簡妮喘不過氣來。她不由自主地跟著擦身而過的女孩，著了迷似地看著她楊樹一樣緊繃著的、苗條的身體，肋骨在薄薄的皮肉下微微凹陷，肩胛骨卻像鴿子的翅膀那樣，她的屁股俏皮地朝上翹著，即使是女人，也會對此想入非非，忍不住想用手摸一下。簡妮也很想上去摸一下那女孩的屁股，就像在 Gap 的專賣店門口，看到的在聚光燈照耀著的紅色毛衣。那個女孩從容地穿過長長一條坐滿了人的街邊咖啡座，像經過微風那樣受用地經過人們的目光，帶著不過分的炫耀。在一家義大利冰淇淋店門口，她停了下來，買了冰淇淋，她長長地伸出手指，要了一個芒果球、一個巧克力球、一個藍莓球、一個香草球，和一個薄荷球，在威化的冰淇淋杯裡高高堆滿了漂亮的冰淇淋，簡妮從來沒想到過一個人能吃得下這麼多冰淇淋，那女孩捧著自己的冰淇淋，賣冰淇淋的男孩在她的冰淇淋上，用白色的奶油做了一朵大大的花。那女孩捧著冰淇淋，一路走，一路吃，她粉紅色的舌頭靈活地舔著，將柔軟的冰淇淋一一捲進自己口中。她是那麼懂得對付那些一觸即融的冰淇淋，甚至一點也沒沾到嘴角上。簡妮想起了自己第一次聽到冰淇淋的情形，那是在新疆的小時候，他們還住在建設兵團的上海連裡，乾打壘裡沒有電，夏天，家家都在外面的空地上乘涼，這是一個小小的綠洲，天際線是楊樹筆直的樹梢。大人們輕輕說著家鄉話，從戈壁上來的長風，夾雜著清涼和灼熱的風，像一盆沒有兌好的洗澡水。大人們那天回憶著淮海路上冷飲店出售的光明牌冰磚，二十二分的是薄薄一片用巧克力包著的紫雪糕，四十四分的，是方方的一塊奶油中冰磚，有時也可以買到一半是奶油香草的，一半是奶油可可的雙色冰磚，七十二分的，是長方形的奶油香草冰磚，那都是上好的冰淇淋，奶油味很重，裡面吃不到冰渣，又不過分地甜。有人說，用半塊冰磚拌在切成小塊的蘋果、生梨、香蕉和橘子裡，是上好的水果沙拉，滿口都是奶油香。有人說，將正廣和的橘子汽水和冰磚拌在一起吃，是更美味的東西。那時，爸爸媽媽還不敢帶簡妮回上海，他們怕簡妮在擠火車時被擠死，怕她在卡車上的三天會凍死，所以，聽到了關於冰磚的傳說許多年以後，簡妮才眞正吃到第一塊上海的冰磚，開始的時候，冰磚被凍得太硬了，只能一小口一小口地咬，後來，它在藍色的紙盒裡化得像稀泥，從手指縫裡，流到簡妮的涼鞋上，腳趾與涼鞋全都是黏乎乎的。雖然狼狽，但簡妮心裡，體會到了極大的滿足。

那個女孩走進一家香水店，那家香水店四周都是大鏡子，在貨架上陳列著上萬種來自世界各地的香水，店堂裡充滿了各種香水混合在一起的奇異的、強烈的香味，因爲香味太複雜了，裡面的人的臉帶著一種煤氣中毒般恍惚而鮮豔的面色。在每瓶香水旁邊，都放著一些精緻的小紙片，那是讓人將香水噴在紙上，試香水的味道的。但那女孩卻不用紙片，也許應該說，她開始的時候也用過紙片，在她經過「紫色佳人」的時候。但很快，她就伸出手腕來，直接將香水在身上試，一路慢慢在香水的叢林裡走過，她試了兩隻手腕，又試了兩邊耳根，再試了兩個手背，她像狗那樣細心地聞著不同的香水在自己的皮膚和體溫上香味的變化，當她空著手離開香水店的時候，身上的氣味已經複雜得不能形容了。迎著太陽，她終於狠狠打了一個大噴嚏。但她馬上又走進香水店旁邊的另一家店，那裡賣用染成粉紅色的羽毛做成的長巾，紫色的塑膠珠項鍊，黑色蕾絲做的丁字內褲，裝飾頭髮用的羽毛頭箍，用螢光布做的短上衣，黑色的唇膏。那女孩在店堂的鏡子前興致勃勃地試著各種各樣氣息放蕩的裝飾，有時她在黑色的金屬貨架前久久不動，她是在想像自己用上那些東西的樣子。那女孩看上去仍舊有著女孩子純潔而脆弱的樣子，當她將粉紅色的長巾掛在肩上，又戴上一個白色的高筒禮帽，她的純潔就呈現出放任和貪婪，那是明顯而微妙的變化，她在長鏡子前側過身，挺直身體，收起小腹，她那女孩子窄小單薄的胯幾乎撐不住褲腰了，只要輕輕一拉，已經露出大半個臀部的褲子就會落到腿上。女孩望著鏡子，臉上掠過了嘲弄的笑。簡妮站在後面望著鏡子前的女孩，想起了自己身上那兩個小得幾乎沒有發育的乳房。她一直沒有用胸罩，因爲沒有需要。後來是媽媽說，大概用胸罩，它們才會長大，她才用。但六十八公分的A罩，裡面還是空蕩蕩的。簡妮在交大的綽號叫「德國戰車」，是班上看歐洲足球聯賽的男生們起的，因爲她毫不疲倦地用功。那女孩在店裡四處搜羅在簡妮看來只有電影裡的妓女才用的裝飾去鏡子前試，經過簡妮近旁的時候，她聞到，經過她肉體對香水的溫暖，香水的味道果然改變了，成了火球似一團濃郁的暖香。

那家店裡渾濁可疑的空氣讓簡妮透不過氣來，她不得不退出來，靠在牆上。她想自己是餓了，從一大早起床送爸爸和范妮去機場，她只吃了一片塗了些奶油的烤麵包，因爲爸爸告訴過她那英國金鼎牌奶油的故事，所以她拿了個中國餐館送外賣的密封塑膠筒，將剩下的一小塊奶油裝了，讓爸爸帶回上海。此刻，她的胃像火一樣燒著，她想到家裡還有一些剩飯，可以燒泡飯吃。簡妮是想回家吃點東西的，但她挪不開步子，她想自己是捨不得走開。街上飄著一陣陣咖啡香和烤蛋糕的香味，是從街對面的咖啡館裡傳出來的。那家咖啡館將所有沿街的窗子都敞開了，簡妮能看到那裡面的咖啡色的木頭椅，背和腿上的曲線是青春藝術風格的，和維尼叔叔屋裡用的椅子一樣，那是全家唯一一把劫後餘生的老椅子。簡妮看到有兩個年輕人坐在靠窗的桌子前纏綿，他們在親嘴，輕輕地親了上嘴唇，然後再親下嘴唇，讓簡妮想起農場的狗又輕又準確地從地上叼起一塊薄薄的肉。一個繫著黑圍裙的酒保步履輕快地托著一大盤新出爐的蛋糕出來，送向一張放在黃色遮陽棚下的長桌子，那一桌子年輕人，簡妮想，他們應該是住在華盛頓廣場附近的NYU的學生，竟然爲蛋糕的到來大聲鼓起掌來。簡妮看到有個金髮的白人青年，戴著一副藍色細邊的圓眼鏡，乍一看，像《傲慢與偏見》插圖裡的人，他的笑容裡有種惱怒而害羞的樣子。簡妮渾身一震，她在爺爺那裡見到過魯的照片，她認爲，那個青年就是魯。那蛋糕暖烘烘的香，簡妮看到上面澆上去的巧克力汁正緩緩地向下流。他將一把吃蛋糕的小叉子含在嘴裡，有點孩子氣的，迷人的。她心裡承認，范妮的品味無可挑剔，只是運氣不佳。

簡妮不由自主地向街對面的咖啡館走去。她想起正在回國飛機途中的范妮，想起她在清水下面芬芳的、年輕的、留著愛情痕跡的乳房，簡妮相信這個金髮的青年，的確就是范妮喜歡的類型。她們雖然關係疏遠，但到底是親姊妹，總能摸到對方的心思。她想，要是現在是演電影，大概自己應該過去壓低聲音說：「是卡撒特先生嗎？」然後拿起桌上熱烘烘的蛋糕，扣到他臉上，然後，拍乾淨自己的雙手，走開。但是，也許，他看到自己，怔住了，慢慢從像維尼叔叔那樣的椅子裡站起來，走到自己面前，說：「你能原諒我嗎？」然後，他低下頭來，尋找自己的嘴唇。然後鏡頭漸漸推進，一個好萊塢式的大特寫，他們深深地接吻，龐大的樂隊中響起了海浪般的音樂，像《出埃及記》那樣遼闊的音樂，充滿欣慰。簡妮的生活裡，常常充滿了一瞬間有關性的幻想，她還是對自己的這個幻想暗暗吃驚，原來自己的心裡也有一個范妮藏著。自己也會不由自主地想像，通過屬於一個金髮男人，融入自己失落的故鄉。簡妮拍拍自己的腿：「注意了！」她對自己說，「注意你與范妮的距離。」

簡妮走進咖啡館去，發現裡面的桌子滿滿的，都是等新出爐的蛋糕的客人，店堂裡充滿等待蛋糕上桌的歡快。牆上畫了一大幅畫，裡面的人穿著世紀初緊身的衣裙，在褐色的小圓桌前吃金黃色的蛋糕。看上去，畫的就是這家咖啡館的歷史。簡妮找到一張窗前剛空出來的小圓桌，趕緊坐下。維尼叔叔房間裡的椅子果然很舒服，坐進去，好像坐進一個人的懷抱一樣。她看了一眼窗外那桌學生，金髮微微浮動，就在近旁。簡妮發現自己的心裡有種滿足，她看了一下自己的手錶，范妮的飛機此刻應該已經離開美國國境，在太平洋上了，而自己正坐在格林威治村的咖啡館裡，點一份下午新出爐的蛋糕，與已經永遠消失在范妮生活中的金髮青年只隔著一扇敞開的窗。簡妮相信，這種暑期將要結束前的同學聚會，在自己的生活裡將會是數也數不清的。簡妮挪動著身體，讓自己坐舒服了。坐在一個氣氛歡娛的咖啡館裡，望著街上來來往往像過電影一樣的行人，假裝沒有注意到街上行人的目光，但其實心裡已經感受到了那些目光裡的羨慕，被接納了的輕鬆和適意，漸漸像溫熱的水浸沒乾燥的皮膚那樣，浸沒了簡妮的心。對簡妮來說，在什麼地方坐下來，像四周的人一樣，是重要的。那時，對這個地方的歸屬感會油然而生。幾年前簡妮就已經有了經驗。當簡妮回到上海時，她也曾一個人去了國際飯店二樓的咖啡廳，在那裡點了一份爸爸媽媽總是掛在嘴邊的香蕉船，那是一客冰淇淋，裝在橢圓形的玻璃盤子裡。透過白色的窗紗，她看到街對面人民公園裡的高大梧桐樹，看到在一張塗了綠漆的長條椅上，一對年輕的男女緊緊抱著，身體很彆扭地在椅子上扭著。那張椅子應該是爸爸媽媽也曾經坐過的，他們坐在那上面照了相，背景是梧桐樹和國際飯店。爸爸那時候，用放大鏡照著照片上國際飯店模糊的樓房，告訴簡妮，那裡的二樓是個高級咖啡廳，裡面最好吃的，是一種叫香蕉船的冰淇淋。

窗外的那一桌學生，不知爲什麼哄笑起來，那是美國人肆無忌憚的大笑，簡妮也隨之微笑起來。

「Hi, how are you doing?」年輕的酒保端著滿滿一托盤的蛋糕和雞尾酒經過簡妮的桌子，笑著招呼她。

「Good.」簡妮挺直身體，響亮地回答。

是的，簡妮感覺眞的很好。這是第一次她眞切地感到自己到了美國，從此就是美國人。就像在國

15 ●Individuality: n. 個性，個體，個人，單一性，（個人的）特性，特質

際飯店白色的窗紗後面，她第一次在冰淇淋在食道留下的一串涼意裡肯定自己到了上海，從此就是上海人。簡妮想，自己不是范妮那種浪漫的人，她到這咖啡館裡來，是爲自己，不是爲了魯。雖然簡妮知道，自己是將自己一個月的伙食費提前用掉了，得過半個月的苦日子，但這是値得的。

陽光在桌上跳動著，蘇打水上新鮮的檸檬散發著清涼的酸味，剛出爐的藍莓蛋糕散發著暖融融的香味，生活難道不好嗎？當然是好的呀。簡妮軟軟地用手握著向外彎曲的椅子腿，想。坐下來看街景，到底是不同的，坐下來，享受生活，就好像加入了人群中間，成了他們的一分子。哪怕是喝一杯蘇打水，也是參加了消費的狂歡。她把著自己手裡的玻璃杯，親熱地望著生機蓬勃，欲望滔天的街景和人群，簡妮心裡響起了第一聲春雷：「錢。」簡妮心裡堅定地浮現出了這個字。她感到心裡的什麼地方，有一些莫名的東西，正在深埋的地下，緩緩蘇醒過來。簡妮想起來，在新疆的時候，每到十月，父母就要將院子裡的葡萄藤埋到一尺多深的土坑下，準備過冬。冬天將土凍得像冰一樣硬。凍土上，還覆蓋著雪和冰。但是，到了四月，或者五月，大地復蘇，將厚厚的土挖開，能看到那深埋在地下的葡萄秧，長出了暗紅色的小芽。每年父母合力將埋起來的葡萄秧從地底下拉出來，都驚歎它們居然沒有被壓死，或者凍死。簡妮將自己的雙腿長長地伸到桌子下，身體終於鬆弛下來，曼哈頓島的樣子在她心裡紛繁地浮現出來，還有自己從沒有過的累和頭暈。「別是像《子夜》裡從鄉下來的老太爺那樣吧。」簡妮開玩笑似地想，「被花花世界一舉嚇得中風了。」

「會嗎？」簡妮心裡問，面對這個對自己家有著千重恩怨的城市，此刻她有點心虛。

那藍莓蛋糕居然甜得簡妮那一顆蛀牙都疼了，這是簡妮萬萬沒想到的。在新疆，將上海帶去的食物全都吃完了以後，他們家也不得不買一些外地的食物，比如糖和餅乾。但他們永遠是抱怨這些食物的，餅乾又乾又硬，自不必說，糖沒有奶油味道，吃到最後總有一些渣滓不能完全融化，要「呸呸」

地往外吐，軟糖偷工減料，不用糯米紙先裹起來，關鍵是那些糖，都甜得辣嗓子。爸爸說，太窮了，才需要吃甜得嚇死人的糖。「你還記得我們小時候吃的那種上海糖，」爸爸對媽媽說，「口味都是柔糯溫和的，清清爽爽，哪有這樣的打死了賣糖的甜。」這也是簡妮一直堅信的。上海的糖的確不那麼惡甜，簡妮是按照這樣的標準來衡量美國蛋糕的。美國給了簡妮輕輕的一擊。簡妮想，一定是美國的糖太多了，才這樣亂用。

「味道好嗎？」酒保經過的時候問。

「好極了。」簡妮說。

「Enjoy your afternoon.」酒保大聲說著，快快地托了幾大杯冰淇淋走開了。那些鮮豔的冰淇淋球，讓簡妮想起了那個鑽進情色小店裡出不來的漂亮女孩。她想，也許自己和那女孩一樣 enjoy 這花花世界，自己是 enjoy 到暈了菜。簡妮在桌子底下安慰地拍拍自己的腿，說：「這是美國呀，這才是美國呀。Enjoy your America.」

享受美國，這是眞的，就像那時候，千辛萬苦回到上海當上海人，也享受上海一樣。簡妮心裡充滿了花木蘭式的成就感，她是爲了爸爸媽媽出征，終於凱旋了的英雄。這種感覺，微醉的，是好享受，帶著奉獻的令人憐愛和崇拜的感覺。這種感覺，是到現在爲止，簡妮經歷過的最好的感覺，在她的生活裡，這就是至高的快樂。她想，以後，要帶范妮留下的照相機出來照相，給上海寄回去，讓家裡人看到他們的理想在她的身上終於得到了實現。讓爸爸能自豪地將照片拿給爺爺看，她是他們的過河卒，一直勇猛地背著他們的心願往前衝，直至成功。可惜美國的大學沒有校徽，這一點，無法與范妮的照片完全區分開來。

等簡妮拿出錢來付帳，她突然聞到自己皮夾裡綠色的美元上有一股消毒水的氣味，是爸爸身上的氣味。簡妮緊了緊喉嚨，試圖將已經吸到喉嚨裡的消毒水氣味趕出來。她認爲這是自己的心理作用，爸爸身上的氣味不可能留在自己皮夾裡的美元上。

簡妮新租的房子離開大學只有十分鐘路，在小城主街的盡頭。那是一棟漆成藍白相間的殖民地時代的老房子，向著小城主街的正面有個木頭的迴廊，像美國電影裡看到的一樣，它的後院用短短的木頭柵欄與鄰居的院子隔開，柵欄也漆成了白色，它讓簡妮想起英文課上學到的馬克·吐溫的小說，簡妮喜歡像哈克貝力·芬那樣的男孩，刷一道柵欄也知道討價還價，有著可愛的、正大光明的精明。簡妮望著那道柵欄就笑了，房東是個四十多歲的男人，他問簡妮笑什麼，簡妮說：「那柵欄讓我想起了馬克·吐溫。」

房東狹長的鼻梁上也有些雀斑，像小說裡的湯姆·索亞。他剛從佛羅里達度假回來。他吃驚地看著簡妮笑，他不相信一個中國女孩居然也知道這些。

簡妮一級級緩緩地上著樓梯，得意地看了房東一眼，張嘴就背誦：「It must 'a' been close on to one o'clock when we got below the island at last, and the raft did seem to go mighty slowly.」

「Woo!」房東喝了聲采。

這棟房子由在大學讀書，又沒租到學生宿舍的四個同學分租，大家合用底樓的客廳和廚房，以及衛生間。簡妮租了一個樓上最小的房間，又不需要停車的地方，所以，租金最便宜。簡妮的小房間就在樓梯口，房東爲她推開門，她的小床上席夢司赤裸著，邊緣處有些泛黃了，她唯一的小桌上空蕩蕩的。房東臉上有點慚愧，他放下簡妮的箱子，說：「我沒想到這間房間會有一個喜歡湯姆·索亞的女孩來住，你知道，我年輕的時候，也是一個湯姆·索亞的迷。」說著，他匆匆下樓去，找來了一盞檯燈，還有一個洗乾淨的席夢司套子。他幫簡妮套好席夢司，放好檯燈，將她的箱子放進門後的壁櫥裡，順手又將簡妮房間裡的百葉簾調直了，陽光一條條地打在貼著灰藍色直條子牆紙的牆上，他用手指點點它，說，「這也是馬克．吐溫時代的老房子。希望你喜歡它。」

「我喜歡。」簡妮衝他笑笑，她回憶著小說裡的情節，說，「要是你的租金可以便宜一點，我更喜歡。」

房東笑著搖頭，他走了出去，又回過頭來說：「我可以哪一天載你去哈特福德參觀馬克．吐溫故居，離這裡有兩個小時路程。」然後他對簡妮眨了眨左眼，「或者我允許你在牆上釘不超過三個釘子，用於掛鏡框，但不包括海報。你可以在兩項中選擇一項。」

他們都笑了，他們都想起了那兩個臉上長著淡褐色雀斑的美國男孩。

其實，簡妮很喜歡自己那美國殖民地風格的小房間，它很符合她的想像，就像 Norman Rockwell 的畫，那是在中國《讀者文摘》封面上介紹過的美國畫家，簡妮最喜歡他的畫，因爲她喜歡和認同他畫裡的那個美國，那些喜樂活潑的白人，忠誠的臉，健壯的身體，剪得整整齊齊的、誠懇的短髮，孩子們紅撲撲的、天天向上的臉，還有他畫中那些深褐色家具的房間，灰藍色的牆紙上，一條條粉白色的花紋。簡妮沒有想到，自己會住在 Rockwell 的某一張一九三〇年代畫的海報式的房間裡。

簡妮第一次將上海帶來的全部行李一一打開，裡面有些東西，是她從新疆帶回上海後，從沒拿出來過的。一隻很舊的黃色絨布小熊。那隻小熊很舊了，的確很舊了，還是爸爸小時候的玩具，一隻英國產的小熊。因爲送給媽媽當禮物，才得以保存下來。它是簡妮小時候唯一漂亮的玩具，它臉上，有種令人難忘的由衷稚氣。因爲它的可愛，簡妮從來能看清國產玩具娃娃臉上的呆滯，和國產動物玩具臉上的殘忍。小時候，簡妮非得抱著它，才能安心睡著。現在，簡妮將它放到枕頭上，用一塊方毛巾手帕蓋著它的下半身。它散發著舊玩具淡淡的乾燥氣味，而從前在它肚子上滴過的花露水氣味，現在已經揮發掉了，只能在它淡黃色的肚子上看到一些綠熒熒的水漬。

簡妮將她的照相本和紙殼萬花筒放進書桌的抽屜裡，將《新英漢詞典》放在檯燈邊，在書頁上，她用鋼筆按照字母的頁碼，標上了字母的順序，最大部分學生用的英文字典都是這樣的，方便自己查生詞。包書的是一九八二年的日曆紙，中波輪船公司印製的日曆，因爲上面有一半的波蘭風景，所以爸爸媽媽最喜歡。當日曆用完，就用它來包詞典。它伴隨她經歷了學習英語的漫長歲月。

還有一只像磚頭一樣笨重的三洋牌錄音機，用來練習聽力，做托福和GRE的聽力題。那是中國開放以後，第一批進入中國市場的日本貨。很長一段時間裡，全家最貴重的東西。都說日本貨不如德國貨結實，但這個三洋單喇叭錄音機卻一直沒有壞。跟簡妮到上海，放在交大的宿舍裡，再帶來美國。

在書桌的檯燈旁，她將爸爸媽媽與自己的合影安置好。那是在襄陽公園裡照的相，用街對面的東正教堂當背景，有種異國情調在裡面。簽證出來以後，媽媽幫簡妮一起收拾箱子，她將這張照片選出來去放大，媽媽說：「這張照片看上去不那麼土，你帶這張去吧，不要讓人家美國人看到，簡妮家的人像勞改犯。」簡妮將照片放到檯燈下面，檯燈罩上有一圈淡黃色的流蘇，給照片帶來了懷舊的氣氛。看慣了美國街道上的人，簡妮再看到自己熟悉的相片，驀然發現照片裡三個人身上洋溢著的拘謹，有著孩子般的單純，讓簡妮感動。

簡妮沒想到，將自己二十多年的生活擺出來，也不過區區這幾樣東西。她看著它們，有些自憐。但她並不感傷，她知道自己的新生活就要開始。那新生活是這樣大，像萬花筒一樣地裝滿了不可置信的東西：曼哈頓的名牌店和鑽石，飄揚著星條旗的大學，大草坪的盡頭沒有毛澤東站立著高舉右手的雕像的長長陰影，這是她剛剛路過自己大學時從車窗上看見的，陽光燦爛的藍天下美國式的白色小教堂，門前種著一棵開滿白花的大樹的美國式木頭小樓，這是哪部電影裡的，她想不起來了，敞篷汽車裡，傳來汽車音響的柔和歌聲，那是維尼叔叔房間裡總是與他刺鼻的松香氣味混淆在一起的歌聲。等等，等等。

等簡妮安頓好，已經是下午了，她將自己的燒飯家什搬到樓下廚房裡。她打開冰箱看了看，房東說過，四個人每人有冰箱裡固定的一格，放自己的東西，他爲他們在冰箱裡貼上了各自的名字。四個同學裡有一個是從加州來的華人，也是學經濟的，房東說，那個男孩叫 Ray Lee ，是個ABC。其他的都是美國人，祖先是愛爾蘭人，或者是義大利人。簡妮在冰箱裡，看到的全是西方的食物，酸奶、肉腸、奶酪、火腿，貼了 Ray 的名字的那一格裡，也放著一樣的食物，一點也看不出中國人的口味。倒是別人的一格裡放了一小網袋番茄，還有一小袋白色的奶酪丸子，簡妮想，那大概就是義大利出身的同學，義大利人喜歡吃番茄。簡妮在冰箱裡望著同屋們的名字，只有她一個人，一看就是外國人，Ray 將自己的中國姓，寫成美國人的 Lee ，讓人看不出。簡妮想，他一定原來是姓李的，應該寫成 Li。

簡妮在櫃子裡找到了幾只琺瑯盆，許多馬克杯，大小不等的碟子和盛冰淇淋用的玻璃碗，還有咖啡機，甚至蠟燭台和陶做的花瓶，抽屜裡嘩啦嘩啦的，都是刀叉，還有幾雙烏木做的尖頭日本筷子。她想了想，捧著自己的不鏽鋼飯鍋和碗筷回到房間，將它們與從格林威治村帶來的榨菜、米、香腸和醬油用紙盒裝了，放在自己書桌下面。

因爲考慮到將來到唐人街沒那麼方便，在離開維爾芬街的時候，簡妮還特意去唐人街買了一袋米，還有一根大旺的油條，幾根滷好的鴨翅膀。簡妮還帶來了鍋和碗筷，爸爸教了她怎麼做香腸飯，又方便又好吃。但簡妮是不會輕易做的，因爲她想，Ray吃什麼食物，她也吃什麼食物。

簡妮去W-Mart買了些雞蛋、生菜、吐司、奶油和酸奶，像大家放在冰箱裡的東西一樣，她心安理得地將它們放進冰箱裡寫著Jenny的一格裡。然後關上了冰箱的門。冰箱嗡嗡地發出響聲，簡妮的肚子咕咕地叫，她餓了，但是她不想再打開冰箱，吃裡面的東西，她對它們沒有食欲，到底是陌生的，她只想吃自己帶來的那些中國口味的東西。飢腸轆轆，簡妮站在廚房裡猶豫著。整棟房子都靜悄悄的，能聽到屋頂上的木條被太陽熱烈地曬過以後，熱脹冷縮發出的裂帛似的聲響。簡妮以爲大家都不在，所以她決定把留在房間裡的油條、鴨翅膀拿下來吃掉。她悄悄地踩著樓梯，它們在她腳下發出的吱嘎聲讓她心驚肉跳，路過樓梯上的小窗時，她看到對面人家的陽台上張了一面星條旗，她的眼睛還沒適應藍天下的星條旗，猛地看到它，竟然有點心虛。

她輕手輕腳，做賊似地在廚房用油條，榨菜和生菜葉子做了個湯，是媽媽在上海做過的。湯在灶上撲撲地翻滾，散發出油炸食物的香氣，簡妮過去將排油煙機打開，這中國式的香氣還是讓她心驚肉跳。她在烤麵包機上烤了一片吐司，坐在廚房的桌子上，開始吃飯。廚房窗子外面正對著的那棟房子，他家的廚房窗上吊著白色花邊，他家的牆上的星條旗在風裡嘩嘩地飄，星條旗上面，是美國夏末陽光燦爛的藍天。比起上海來，它太藍了，簡妮想，比起阿克蘇來，它又太潔淨了。這是天堂的藍色。簡妮想起，范妮到美國的簽證申請成功的那個冬天，自己曾跑到淮海中路上的美國領事館前照相，一棟老洋房，前面的旗杆上飄揚著星條旗，從照片上看，誰也猜不出這是美國還是中國的。但在門口站崗的武警不讓簡妮在領事館門口照相，他揮手驅趕她的樣子，深深地刺傷了簡妮。那時，她發誓要在眞正的美國藍天和國旗下照一張相，給上海寄回去。此刻，從廚房敞開的窗子外，傳來了那面旗在風裡獵獵飄揚的聲音。

突然，簡妮看到在廚房門口靜靜地站著一個人，一個中國人。但是比起地道的中國人，他太高大，太健壯，目光也太直率了，但他的樣子的確是個中國人，沒有日本人臉上犬儒的表情，沒有高麗人臉上的決絕，沒有泰國人臉上的佛相。簡妮簡直嚇呆了，就像正在洗澡的時候被人撞見。她緊緊握著正在嘴裡啃著的鴨翅膀，慢慢將撇出去的下巴收回來，她勉強鎮定住自己，不要慌張從嘴裡拔出鴨翅膀來，而盡量文雅地抽出來，放在盤子裡。

「嗨。」他說，「我嚇到你了嗎？對不起。」他的英文一聽，就知道是土生的英文。「我在看書，聞到了香味，就出來看看。我想，你就是那個新來的中國女孩。」他發音的部位不是中國人用的部位，簡妮馬上體會到了。聽一個洋人說英文，總覺得他們的嘴就長成那個樣子，他們的部位天生就是這樣。但聽到這個中國人說話，簡妮強烈感覺到自己口音裡的外國腔調。自卑像老鼠一樣躲閃而敏捷地，令人疑神疑鬼地爬了上來。

「是的，我是簡妮．王。」簡妮壓低自己的聲音，向 Ray 的聲音看齊，努力從容鎮定地說，「你是 Ray Lee。房東也告訴我了，你是ABC。」她一向懂得藏拙，也懂得豁出去行事，她心裡說，大不了讓你知道我是阿克蘇來的。

「是的。很高興見到你。」他說。他大大咧咧的樣子，安慰了簡妮。

「我也是。」簡妮說，一邊將自己油膩的手指藏到手掌裡，緊緊地握成一個拳頭。她怕 Ray 伸手出來行握手禮，她想起爸爸說過的，外國人即使是吃雞翅膀，也不能用手的。但 Ray 兩眼緊盯著的，是簡妮放在桌上的油條湯，油條已經被泡軟了，像蛋黃的顏色，在綠色的生菜裡，很爭氣的好看。

「這是什麼，它聞上去那麼香，它是真正的中國菜嗎？」Ray 真正感興趣的是香味的來源，他向湯走過去。

「一個湯。」簡妮聳聳肩，「就是一個湯。」

「它看上去眞好看，和唐人街的中國菜完全不同。我聽說過，唐人街的中國菜其實不是眞正的中國菜，看來這種說法是對的。它看上去可眞讓人饞。」Ray說。

「你想嘗嗎？如果你想，我可以給你一些。」簡妮站起身來邀請道。

「好呀。」Ray高興地笑了，露出他潔白結實的牙齒。簡妮看著他的牙齒，想，他眞的不是在中國長大的，在中國長大的人，小時候吃的四環素，都沉積在牙齒上，他們這一代人都長著灰色的牙齒，怎麼刷也刷不乾淨。

簡妮去拿盤子的時候，順勢將自己的手洗乾淨了。

Ray很仔細地喝著簡妮的油條生菜湯，他將煮過的生菜挑起來，猶豫著：「這是做沙拉的菜呀，我從來沒吃過煮的，味道有點怪。但是，湯眞的好吃。」他慢慢將嘴裡的食物嚥下去，「這地道嗎？好像有不少油在裡面。」他挑出湯裡的榨菜絲來給簡妮看，「這也是中國食物嗎？像我們的甜菜頭。」

「這是榨菜，一種小菜。長江流域的。你知道四川嗎？」簡妮問，「這是種四川菜。」

Ray搖頭，表示不知道四川。

「那你知道上海嗎？」簡妮又問。

「知道，我聽我爹地說過，上海是個小紐約，上海的男人小白臉。我爹地七歲時候離開大陸前，從上海走的。他在酒店的彈簧門裡轉不出來，在門裡夾痛了手。」Ray說，「上海是個魔幻般的地方。」他望著簡妮說，「我很高興認識你，我一直渴望認識一個眞正的中國人。」

「我就是。」簡妮俏皮地指指自己，「你已經認識了。」

Ray 露出他那像牙膏廣告一樣的潔白牙齒，笑了：「今天晚上，我請你出去喝一杯。」

「你怎麼對中國這麼有興趣？」簡妮問。這時，已經是傍晚，Ray 眞的帶簡妮去了主街上的酒館。簡妮和 Ray 並肩坐在靠窗桌子的高腳凳上，望著外面沉浸在明亮的金色暮靄中的大街。街道兩邊，是東部最老的歐洲式樣的房子，帶著殖民地時代的維多利亞氣息，人行道已經被酒館和咖啡館以及餐館擺出來的桌椅占滿了，放在酒杯裡的蠟燭上，火苗在跳動。

十月初，暑假將要結束，陸續回到學校的學生都在主街上閒逛著，到處都是年輕苗條的身影，沒有紐約街上那麼多大胖子。不時能聽到老同學在街上相見爆發出的大聲歡呼還有響亮的親吻聲。一個黑人青年在酒館門前的路燈下打著非洲鼓，鼓聲像奔跑的鹿一樣靈活而迅疾，滿街都是比起曼哈頓來更單純的百無禁忌的行樂氣氛。簡妮連做夢都沒想到，自己有一天會置身於這樣的地方學習，她總是想到在中國熬夜時，在桌子下凍僵的雙腳，連同小腿的肌肉都是硬的，那才是寒窗苦讀。那時，她怎麼也沒想到過，自己的苦讀除了是爸爸媽媽的希望之外，還通向這樣一個在她看來就是狂歡的地方，她有生以來第一次與一個高大懇切的男生坐在酒館的窗前喝酒，輕輕地說著英文，簡直好像是另外一世。眼前的情形，讓簡妮心裡一陣陣地想哭。

「我想大概有一點趕時髦。」Ray 做了個鬼臉，「中學時代，英文課上我選了沃克女士的《紫色》寫讀書報告，那時因爲我愛上了一個黑人女孩，想要了解她的種族的歷史，想要取悅於她，然後，等我長大了，我才知道這種黑人的尋根，是種持久的時髦，讓別人覺得這個人不那麼像從可口可樂生產線上下來的一只罐頭。」Ray 喝的是德國啤酒，他嘴裡吹過來的氣味微微發酸，那是德國啤酒的氣味。簡妮覺得自己此刻居然在談論中國，眞的不可思議。在她的想像裡，說什麼都是可能的，除了與中國有關的事。

「啊。」簡妮說。她想起在格林威治村的咖啡館裡，看到的那一桌子NYU學生的情形，在這家充滿了夏末和清爽溫暖空氣的酒館裡，閃爍的燭光裡，她看到許多看上去很像魯的金髮青年。而她也眞的坐在一個高大健壯，充滿美國氣的男孩身邊，與他一起喝著德國啤酒。像任何一個回家過了暑假，回到學校準備開學的美國大學生，在利用上學前最後的時間縱情輕鬆。簡妮側過臉來看著Ray，他臉上有種在大陸人的臉上看不到的誠實和自信的表情，那種誠實與自信，是不需在生活中處處設防，時時小心的人才會有的表情。在簡妮看來，那根本就不是中國人的表情。就像她的英國小熊的表情，從來就不是中國玩具的表情一樣。她從來沒有在中國人的臉上看到過這麼好看的表情，即使是在交大那樣的大學裡。在簡妮的記憶裡，交大的同學要麼是不修邊幅的，要麼是狡猾的，要麼是傻氣的書呆子，男生們的身體大多是瘦小脆弱的，好像還沒有完成發育的中學生。她幾乎想伸出手來摸摸Ray的臉。她悄悄打量路過他們的人，希望能感受到，在別人眼裡，她和他一樣，是那種在美國出生的ABC，因爲中產階級的家庭背景，和華裔務實謹慎的生活態度，被家裡安排來大學讀經濟系，求得美國安穩的中產生活得以永遠。此刻，他們正在這裡等待開學。因爲他們的生活太舒服，太完美，太按部就班，所以才對地球另一端的中國產生無事生非的興趣，非要將自己與那個地方聯繫在一起才甘心。簡妮想像著別人眼睛裡的自己，心裡快活得微微發著麻，像過低壓電一樣。她想像范妮當時與魯在外面喝酒的時候，大概也是這樣的心情。她能想像出來，范妮這時一定會做出與魯格外親熱的樣子。當一個徹頭徹尾的外國人，是范妮夢寐以求的。但她不知道自己長了一張亞洲人的臉，不如當一個徹頭徹尾的ABC，才最自然。

簡妮學著Ray的發音，小心修改著自己發音時的姿勢，學著Ray坐在窗前高凳上的樣子，將顯得風塵氣的二郎腿放平，讓自己的姿勢也自信和放鬆一些。她懷疑自己的樣子也許更像個男孩，而沒有女孩子的漂亮。她想，也許自己還需要交一個ABC的女朋友，從她那裡學。

「我的家族裡面只有我們一家留在大陸，其他親戚都在美國。」簡妮說，「我家的歷史，被NYU的格林教授寫成了一本書，我的祖先，在十九世紀末的時候，是爲美國洋行工作的一個買辦。因爲輸送中國人到加州淘金，發了家。」簡妮伸手比畫了一下，「那本書，關於我家歷史的，有這麼厚，還有照片。突然就看到自己家的祖先的臉，被在美國的親戚指出，自己臉上的什麼地方，長得像祖先。在中國的時候，我們吃了許多苦，因爲共產黨的關係。我家的長輩都不敢告訴我們家裡的歷史，我也是到了美國以後才知道的。突然就知道，自己長成這個樣子，是因爲有了他們的遺傳。」在格林教授的書裡，簡妮看到一代代祖先的照片。最早的一張，是由穆炳元教導出來的曾祖王筱亭，他寬大的臉上，帶著寧波人的硬氣和中國人面對照相機時不可避免的呆板。但即使是在那硬氣和呆板裡，在他穿了黑色馬褂的身體上，還是能感到他的力量，那是成功商人的躍躍欲試和躊躇滿志，臉上大睜的眼睛，像射燈那樣筆直地探照著前方，帶著一種不法商人的蠻橫與膽量。但到了大花園裡老太爺的臉上，已經有了春色，那是個被漂亮女人哄著的成功男人的臉色。他的爺爺臉上那英勇的神情，漸漸被坐享其成的富足，風流和仗勢欺人所遮掩住。而到了爺爺和伯公這一輩，臉上只能用斯文風流和良善來形容了。那射燈一樣勇猛而狡猾的眼神永遠消失了。簡妮心裡認爲，自己的眼神和祖上才是眞正相似的。

「看到這些，一定會覺得很魔幻吧？」Ray 羨慕地問。

「感覺是很複雜。」簡妮猶豫著說，「很陌生，很多已經固定的想法被打碎了。」

這是簡妮第一次被問及，她覺得心裡一下子被許多東西堵住了。在離開格林威治村前，簡妮去了伯婆家，也見到了格林教授，他們像對待范妮一樣，給她看了舊照相本，送了她格林教授的書。像范妮第一次看到照片上穿戲裝的爺爺那樣，簡妮也一時沒有認出來，在伯婆的照相本裡那個在臉上裝著一把長長的青鬍子，正在跌足而歎的楊四郎，就是自己的爺爺。而伯公的臉倒是一下子就認出來了，他只是胖了，老了，神情裡那玩世的風流氣，卻一點也沒變。在他著了戲妝的臉上，透過重重脂粉，簡妮一下子就認出了他在紅房子西餐館點菜時，向跑堂一仰頭時的那種倜儻。爺爺那一代人，個個都是留洋的學生，從小上教會學校，但個個都能上台唱京戲，而且用英文唱。這讓簡妮感到驚奇。伯婆說，「教會學堂裡用英文演京戲，那時最時髦。」伯婆照相本裡面的照片，就是他們在家裡用英文唱《四郎探母》時留下來的，就是在花園裡挖河的那一年。「你爺爺唱得最好，他身上本身就有股橫豎不舒服的樣子，最合適。」伯婆說。對這一點的體會，簡妮覺得自己是再深刻不過的了，那是王家像空氣一樣無所不在的東西。她只是沒想到，它是從爺爺用英文在自家花園裡唱京戲那如花似錦的年代，就開始了，而不是從一九四九年以後。格林教授的書裡記載著，王家在太平洋戰爭開始的時候，隨著買辦業的式微，結束了大把掙錢的階段，轉向投資實業，在太平洋戰爭結束以後，被國民黨徵用的船隊有二十二艘在運送戰爭物資時被擊沉，有三十艘在戰爭中失蹤，由軍隊還回王家的剩餘四十條，半數以上都不能用了，連送到拆船廠去都沒有人肯要。王家在中國內戰以前，就開始走向決定性的衰敗，而不是在一九四九年以後。

「甚至是有點抗拒的。好像反而覺得它們是謊言。」簡妮說。

果然，Ray 同意地點點頭，「那是一定的。我理解。找不到真正屬於你的歸宿時，一個人會像漂浮在水上的木片一樣，但要是找到了，心裡的感覺一定不只是高興這樣單純。」

「當然。」簡妮應道。

Ray 說，自己的父母是童年時代，跟隨自己的家庭流亡到美國的，他們在美國長大，從他們開始，就已經不會說中文了。他的父親是電氣工程師，母親是護士，住在夏威夷。他們對中國的故事沒有什麼興趣，讓他自由自在，像任何一個美國孩子一樣長大，也不像其他華人那樣 push 自己孩子學中文、學鋼琴，如何如何。父母鐵下心來，將美國當故鄉。倒是他自己，在青春期時，爲了一場對黑人女孩的單戀，突然就對中國有了興趣。「也許我也想從父母那裡反抗出去。他們越是忘記中國，我就越是好奇我遙遠的根。他們與他們自己從中國大陸來的父母都相處得不好，他們之間有很多文化衝突，所以他們一直不怎麼來往，直到老人去世。我現在也與他們有文化衝突，他們想我與他們應該一樣，但是我們還是不同。我好奇自己身上完全不被知道的那些東方的基因，我就是要找到。我從夏威夷到東部讀書的一個重要原因，就是聽說過，我的祖父母剛到美國時，在唐人街當過醫生，那裡有我們的根。」說著，Ray 拍了簡妮一下，「你提到了『抗拒』，眞的很對。在唐人街我看到他們將鴨翅膀直接抓在手裡，放到嘴裡吃，像大便一樣將細小的骨頭從縮起的嘴裡吐出來，我了解那是中國人吃東西的方式，但心裡也覺得抗拒。那很粗魯。」

簡妮覺得自己的臉燙得嚇人。

「但有時候，就是因爲抗拒，才更被吸引。」Ray 接著說。

「聽說華裔在美國的學校裡都是天生的頂尖學生。你一定也是這樣的學生吧。」簡妮問，她裝作一無所知，將話題引向她可以說出些什麼的方向。

「我是，我得到了大學的全額獎學金。」Ray 說，「但我最不喜歡別人認爲我們是華裔，所以我們就是會讀書，就是數學好，華裔也是一個個獨立的個體，各自靠自己的努力，獲得成功，不是靠族群的天賦能力。我們努力，是要實現個體的價値。」

「你是對的。」簡妮說。

「我想你也是這樣的學生吧。」Ray 看了她一眼，說，「我聽說過大陸來的中國人也很會讀書。」

「我也是的。」簡妮承認道。她告訴他自己從小到大都是尖子生，一步一步竭盡全力，都是爲父母做到他們無法做到的事，爲了可憐的父母能在爺爺面前爭口氣。她覺得自己就是一個令人愛憐的花木蘭，無私無畏。她一直是自信的，但第一次在自己的故事裡，覺得自己好得那麼完美，那麼哀婉，那麼不屈不撓，那麼自我奮鬥。簡妮心裡流淌著對自己溫柔的愛意和讚賞，她幾乎斷定，Ray 一定會被這樣的東方故事感動，忘記鴨翅膀，至少是原諒關於鴨翅膀的一切。也許，就是因爲這樣，她才那樣輕易地就在一個暖風拂面的晚上，守著一杯德國啤酒，突然向一個剛剛認識的男孩敞開了自己。

她將范妮和爸爸的故事隱去了，也隱去了自己屢次被拒簽的經歷，那些都是這個故事裡太恥辱和殘酷的部分。隱去了它們，簡妮的故事，聽上去，就像一個眞正的美國夢想一樣光芒四射，簡直就像迪士尼動畫片那樣溫情而勇敢。夜晚已經到來，人行道上燭光點點，照亮著那些年輕快樂的臉，還有臉上單純的神色。有歌手在街上的咖啡座裡彈著吉他唱歌，嗓音溫柔地唱著〈Imagine〉，他的歌聲引得四周桌子上的人一片應和。簡妮想，自己應該是這條街上最能體會美國夢想的人。她終於說完最後一句，停下來。她想，要是在好萊塢電影裡，那個男的就會伸手將女的攬進自己懷裡，用下巴輕輕揉搓著女孩的頭髮，安撫她說：「一切都過去了。」這是與童話裡「從此，王子和公主在他們的王宮裡過著幸福的生活」一樣經典的結尾。

「你自己呢？」Ray 輕輕地問，「聽上去，好像你是爲你父母和家族的理想活著，而不是爲你自己。你的生活是你自己的，而不是你父母的，對嗎？」

這句話將簡妮從陶醉中驚醒。她吃驚地看著 Ray，冷靜了一會，她才看出 Ray 眼睛裡的抱歉。

她才看出來，那抱歉不是因爲他的疑問，而是因爲她的經歷。

簡妮從沒想過 Ray 提出的問題，這是眞的。她沒有時間，也沒有條件這樣想。要是讓這個連看到別人啃鴨翅膀都受不了的人，像她那樣在偏遠的阿克蘇上學，在又臭又髒的長途火車上坐四天三夜回上海過春節，沒有一天休息的苦讀十年，爲了能考上上海的重點大學，爲了得到一張美國簽證，要永遠地忍受父親爲自己撞汽車帶來的精神壓力，像她這樣從一出生就像牲口一樣被趕著拚命向前，他大概早就瘋了。「你生活在美國，才會這麼想。」簡妮忍不住委屈地說，「要是你生活在我的環境裡，你就會理解，你的想法爲什麼會與你父母的想法那樣一致，你們必須一條心，才能抵抗那麼大的壓力。」

「那是什麼樣的壓力？」Ray 問。

「不讓別人將你們眞的踩在腳底下，永世不得翻身的壓力。」簡妮說，「還有對家裡人的同情，還有不甘心。這些並不是只爲了自己的父母活著，也是我自己最眞實的感情。我自己要這麼做，我想這是責任。」

「但是，一個人的責任，應該首先知道自我，對嗎？我從來沒聽到過一個人說，他要的，就是父母要的。這種說法太奇怪了。可惜。」Ray 吃驚地說。Ray 不知道，此刻的簡妮，最聽不得的，就是「可惜」這個詞。但它卻從 Ray 的嘴裡，像美國製造的子彈一樣，輕巧有力地射了出來，擊中她像一只半空中沉浮的氣球那樣不能確定的心。他的感受明確無誤地指出了他們兩個人的不同。她像一個蚌殼那樣，被觸了一下，馬上把自己關起來。

而 Ray 卻從此發現了他們之間世界觀的不同，他想到了譚恩美小說裡的故事，他認爲那裡面的衝突是靈巧可笑的，沒有黑人故事裡的深切。他發現簡妮臉上的嗒然若失，這才意識到也許，對簡妮來說，他的話意謂著批評。於是，他輕輕握住簡妮在夜色中微涼的手臂，「我不是要讓你難過的，我是個愚蠢的美國人，總是直接說出自己的想法。」簡妮的皮膚給他手心留下了瓷器般的印象，與他原來的女友毛茸茸的手臂非常不同。

簡妮對他笑笑，假裝不在意他放在自己手臂上的手掌。其實，她的身體非常敏感，別人一碰，就癢得要命，連媽媽都不能碰她。范妮的影子像煙霧一樣從她的心裡升起。在新疆的高中裡，在上海的大學裡，她簡妮也是守身如玉的，和范妮一樣。要是范妮還能讓人猜到一些待價而沽的意思，簡妮則是因爲自己前途無量的遠大與驕傲。她心裡吃驚的是，她怎麼會對這個像美國人一樣高大健壯的ABC男孩，突然就產生了這樣明確的渴望，這是她從未有過的經歷。要是換了別的男孩，她一定早就跳起來了。范妮灑著水珠的乳房在她面前的夜色中升起。簡妮拿起手裡的杯子，就此，將自己的胳膊從Ray的手掌中自然地解脫出來，她將自己的杯子與Ray的杯子輕輕碰了一下，說：「我會想一想你的話，愚蠢的美國人。」

然而，簡妮並沒有很多時間想這個相對形而上的問題。很快，大學開學了，簡妮在經濟系註冊上課。第一天去大學，是十月東部天高氣爽的好日子，百分之百的藍天麗日，經濟系前面，是一大片綠色的草坡，棕色磚牆的老式教學樓的塔樓上，飄揚著與五星紅旗氣氛很不同的美國星條旗。簡妮向自己教室走去的路上，流下了眼淚。

最初的一星期，是簡妮生活中的奇蹟。她的英文能力得到了系裡教授的一致好評，教務主任親口告訴她，她是他見到過的中國學生裡，英文程度最好的一個。在新入學的外國學生裡，她也算出色的。在給外國學生特別開設的英文課上，她直接進了高級班，而且被教英文提高班的老師許諾，要是考試成績好的話，可以提前結束。簡妮多年的努力終於在美國大學裡得到了肯定，這有力地撫慰了簡妮。她心裡想，不管爲了誰，自己總是在多年的努力中得到了對自己有益的東西，爲自己在美國的發展奠定了基礎。每天去大學上課，簡妮都高高興興的，還有點自得。在交大和前進夜校，簡妮都聽到過許多關於美國大學是如何的輕鬆好混的傳言。中國學生大都認爲，經過了非人的初三升學考、高三畢業考和大學入學考試，一路過關斬將，能進中國重點大學讀書的人，基本上都已學成了人精。如果又將GRE考到六百以上，到美國的州立大學讀書，眞的是小菜一碟。這種彌漫在上海出國學生中的輿論，在第一個星期裡，似乎在簡妮身上成了美好的現實。

但情況卻慢慢地變了。細想起來，簡妮覺得變化是從微觀經濟學課的 seminar 開始的。在微觀經濟學的課程裡，常常教授會讓學生們上 seminar 。教授出個題，學生在課堂上討論，發表自己的意見，可以隨便插話。教授將他覺得重要的觀點寫到黑板上，然後他會給大家一個總結。教授引導學生們自己找到對一些問題的深入認識。

Seminar 是課堂裡最活躍的時候，不停地聽到有人說 disagree ，也不停地聽到有人打開鋁罐可樂時那「砰」的一聲。教微觀經濟學的海爾曼教授，在同學們的課椅和黑板之間不停地走動，他將領帶夾在襯衫的門襟裡，像捏釘子似地用力捏著枝粉筆，在發言同學的面前歪著頭聽著，好像有點痛苦地分辨著那些聲音後面的東西。有時，他匆匆放下一句好評，說聲謝謝，然後大步走到黑板上，將發言中的關鍵部分寫到黑板上，他不怎麼會用粉筆，所以那粉筆總是因爲他用力過猛而折斷，他寫得那麼快，好像生怕會漏掉什麼，那折斷的粉筆頭就像子彈一樣從他手指處飛出去。被教授寫到黑板上去的發言，常常通過他的總結，展現出有點經典的容貌，他不斷地引用剛剛同學的發言，將它們昇華到箴言的層面。那時，整個班上便洋溢著競賽的緊張，與發現的驚喜。然後，接著的討論，就在教授留在黑板上的那些關鍵字的基礎上開展，宛如坦克車的履帶那樣節節向前，不可阻擋。同學們像履帶那樣緊緊聯繫在一起，彼此補充，環環相扣。大家的身體不再靜靜固定在課椅上，手握 Big 牌的簡易圓珠筆，而興奮地扭動，就像等在高速公路入口的汽車，隨時準備在一個車流的空檔，加大油門衝進公路那樣，準備說出能被教授記錄到黑板上去的那個關鍵字。黑板漸漸寫滿，海爾曼教授的襯衣後背和腋窩也潮濕了，而他的臉開始光芒四射。他不停地誇獎發言的同學，great 像他手裡四濺的斷粉筆頭一樣，紛紛落下。他的鼻子有點翹，他的人中有點長，簡妮看著他，就想起迪士尼動畫裡黃狗忠誠的臉來。

簡妮從沒上過這種課。她在課上基本上插不上話。

開始，她有點緊張自己的英文不夠好，而且也不像美國同學那麼張開嘴就能說，不管自己說的是不是十全十美，有時他們的問題簡單極了，只要找到書看，就能找到答案。簡妮認爲，他們多半是仗著自己的自信，仗著自己不管怎麼樣，語法總不會錯的優勢。簡妮不習慣在那麼多同學面前長篇大論，而且，她得在心裡先將意思用中文想好了，再用英文把句子都組織妥了，才能發言。她不想出醜。但還沒等她醞釀好腹稿，討論已經深入了。班上的同學已經越來越興奮地隨著深入的主題呼嘯而去，而她還在懷疑自己的觀點夠不夠精采，說出來是不是丟臉。這樣的次數越來越多，簡妮心裡有了被人撇下的、無助的感覺。她覺得自己就像中國班上上數學課的時候，老師在黑板上爲大家講解和演算新的公式，同學們在自己的座位上唱山歌似地回應著老師的詢問，而不理解新公式的同學，總是在這時跟在大家的聲音裡濫竽充數。簡妮想起來，自己那時很喜歡看到他們努力藏著的無助。她沒想到，有一天自己也淪落到這個地步。

在 seminar 上，老是沉默，像塊石頭一樣，令簡妮尷尬和震驚。她擺出專心聽別人發言的樣子，和東方人的嫺靜。她怕同學發現自己的思維根本跟不上，所以，她緊張地捕捉著每個人話裡的意思，但凡有一點點幽默的地方，她都搶在大家還沒笑出來的時候，先出聲地笑了。這種為了表白和捍衛自己尊嚴的緊張，在簡妮這麼多年的求學生涯裡，還是第一次遇到。窘境來得是這樣不由分說，簡妮得全力抵擋。她在課上為了不顯得自己被集體撇下了，總是忙著將頭轉來轉去，認真地聽，努力地做出反應。

有一次，坐在簡妮兩側的同學爭了起來，一個說微觀經濟學的角度只站在資本的立場上考慮問題，對社會不夠負責，另一個人說政治才對社會負責，資本根本不用考慮對社會負責。社會分工不同，大家應該自己做好自己的事。這個問題根本就不是經濟學要討論的。簡妮看了這個，又看那個，她的思想突然被那個同學對微觀經濟學的概括照亮，她發現自己一直對微觀經濟學的理論不得要領，是因為自己學的一直是馬克思主義的政治經濟學，一直在「剩餘價值」上面糾纏不休，沒有想到過，原來資本不光是血腥的圈地運動，還有資本成長本身的許多規律。她想要談出自己這一點體會，她相信這是美國同學無法做的比較。但這個問題被海爾曼教授輕輕一拉，就帶過去了，他認為他們跑題了。「你們把簡妮的脖子累著了。」海爾曼教授說，大家都笑了。簡妮的心卻為之一震，她想，自己將頭轉來轉去的樣子，一定顯得很蠢。

簡妮簡直不相信自己會落到這個地步，從前在中國，要是班上同學都回答不出來，答錯的同學一個個站在座位前豎著，最終，都是老師請她起來，說出正確答案，為大家解圍。老師還憤憤地責怪那些同學：「不是都教過的嗎！」要是題目簡單，老師都不讓她說，要她給別的同學發言的機會。她太不甘心。後來再上 seminar，她只看自己放在桌面上的手，尖起耳朵聽著，等待一個自己能插進去說話的機會。簡妮緊張得耳朵裡嗡嗡直響，以至於要聽懂同學們的討論，都感到吃力。她要找一個機會

35 ◉Individuality: n. 個性，個體，個人，單一性，（個人的）特性，特質

把自己插進去，就像在高速公路的入口處等待飛駛而過的車流中的一個空檔，但她不知道什麼時候進去，是智慧的，有創見的，可以一錘子定音的。簡妮又急又惱，又害怕別人看到自己的這份緊張，所以她不時笑一笑，表示自己在注意，很從容。但是她恨自己這樣，她想起自己從前英文班上的差生，也是這樣被活躍的課堂排除在外的。簡妮怕班上的同學認爲自己連英文都不會說。她不能容忍自己的樣子，但又不知道怎麼辦好，她就是不想再在臉上笑笑的，對同學東張西望。交大的英文班上，有一個女生，什麼也聽不懂，但她又想掩飾自己的不懂，就是這樣臉上高深莫測地笑著，望著大家，裝出不願意與大家討論的樣子。同學們背地裡都叫她 smiling lady。一到老師在課堂上講英語笑話，簡妮常常促狹地特意轉臉去看她的反應，讓她受窘。如今，她不能容忍自己也成爲 smiling lady。

簡妮焦慮地望著海爾曼教授。他抱著胳膊，正笑瞇瞇地聽著大家說話。簡妮想，他應該知道自己的程度，他總不至於誤解自己。

海爾曼教授注意到了簡妮的目光，他在一個短暫的停頓裡，揚聲對簡妮說：「嘿，簡妮，簡妮一定有許多自己的看法，你不必太謙讓，大聲地說出來吧，和我們分享。」班上這時安靜下來，大家都轉過頭來，望著簡妮。

「我的觀點是——」簡妮驚駭地發現，自己的聲音聽上去又弱，又輕，還發著抖，與同學們的聲音比起來，簡直就是毫無把握的聲音。

她不由得頓了頓。

班上更靜了，能聽到頭頂上日光燈整流器工作時發出的嗡嗡聲。

簡妮對自己狠狠地說，我GRE能考到六百以上，又能差到哪裡去！然後，她加大音量，奮力說出自己在心裡組織好了的句子。她引用書裡的觀點，甚至引用了《Harvard Business Review》裡的觀

點，表示自己有很廣的閱讀面。她努力克服著突如其來的結巴。但她很快聽到，有人在座位上發出窸窸窣窣的聲音，有人「砰」的一聲打開了可樂罐。她知道，那是有人覺得她說的無聊。簡妮自己也覺得，自己的發言是無聊的，平庸的，不雄辯的，不生動的，她看到對面的男生將自己的手指伸到嘴裡，細心地啃起指甲來。這個動作眞讓簡妮受打擊。簡妮說不下去了，「Anyway.」她躊躇地說，草草結束了發言。經過一個短暫的安靜，她想那是對她的禮貌，也是對她發言的冷漠。然後，同學們又接著回去討論剛剛被她岔開的問題。

在別人嘰嘰呱呱的說話聲裡，簡妮先是鬆了一口氣，她終於不再被人注視了。然後，她心裡爬出了一些冰涼的東西，像阿克蘇初冬時帶著冰茬子的水那樣尖銳和寒冷，那是她心裡的失敗感。簡妮對它並不陌生，在學習中，要是考試失利，它就像冰茬子水那樣漫上心頭。學習上的失利，能讓簡妮體會到失敗裡面夾雜著的沒頂般的恐懼。從來就是這樣，她總是在沒頂的恐懼裡奮力掙扎出來。再穿上自信的衣服。簡妮知道自己的身體是傷痕累累的，只是穿著衣服的話，就什麼也看不見。簡妮和范妮不同的地方，在於簡妮比范妮更有勇氣面對眞實的自己，她不像范妮那樣只能做鴕鳥。每當失敗感來襲的時候，簡妮都會忍著痛苦，強迫自己睜大眼睛去看那慘不忍睹的現實。把自己釘在那裡不肯輕易離開，直到對自己的厭惡化爲反抗的力量。簡妮因此而理解了那些因爲失敗而自殺的人，她知道他們不是因爲自己沒有勇氣，而是因爲自己太厭惡自己的失敗了，心中的驕傲不能容忍，只能懲罰自己的生命。簡妮意識到，自己的英文是沒有問題，但現在，英文是大多數同學的母語，他們更沒問題。從此，英文已不再是她的絕對優勢。別人用英語闡述自己的觀點，吸引別人，而自己卻不能。自己拿不出獨立的觀點，可以和同學們比肩。

她意識到，自己成不了經濟系的優等生。她並不怕苦，也不消極，像范妮，無論要怎樣刻苦學

37 ◉Individuality: n. 個性，個體，個人，單一性，（個人的）特性，特質

習，她都能做到。但是，要做到事事都有自己的觀點，鮮明，而且理性，這不是靠用功就能做到的。簡妮本來靠中國優秀的成績建立起來的自信，還有靠自己家的歷史建立起來的對美國特殊的歸宿感，突然變了質。像夏天沒有放進冰箱裡過夜的切開了的西瓜，在炎熱的天氣裡放壞了，本來汁水飽滿的、嬌嫩的瓜瓤，突然就萎縮下去，像擦過污水的草紙一樣，讓人連碰都不想碰。她終於感到，美國對她來說，是陌生的。對這樣的體會，簡妮很焦慮，而且厭惡，但手足無措。她能感到，自己身上，像夏天變質的西瓜流出污水一樣，流出了軟弱、畏縮、強顏歡笑的樣子。每次上 seminar，就像在上刑。

在美國的生活也開始讓簡妮覺得窘逼，這是簡妮從前沒想到的。在新疆，雖然家裡其實沒什麼錢，爺爺也不可能資助他們。但爸爸媽媽在新疆仍舊堅決地維護著心理上富人的優越感，對新疆的糖果、餅乾、菜式、服裝、房間布置，他們都有諸多挑剔，而且也都有自己的講究。爸爸用兩個舊卡車輪胎做的沙發靠椅，媽媽織的阿爾巴尼亞花紋的粗線毛衣，一直有力地支援著簡妮富人的感覺。在場部中學的教工宿舍裡，王家的生活方式是大家都羨慕的。

在美國，簡妮的功課很緊張，又不想在住處的廚房裡做中國飯，所以，她去學校食堂吃飯。雖然學校食堂價錢上算是優惠的，但簡妮還是覺得太貴。她開始學同學的樣子，到學校超市的熟肉櫃檯裡去買現做的三明治吃，這樣比在學校食堂吃要省錢。後來，簡妮發現要是自己買麵包、火腿、生菜和番茄做三明治，比那更省錢。於是，簡妮就開始這麼做。只是，這樣要好幾天才能吃到一次眞正新鮮的三明治，一包吐司吃到最後一天，常常又乾又硬，完全失去了麵包的香味。這樣是比較省錢，但吃得很不舒服，好幾天吃不到熱的食物，簡妮發現自己路過主街那些熱氣騰騰的餐館時，居然像巴普洛夫實驗裡的那條狗一樣口水直流。

爲了節約用那些始終能聞到消毒水氣味的錢，大概裡面也有懲罰自己的意思，或者還有要臥薪嘗膽的故意，簡妮要直到自己的極限了，才去學校食堂吃一次飯。學生餐廳在高地上，晚上坐在落地玻璃窗前，能看到遠遠的一片燈光璀璨之處，有人告訴她，那裡就是曼哈頓島。那兩個像雪條一樣的青白色的東西，就是世界貿易中心的雙子塔。簡妮想到自己在曼哈頓島上的漫遊，回想起 Saks 頂樓上，成千上萬的換季折扣衣物掠過指尖的感覺。被自己的認同之地排除在外的痛心總是不由自主地湧出來，讓簡妮想到剛回到上海時的時候。學生食堂的食物裡常常有奇怪的起司氣味，起司被融化時略臭的氣味，讓簡妮從心裡往外噁心。她點的食物常常不能下嚥，簡妮不知道，這是因爲她還沒有對美國食物的感覺，不知道什麼是合她口味的菜，還是因爲自己的腸胃根本就受不了那種外國味道，在她看來，魚做得像木屑，肉做得像生的，蔬菜爛糟糟的，像給豬吃的一樣。但是，每次，簡妮都就著曼哈頓遙遠的燈火，將它們吃完。然後，再喝一杯牛奶咖啡，像食堂裡大多數同學一樣。

早上上學去，走在路上，遇到人，大家都高聲問好：「How are you doing?」簡妮這時必須瞇起浮腫的眼皮來裝笑：「Fine, thanks.」然後還要周到地問候一句，「How are you doing?」簡妮懂得這些禮數，在十歲學《英語九百句》第一課的時候，就知道了。常常，她看到那問話的人臉上笑著，可早已經將自己問的問題忘記了，他們這是禮貌，根本不是眞的關心你到底好不好。但是，被問的簡妮，明明不好，卻不得不響亮地說「好！」也是禮貌。簡妮開始恨這種問候，她不願意裝，像 smiling lady 那樣。她不願意說謊，覺得說謊就是認輸，那不是騙別人，而是侮辱自己。她恨讓自己強顏歡笑的微風習習的那些早上。每天她都強迫自己像美國人一樣喜洋洋地說著 fine，風一樣迅疾地擦過別人身邊。

有一天，一個穿了花衣裙的老太太在與她擦肩而過的時候，喜洋洋地問候她：「How are you

doing?」

簡妮突然衝口而出：「Very bad.」

簡妮看到老太太將自己的臉向後微微一仰，她顯然沒想到會聽到這樣的回答，被嚇了一跳。然後，老太太的臉縮了起來，突然變得像隻鷹一樣，兇惡而專注地盯著簡妮，簡妮心裡一震，突然害怕了。她明白過來，自己這句眞實的話，是冒犯了這個老太太。她著了急，於是向老太太討饒似地笑了笑，但她的臉上還掛著笑，卻看到老太太的臉上漸漸地充滿了厭惡和害怕的樣子，好像看到一隻死老鼠似的。她繞過簡妮身邊的時候，輕聲丢下一句：「Stupid.」

簡妮也沒有停下來，她昂著頭向大學走去，像逃一樣。出門時匆匆洗過，還沒有乾的濕髮，此刻在早上的風裡一根根豎了起來。她將手放在褲兜裡，狠狠掐著自己的腿，一邊默念著老太太的話：「Stupid. Stupid. Stupid.」

經過高大的橡樹林，再經過一個石塊壘起來的英國式樣的牌樓，簡妮看到草坡上棕紅色磚牆的經濟系。磚牆上爬滿了綠色的常春藤，星條旗在藍天下飄揚，一切都沒有改變，但她突然發現了藏在這十全十美景色裡的哀傷。站在樹下，簡妮想，自己眞的一無所有。她感到很吃驚，居然是美國，使她失去了所有的優勢。變成一個步行到超市買菜的老太太眼中的蠢人。

在碧綠的草坡上，有個人從飛馳的藍色自行車上直起身體，揮手招呼她，他頭上戴著一個藍紫色的頭盔。那是 Ray 。他像騎在馬上一樣，向簡妮衝來。

「How are you doing?」他大聲問。

「Good.」簡妮大聲回答道。

「你肯定嗎？」Ray 在橡樹下刹了車，小心地看著簡妮問。他的頭髮也有點濕，因爲他在簡妮後面用的淋浴間。簡妮聞到他頭髮上那在淋浴室裡已經熟悉了的香味。

「Sure.」簡妮像 Ray 那樣咧大嘴角，露出不容質疑的明亮笑臉，「What's up?」她轉過去問他。

「馬馬虎虎。」Ray 撇了撇嘴說。

Ray 想下午去紐約唐人街，他聽說那裡有一個唐人街歷史博物館，但不知道具體地址，想去找找看。

「我怕是沒時間，我得寫 paper 。」簡妮推辭。

「你那麼用功！我晚上總看到你房間的燈亮著，有時讓我想起那些十九世紀被愛爾蘭人嫉妒的華人淘金者。」Ray 玩笑地說，「大概這就是亞洲的經濟騰飛的文化原因吧，那是些天生勤勞刻苦的人。」他正在修亞洲經濟這門課，想更多地了解亞洲，這門課是這樣吸引他，以至於他言必稱亞洲。簡妮想，就因爲他是個長著亞洲臉的美國人，所以才將亞洲整天掛在嘴上，像唱歌一樣。他是要找出來自己與普通美國人不同的特點，使自己更有個性。而自己，卻苦於無法融入美國人中間。

他們在橡樹下分了手，各自趕去自己的教室上課。Ray 烏黑眼睛裡那小心的眼神一直在簡妮面前晃著，「你肯定嗎？」他問。當然應該肯定，不要 stupid 。她不能再將 Ray 驚得人仰馬翻，他是她在這裡唯一的熟人，會在自行車上對自己招手，會在自己身邊停下，會感受到她並不快活。這種安慰，在孤獨和失望的時刻，是致命的誘惑。簡妮想。但是要是像范妮那樣一腳踏進去，想要將自己託付出去，那就是致命的陷阱。簡妮知道，要是自己不是中國人，他不會對自己有興趣。簡妮斷定，這種處境，與范妮一年以前遇到的肯定相似。她不能相信，自己竟然會重蹈范妮的老路。

「我會不顧學業，去愛一個美國人嗎？」她心裡問自己，然後她回答說：「絕不。」當她走上石頭台階，有人坐在台階上吃著一個 muffin ，她笑著與那個人互道早安。

41 ◉Individuality: n. 個性，個體，個人，單一性，（個人的）特性，特質

「我會在學業上敗下陣來，不得不靠妄想與美國人結婚留在美國嗎？」她又問自己，然後她回答說：「絕不。」她走到門口站住，門是自動的，無聲地爲她打開了。她喜歡美國的大門，那是眞正寬敞的門。她聞到教學樓裡的氣息，和中國學校裡的氣息不同，多了電器運行中的靜電乾燥的氣味，還有學生咖啡館隱約的咖啡香。這一直是她夢想的時刻，夢想的地方。

「我會在美國毀掉自己，偷雞不著，反而蝕把米嗎？」她再問，然後她回答說：「絕不。」她走進教室，看到海爾曼教授已經單腿坐在講台上，喝著裝在Starbucks的綠色紙杯裡外賣的滾燙咖啡。她滿臉笑容，大聲對海爾曼教授說：「早上好，教授。」

簡妮在課椅上坐下，心裡說：「我要像一顆釘子那樣，死死扎進美國。」

當Ray Lee再次邀請，簡妮終於答應陪他去一次唐人街。這時已是初冬，簡妮仍舊在自己對美國教育不可思議的不適中默默掙扎著。去學校註冊的時候，她也被外國學生辦公室的熱心老太太珍介紹給了中國學生聯誼會。她本不想與大學的其他大陸學生發生任何關係，但珍將她送到那些中國人面前，她也不得不敷衍一下。在聯誼會上見到的大陸學生，大都想著打工，想著發展對自己將來在美國有用的關係。他們到唐人街去，也就是爲了買便宜菜。他們也討厭唐人街，一個北京學生對她抱怨說，哪裡是中國城，只能說是廣東城！他對那裡的人說普通話，那裡的人竟然說，哦，你不會說中文。「反了天了。」他又好氣，又好笑。這倒提醒了簡妮。她意識到，Ray對唐人街的態度，才是眞正ABC的世界觀。正是與中國心裡完全斷了干係，一個人才能對唐人街好奇。對唐人街好奇，也是一種資格。

唐人街的人行道上，一攤攤的，都是從街邊像格林威治村的咖啡館那樣向外敞開的生魚店裡流出

來的水。夾著魚腥味的水被太陽曬著，弄得空氣中到處都是魚的味道。這氣味讓簡妮不得不想起爸爸。他曾經在這裡的餐館當最下等的洗碗工，然後，他去撞了汽車。路過金鋪的玻璃窗，簡妮看到燈泡明晃晃地照著成排結實而俗氣的金鍊條、方戒和金墜子。那裡的每一件金器都是笨重殷實的，沒有裝飾品那種愉快而風流的氣息，倒像是亂世中用來防身的細軟。它們讓她想起爸爸最後留給她的那些沾著消毒水氣味的美元存摺，它們是一樣地克勤克儉，一樣地可憐。簡妮一直盡量避免想到爸爸，想到他，接著就會想到他爲自己下的賭注，她心裡清楚，爸爸爲她捨生忘死，是因爲對她的將來，有必勝的信念。要是爲了范妮，他就未必會這樣做。爸爸在紐約的時候，簡妮過來買菜，心裡就想，回去好好爲爸爸做吃的，將來好好讀書，要報答他像魯迅說的那樣，自己扛起黑暗的閘門，將她放到光明的路上去。現在，她竟然在光明的路上走不動。在擁擠的行人裡，能看到那些凹眼睛的南方人長相的華人，他們帶著委頓的姿勢，在人行道邊上，站成一排。他們將雙手攏在胸前，那是中國人在冬天時最地道的姿勢，也是最難看的。他們不痛不癢地站著。看到他們，簡妮想起格林教授的書裡用過一幅一九〇五年唐人街的老照片，照片上也有一排當時站在馬路邊茫然而順從的男人們。現在，唐人街上還有這種男人站成一排，他們麻木苟且的神情，他們穿著和爸爸一樣的運動鞋，戴著和爸爸一樣的帆布棒球帽的樣子，都令簡妮心裡火辣辣的，羞恥極了。

Ray 很驚訝簡妮鐵青的臉色，他想起有一天早上在學校的草坡上見到她的樣子，他認爲那是一種痛苦。他以爲簡妮到了這裡，應該如魚得水。

「你覺得這裡不好嗎？」他輕輕拉住簡妮的手肘，問。

簡妮看看他，他的臉健康、乾淨，簡直是單純，像美國的自來水，打開水龍頭就可以對著嘴喝，不用燒開的。

「不，沒什麼。我就是覺得有點荒誕。」簡妮打起精神，「你呢？你不覺得？你看這些男人。」

「我猜想，他們就是書上說的，從海上偷渡到美國的中國人蛇。」Ray 走得極慢，他幾乎像檢閱一樣，細細打量那些男人。在他看來，這些人的臉，與排華時代報紙上的漫畫上，既愚蠢，又狡猾的老鼠臉的確驚人地相像。他的眼神放肆、好奇而直率。簡妮跟在他旁邊，默默看著他，她想，Ray 會這樣，因爲他的心裡，並沒有眞正將他們當成人，尤其沒把他們當成同胞，才會這樣肆無忌憚，沒有痛苦和憎恨。簡妮對自己說，這才是一個純粹美國人的眼神。

「眞的？」簡妮裝作很驚奇的樣子。其實她也知道。他們傾家蕩產，花上幾萬美金人頭費，再經歷了生命危險的非法偷渡，才九死一生，到了美國，他們來找遍地是黃金的「金山」。他們的信念，還是當年美國洋行招募契約勞工時的響亮口號。簡妮看了報紙以後才知道，現在這個古老的口號，在南方沿海一帶的男人心裡，仍然有著讓他們肯鋌而走險的巨大號召力。她還知道，就是因爲這些人，美國簽證領事看她的眼神，才會鄙夷而懷疑，還有點害怕，就像看一大堆瘋狂生長的垃圾。

「當年，我家祖上與美國洋行做契約勞工的生意，從中國來的勞工，至少是合法在美國居住的居民。」簡妮說。

「他們以爲美國遍地都是金子。」Ray 說，不以爲然地聳聳肩。

「那不是他們認爲，是從前很多中國人說起美國來的口號，格林教授的書上說，那是當時美國洋行招募中國勞工時的廣告，就像 Just do it 是耐吉的廣告口號一樣。」簡妮說，「這個口號一直都在中國人心裡。」

「眞的？」Ray 是眞的驚奇，「有趣。」

「要是設身處地，Ray Lee，事情就不那麼有趣了。」簡妮忍不住衝口而出。

「是的。」Ray 老實地同意了。他感受到自己與簡妮在感情上的差異，他心裡想，這便是一個中國人和一個美國人的差異。這種差異讓他有點失落。他幻想用唐人街的油條做湯的簡妮，會像導遊一樣，帶他在唐人街長驅直入，直逼寶藏所在。他以爲，這就是一次類似去迪士尼樂園「彼得潘」童話國的纜車旅遊，那樣沒有異議的享受。他一直覺得自己會像那些黑人一樣，在血裡藏著一個完整的非洲。一旦開始尋找，就像瞎子張開眼睛一樣，馬上擁有整個世界，神祕的血緣完整無缺。但他面臨的事實卻更像，越是尋找，就越是失落。簡妮讓他沮喪起來，「你說的是對的，簡妮．王。」Ray 說，「唐人街有時讓我覺得比任何地方都要陌生。」

簡妮拍了拍他的後背，抱歉地說：「我說得太重了，其實，你要眞正設身處地幹什麼呢？一個人在美國，不就應該好好做個美國人嗎？是他們這種人，不應該到美國來。」

「但我還是想要了解這些。」Ray 用手掌摀著自己的左胸，唱國歌似地。

Ray 隨身帶了一本紐約記者寫的《唐人街》，那是他認爲寫得最深入的書。這本書裡提到了唐人街博物館，就是 Ray 想去的地方。因爲書裡沒有提到具體地址，所以他一直沒找到。這次，他主要就想找到這個小博物館。他和簡妮都知道，問馬路上站著的那些男人是不可能的，問魚生店裡的老闆也不可能，所以，他們決定去問勿街上那些陳年舊貨鋪裡的人，他們想，那些陳年老店裡的人應該知道得多一點。按照邏輯，也許博物館就坐落在這條唐人街最老的街道上。

勿街上有不少老舊的窄小鋪子，藏在充滿醬油氣味的亞洲食品店和大紅大金的廣東餐館之間。簡妮和 Ray 一路走，一路看書上的介紹，確認自己的位置。這是簡妮第一次帶著書來唐人街，她發現常常能看到亞洲臉的年輕人，或者一個亞洲人，一個白人，他們也手裡拿著本書，在勿街上轉悠。簡妮打量著他們，心裡想，就是他們這些遠離了中國的人，才會眞正依戀那個想像中的故鄉吧。他們也常常回看簡妮，看到簡妮和 Ray 手裡也拿著書，也探頭探腦，就彼此輕輕一笑，認作同道。

他們找到一家上百年的老店鋪，書上說，這就是唐人街最早的雜貨鋪。很小的鋪子，又小，又深，天光暗淡。

「你看，密室。」Ray 拍拍簡妮。

「你認爲，這裡從前是鴉片館？」簡妮問。書上管唐人街上的鴉片館就叫做 den 。

他們相跟著走進昏暗的店鋪。Ray 伸手拉了簡妮一下，讓簡妮跟著他。

店堂裡上上下下，堆滿了中國雜貨，或者中國舊貨，幾乎沒有插腳的地方。在堆滿各種東西的暗淡店堂裡，他們找到了書上介紹的上百年來，一直沒有變化過的嵌在壁板裡的中國花鳥圖。發黃的紙面上，桃紅柳綠顯得溫文而脆弱，就像落進灰堆裡的豆腐。那是簡妮最熟悉不過的頹唐敗落，也最符合 Ray 的想像。在一堆中國瓷碗上，擱著一個深棕色的舊鏡框，美麗女人的照片，已經發黃了。她穿了一件沒領子的繡花袍子，眉毛絞得細細的。簡妮覺得她像電影裡那個吸食鴉片的痛苦的皇后，而 Ray 覺得她像在西部廣泛傳說的中國名妓，他在書上看到過關於她的記載，聽說唐人街的男人們爲了看她一眼，在她的屋子外面排隊等好幾天，還要給她一把金沙。他們倆輕聲耳語，好像怕驚醒什麼。在一堆舊《良友》雜誌旁邊，Ray 找到一桿畫了山水仕女的竹筒。竹竿中間有個燒得黑黑的洞，用一個嵌了假翡翠的蓋子合著。他們激動得互相使了個眼色，他們認爲自己找到了一桿大煙槍。在店鋪昏暗的天光裡，他們細細端詳著那桿煙槍，煙槍上，用中國畫溫潤而精美的筆法，刻畫了青山綠水，牡丹滴露，還有細眼睛的安詳女人，穿著猩紅的長袍，微微扭著身體，是中國古人慵懶而恬靜的樣子。Ray 將臉湊過去，聞了聞竹筒，說裡面有種奇異的香味，那一定是鴉片留下來的香。Ray 說，聽說，鴉片有種奇怪的香味，聞到的人就像被勾了魂一樣，馬上就變成大煙鬼。簡妮暗暗想，不知道販賣到唐人街的鴉片是不是也和自己的祖上有關係。她也湊過去聞了聞，果然是有種奇怪的香味，沉甸甸的香氣。格林教授的書上說，鴉片是當時在中國最能暴富的生意，而且，買辦還能從中再賺一筆將鴉片批發給各地行銷行的差價。所以，王家在鴉片生意中的獲利，其實比洋行的大班還要多，這就是王家後來將大班請到家裡過春節，他家的富麗堂皇將美國大班嚇了一跳的原因。

簡妮和 Ray 拿著那竹竿照了相。矮小精瘦的店主人默默地望著他們，一言不發。

「嗨！」Ray 向他打招呼。

店主人站在古舊的木頭櫃檯後，兩束長長的孔雀翎中間，好像在一齣京劇裡面那樣。

Ray 求援地看看簡妮。

簡妮走過去，站在 Ray 身邊，對那個矮小的店主人招呼道：「你好。」這是她從爸爸和范妮回上海後，開口說的第一句普通話。

他看了他們一眼，拿出一個小電子計算機，在上面按了幾下，遞給 Ray。那上面是這桿煙槍的價錢，那就是唐人街問價錢和討價還價的方式。

「不，我們不要買它。」Ray 用很慢，很清楚的英文說，「我們想要找唐人街歷史博物館。你能告訴我們嗎？」

那個男人搖搖頭。

Ray 他拿出手裡的書，點給店主人看，「唐人街歷史博物館。」

那人還是搖頭。

「我們要找唐人街歷史博物館，講唐人街的事的。」簡妮又慢慢地對他說了一遍普通話。

那個男人還是搖頭。

Ray 輕聲向簡妮確認：「我相信你對他說了中國話吧。」

「是的，我說了全中國通用的中國話。」簡妮回答，「你說他是不知道，還是聽不懂？」

「博——物——館。」簡妮換了上海話說。

「No English.」店主人突然發了話。

「我是在對你說中國話。」簡妮對他說。

「博——物——館，」Ray 臉上堆滿笑容。

「博物館！」簡妮幫 Ray 說了句中文。

「No English.」店主人不高興地重複了一句，拿著計算機，繞過罎罎罐罐，走回到櫃檯裡。

他們這才明白，他不說英文，不說普通話，不說上海話。

Ray 告訴簡妮說，「我上次也是這樣的。這裡的人大概都說廣東話，他們聽不懂我們的話。」

「我覺得他是不懂我們要找的博物館。他們對博物館沒興趣。要是我們去問他吃飯的地方，他肯定馬上就告訴我們。」簡妮說。

他們正說著，有一個穿著白色舊愛迪達運動鞋，戴著棒球帽的白人輕快地走進來。他向他們大家微笑著問了聲好，Ray 回應了他，簡妮也向他微笑。那個人走過來看了看拿在簡妮手裡的煙槍，又笑著看了她一眼，她對他說：「很漂亮吧，是鴉片槍。」

「真的？」那個白人站下來，仔細地看了看。他問：「你肯定嗎？」

簡妮看了看 Ray，他說：「我們猜想是的。書上說在第一次世界大戰以前，唐人街上有不少非法的鴉片館。」

「聽說鴉片有神奇的香味。」簡妮說，「我們在這上面還聞到了一些餘香。」

「我可以聞一聞嗎？」那個白人問。他伏下身，就著簡妮的手聞了聞，然後，抬起頭來笑了：「我想，它應該是水菸槍，而不是鴉片槍。鴉片槍按照原理來說，是直的，像根手杖，並不這樣彎曲。」他用手摸了一下菸槍彎曲的地方，說，「這裡彎曲，是爲了菸草燃燒以後的煙霧通過水。」

被那陌生人一點，簡妮和 Ray 都想起來，在電影裡出現的鴉片煙槍，好像眞的是像手杖那樣筆直的。

「但是，它那麼香。」簡妮說，「那種奇異的香。」

「大概是上好的菸絲留下的吧。」那個白人說。

「那你知道唐人街的博物館嗎？」Ray 問。

「就在這條街上，一家潮州麵條館的旁邊。」那個白人告訴他們，「但是你們要先打電話預約，它不是正常開放的。」

「你是誰？你這麼熟悉唐人街。」簡妮打量著他問，甚至他穿得都跟唐人街上的草根階級一樣，好像變了裝。

「我的博士論文，是寫唐人街的街區調查。」那個白人說，「我叫亨利．史密斯。」

Ray 自然是大喜過望，拉著他問個不停。而亨利則對在唐人街找到了一個來尋古的買辦後代大喜過望，他居然也讀過格林教授的書。他們說著，一起走到店鋪外。亨利陪他們去認了認那個小博物館的門，然後，他們決定一起找個地方喝一杯。唐人街到處都是餐館，惟獨沒有可以喝一杯的咖啡館。

「我是這樣渴望喝一大杯奧地利黑咖啡！」簡妮說。

「我也是。」Ray 贊同說，「每次我到唐人街來，幾個小時以後，就特別累，特別想要喝黑咖啡。特別需要它。」

49 ●Individuality: n. 個性，個體，個人，單一性，（個人的）特性，特質

亨利笑了：「我也一樣。但是，爲什麼是奧地利的咖啡？義大利式的咖啡可以嗎？我知道有家咖啡館，我每次都到那裡去歇腳，就在小義大利。」

「可以嗎？」Ray 問簡妮，「義大利咖啡？我還以爲你要喝中國茶。」

簡妮說：「只要是好咖啡，是個安靜地方，有點音樂。」

「爵士的行不行？」亨利問。

「行！」簡妮和 Ray 齊聲答應。簡妮知道 Ray 喜歡美國南方的爵士，他喜歡裡面那無可奈何的鄉愁，她也喜歡。

穿過唐人街的時候，簡妮又在雜亂的人群中看到那些腐爛水草一樣，站在街邊的男人們。她臉上也浮起了好奇的微笑，像 Ray 一樣。簡妮筆直地看著那些男人，她感受到了一種優越。繼而，她在這種優越裡找到了平衡。她終於將自己和他們區分開來了。她注意到，有些男人被她看毛了，他們的臉色陰鷙起來。她想，他們是感到受了她的侮辱。因爲 Ray 是單純的好奇，但她的好奇裡，有種像刀一樣的東西。簡妮知道，Ray 的好奇裡沒有她的刀似的東西。簡妮知道，這種不同，可能就是華裔和中國留學生之間的距離。於是，她努力換成 Ray 臉上的樣子，那是美國式的要解釋一切的自信與鑽研。Ray 的臉上，還有夏威夷人的甜美、美國學生的單純和華人的溫順，這對簡妮來說太困難了。

「我總覺得他們怕我們，爲什麼？」Ray 問。

「因爲我們不是他們的人。」亨利．史密斯說，「我們是『鬼佬』。」

下午，簡妮剛下課，要離開教室，她嘴裡吃著一個蘋果。系裡的祕書就找到她，告訴她，這次微

觀經濟學的 paper 她沒有成績，海爾曼教授明天下午下課以後，約請她到他辦公室去談話。

「我寫了，也按時交了的。」簡妮含著蘋果，將臉漲紅了。她心裡升起了不祥的預感，「會有什麼不妥？」她問。

祕書聳著肩膀搖頭，表示不知道。

看到簡妮眞的著急，祕書伸手撫了一下簡妮的手臂，安慰她說，「也許只是一次談話，馬上就能解決的。」

簡妮心裡充滿了驚弓之鳥的感覺。她回家，就去敲 Ray 的門，Ray 已經修過微觀經濟學。她問 Ray，他也猜不出有什麼値得教授不給成績，而且約見。簡妮察覺到 Ray 猶豫了一下，看著她不說話，就問：「你好像有話要說，告訴我好嗎？」爲了不要使自己顯得太急，簡妮還開了一個玩笑，她說，「我們可以做個交易，你給我一些提示，我再給你做一個中國湯，我可是會做好多種中國湯。」

Ray 看著簡妮，有點爲難：「我不想讓你難過。但我又想幫你。」

簡妮的心「忽悠」一聲沉了下去：「你別嚇我。」她勉強笑著說。

「要我說嗎？我也只是猜測。」Ray 問。

「你說。」簡妮眼巴巴地看著 Ray，他看著她，流露著溫柔的抱歉。簡妮的心軟了一下，這是她第一次在男孩子的臉上看到對自己這樣愛護的表情。Ray 一定想不到，在交大，男生們叫簡妮「德國坦克」，她是沒有感情的，無堅不摧的，隆隆向前的。她的功課曾經好得讓他們認爲「不是人所能爲」。那些叫簡妮「德國坦克」的同學，也一定想不到簡妮此刻心裡如天崩地裂般的驚恐與不解。

「要是你的作業是作弊的，被發現了，就會被教授約談。」Ray 說。

「什麼叫作弊？」簡妮吃驚地問，在中國，考試偷看別人的答案，叫做作弊。

「你抄襲。」Ray 說。

簡妮急了，她輕聲叫起來：「我沒有，一個字也沒有，完全是自己寫的。」她看看他的臉色，強調說，「我說的是眞的。」

「好的。」Ray 點點頭。他看著簡妮，她與剛開學的時候相比，整整瘦了一圈，好像連個子都變矮了。她面色蒼白，在她薄削削的下巴上，能看到一條發青的小靜脈，像地圖上的河流那樣在她的皮膚下蜿蜒，但她的眼睛卻格外地黑亮，像發燒的人。他知道，簡妮爲功課花的時間，是他不能置信的。她的房間有時竟然會通宵亮著燈。她雖然用力做出輕鬆的樣子，但他看到她緊抿著嘴唇，壓制著它們的顫抖。

他猜想，簡妮恐怕眞是抄襲了。要不，她這麼緊張幹什麼。

Ray 隱約感到簡妮有時不說眞心話，她常常在身後藏著什麼，他不知道這是中國人的天性，就像美國人說的那樣，中國人天生愛說謊。還是因爲自己誤解了簡妮。Ray 不習慣和簡妮這樣相處。所以，他說：「那麼，也許，教授是要特別誇獎你。」

這話在簡妮聽來，有點異想天開的意思。她不相信海爾曼教授會爲了誇獎她而約見她，在 seminar 上，她都不敢看他的臉，生怕他會注意到自己，會叫自己起來發言。海爾曼從來沒將簡妮發言的任何一個詞寫到黑板上，作爲討論的關鍵字。簡妮看出來，他不認爲自己能提出什麼有價值，或者是有趣的觀點。他對她沒什麼信心。

她認爲 Ray 心裡也是這麼想的。她聽出來他話裡相反的意思，雖然它層層包裹在客氣裡。這更加刺痛簡妮。

「哈！」簡妮短促地笑了聲。她藉此含混地表達出自己的自知之明，同時也表達出一個優等生的不在乎。簡妮驚慌地發現，自己已經沒有了在中國時對自己學業的自信。對老師讚揚的當仁不讓，現在，在她看來，已經不敢當，甚至不敢想。自己笑得這麼短，就是自慚形穢。

簡妮好不容易等到海爾曼教授約見的時間，心怦怦跳著，去了他的辦公室。海爾曼教授和教務主任已經在等著她了。她看見，自己的 paper 正平平整整地放在教授的桌子上，像已經從十字架上放下來的死去的耶穌。

海爾曼教授委婉地開始：「我們知道你的英文程度很好，你是一個用功的學生，考試沒問題，」坐在簡妮對面的，長著一個猶太式鼻子的教務主任也滿臉都是關切的表情，好像面對一個重病人。簡妮迷惑地聽著，她感到教授慢慢地兜著圈子在接近主題，就像打青黴素的時候，護士會先在肌肉上捏幾下那樣。「讓我困惑的是，你文章的觀點，我太熟悉了。」他臉上的痛苦表情，讓簡妮想起，他在同學們的課椅和龍飛鳳舞寫滿關鍵字的黑板之間穿梭時的樣子。那時，他臉上的痛苦是創造的痛苦，沒有現在的遺憾。

簡妮終於明白，他們真的懷疑簡妮抄襲。

「我沒有，我發誓。」簡妮壓低嗓子喊了聲。

「但是，這一點，還有這一點，顯然不是你自己的陳述。」海爾曼教授將簡妮的作業從桌子上推向簡妮，他在她的作業上面用鉛筆畫出一些段落。簡妮看了看，那都是她引用教授推薦書目裡的相關段落，是她贊同的觀點。

「是的，你可以贊同，但那是別人的觀點，不是你的。」教授說，「這篇作業的要求，是請寫出你自己的觀點，不是要你複述你贊同的觀點。當然，我能理解，你自己的觀點會建立在學習的基礎上，你必須引用一些別人的觀點，但要是這樣大段的引用，你需要注明，這是起碼的學術道德。」

53 ◉Individuality: n. 個性，個體，個人，單一性，（個人的）特性，特質

「對不起，我不知道。」簡妮說。她看到海爾曼教授責備地看了她一眼，「他一定覺得這樣辯白是令他吃驚的無恥吧，但這卻是眞實情況。」簡妮心想。

「好吧，我可以算沒有人告訴過你基本的常識。」海爾曼教授說，「這還不算問題的關鍵。」說著，他將簡妮引用的段落一一畫掉，然後給簡妮看；「你自己的話，只剩下一些連詞，或者起到連詞作用的句子。」

簡妮看著教授手裡握著的藍色鉛筆像剔肉刀那樣，禮貌而堅決地肢解著她的第一份 paper，不得不承認，他說得那麼難聽，但他說的有道理。她渾身疼痛地看著，彷彿教授那靈巧的藍色鉛筆肢解了她的身心，它們變成了碎片。她被準確地告知，她是個沒有自己思想的人，在美國，沒有什麼比這個評價更負面的了。雖然海爾曼教授和教務主任分頭坐在辦公桌的兩邊，他們三個人的座位，看上去像是在開個小會，雖然他們兩個人的臉上充滿了關切的表情，更像小時候發燒的時候父母看自己的表情，而不像在責備，但簡妮還是無法從鮮血淋漓的羞恥中掙脫出來。

教授停下手來，說：「很抱歉，簡妮，這就是我不能給你分數的原因。你的句子很漂亮，文法上的錯誤比有些美國學生都少，你知道，本來這也是我產生懷疑的原因之一。這一點，教務主任先生解釋了，那是因爲你在中國背誦過大量英文作品的緣故。我很佩服你的認眞，我也願意相信你不是有意要挑戰我的閱讀量，但我無法給你分數。」

「你需要重做。」教務主任說。

「也許，我要開始學習怎樣找到自己的觀點，然後，怎樣表達出來。」簡妮索性一刀挑開自己的痛處，她到底是個驕傲的人，「我是從來沒受到過這樣的訓練，在中國的學校裡，常常要是學生不按照老師的方法學習，就拿不到分數。沒有人鼓勵你說自己的話。但是我知道，現在我是在美國，我要

學習找到自己，建立自己的世界觀。我猜想，這也是我上 seminar 時，很難加入大家討論的根本原因。」批判自己的疼痛和羞恥，使簡妮變得很興奮，她收不住自己的話，「我像大多數中國孩子一樣，只管讀好書，保證每次考試成功，我做過的卷子，摞起來的話，眞的像我的人一樣高。我沒有機會發現自己的問題。現在，可以將課本上的東西完成得毫釐不差，懂得揣摩老師的心思，考試的思路，但毋需用自己的觀點去分析事物。因爲老師關心的只是，你有沒有掌握他教的知識。因爲我父母將他們一生的希望都寄託在我的出人頭地上，所以我比別的孩子更努力做到老師的要求，我是那麼努力，甚至超過了父母的期望。」簡妮說到這裡頓了頓，她想起 Ray 說過的話，她認爲海爾曼教授會像 Ray 那樣想的。但是，過去的情形卻出現在簡妮眼前，開始的時候，她的爸爸還像其他家長那樣，抽空檢查她的作業，告訴她說上海學校的功課比新疆的難，要是不多學一點，回上海一定會趕不上學校的進度，特別是英文。但是，很快，她的爸爸就發現簡妮學得又多，又好，又快，而且從來不需要家裡人督促。爸爸和媽媽都感歎，簡妮小小年紀，就懂得了危機和努力。懂得要靠自己的努力才能回上海。她的媽媽還爲此落了淚。

「我們美國教授關心的是，一個個體的人怎樣創造性地學習。」海爾曼教授說，「你有你的自我，這才是一切學習和研究的基礎。」

「是的，我現在找到了自己爲什麼在美國學校裡感到破碎和痛苦的原因了。」簡妮說。

海爾曼教授說，「我相信你能做到，你是一個勇敢的女孩，我看出來了。」他望著簡妮鼓勵地笑了笑，「我很高興你是這麼想的，但願我沒有扼殺你，而是激勵了你。」

「你沒有，我感謝你能這樣告訴我。」簡妮肯定地說。

從海爾曼教授的辦公室裡出來，路過樓梯口的廢物箱時，簡妮把手裡握著的 paper 撕碎，扔了進

55 ●Individuality: n. 個性，個體，個人，單一性，（個人的）特性，特質

去。

教學樓外面的草坡上，三三兩兩的學生躺著曬太陽，讀書。大地陽光燦爛，留著夏天最後的暖意。書上說，這種天氣在美國叫「印地安之夏」，強烈的溫暖裡帶著稍縱即逝的傷感。秋天的草坡，開始變得乾燥而芬芳，但仍舊綠意蔥蘢。灰色的野兔飛快地跳過草坡，鑽進橡樹的樹洞裡。簡妮有點恍惚，她慢慢在草坡上走著，突然，她看到幾棵白楊樹，它們潔白的樹幹上也長著一些看上去像安靜的眼睛那樣的樹杈，它們的細小綠葉也在枝條上索索抖動著，一切都像阿克蘇的白楊樹一樣。簡妮走過去，摸了摸它們，她以爲自己會哭的，那份像受難耶穌般躺著的 paper 也讓她疼得直哆嗦。但，簡妮發現自己的眼睛裡並沒有眼淚，甚至心裡也沒有什麼悲哀。她只是有點恍惚，腿腳有點像高燒時那樣發軟。於是，她靠著白楊樹坐下，然後又躺下，將身體平放在開始發乾了的草地上，感覺自己就像剛剛被撕碎了的作業紙。

該撕碎的，終於被撕碎了。簡妮想，「那麼，什麼是我的 individuality 呢？」海爾曼教授總是提到這個詞。

邦邦邦——邦，宿命在敲門

萬聖節來了，美國也進入了每一年的 holiday season，舉國上下都忙著過節。萬聖節放在家家戶戶門口的南瓜和鬼偶還沒收掉，感恩節的南瓜黃就出現在商店的各色櫥窗中，禮物的包紮緞帶幾乎都是金黃色的了。然後，聖誕節的綠、紅、金已鋪天蓋地而來，連公路邊一張椅子都沒有的甜甜圈外賣店裡，也整天播放 COMO 唱的《白色的聖誕》。同學們的心思已經散了，紛紛回家過節。晚上，Ray 他們的電話裡，都是家裡人來問行程的。簡妮在自己房間裡用功，聽到走廊裡的電話鈴響，她都等別人去接，因為她知道，那些電話與自己都無關。但是，她的心裡，卻沒有想像中的那樣，會每逢佳節倍思親。在淺淺的惆悵中，她有點興奮，她想在大家都放鬆學習的時候，自己抓緊機會，狠狠精讀一些書，狠狠抓一下功課。在班上成績流於中游，讓簡妮實在不甘心。伍教授指點她說，要多看美國重要的經濟學刊物，他認為最新、最能刺激人思維的，是那些首先發表在重要經濟學刊物上的文章。

有一個晚上，電話鈴響，那時，同住的同學都已經回家了，簡妮以為是電話推銷。寂寞的時候，她常常假意對推銷的東西有興趣，藉此和人說說話。但這個電話卻是伯婆打來的。她要簡妮抽空到她家裡去一次，她想要讓簡妮去挑一些用得著的東西帶回紐澤西，「I am dying.」她說。

簡妮嚇了一跳：「發生了什麼？」她問，「你在哪裡？」她眼前出現了伯公在某一個早晨突然腫得像荔枝一樣透明的臉，他的眼睛大大地睜著，黑色的眼珠裡有像切開的白蘿蔔那樣的花紋。他離開家去醫院，臨走前，也對簡妮說：「I am dying.」

「我正在家裡等待我的死亡。」伯婆平靜地說，「但我想，它還不會這幾天就來。」

「它？」簡妮不明白。

「死亡。」伯婆說。

於是，簡妮去了伯婆家。

像往常一樣，愛麗絲在自家那一層樓的電梯口等著簡妮的電梯上來。在樓道香水、咖啡和猶太人家做糖餅那強烈的融化了的糖的甜氣裡，隔著電梯門，簡妮看到愛麗絲穿了對襟的緞子襖，寶藍色的緞子上織著金色的菊花，襯著她新燙的白髮，富麗堂皇的。「她哪裡像就要死去的人！」簡妮鬆了口氣。

她們貼了貼臉，簡妮聞到伯婆身上香水裡面混著口腔裡散發出來的淡淡酸腐。

愛麗絲上下打量簡妮，說：「我的印象沒有錯，你的身材與我從前的確差不多，五尺四寸多吧。我想讓你來挑一些你用得到的東西，特別是我的禮服、鞋子，你要是在美國住下去，又是讀經濟，肯定用得到那些行頭。還有我的書。家具我答應給托尼，他喜歡我的家具。」

「你說得那麼嚇人。」簡妮笑著抱怨說，「你看上去比一般的老人氣色還要好。」

「每個人在死以前，自己總是最先知道的。我當然也知道。」愛麗絲說，「上帝給了人足夠的時間準備，我也不能浪費時間。」

來到客廳裡，經過鮮豔的聖誕紅，在茶几上，她看到伯婆爲她準備好了的杯子，還有一小壺溫在蠟燭盤上的紅茶。伯婆將月餅切成四小塊，當茶點。一切都與從前一樣，體面，講究。愛麗絲衣服上的盤紐，滾著一層細細的金邊，夾襖的領子又高又硬，分毫不差地裹著她的脖子。她想起伯公躺在一堆各種顏色的管子中間的，沒有穿衣服的身體。他的肚子，像一個泛著膽汁顏色的大號熱水袋。

「我有點喘。我的血管和心臟已經太老了。」愛麗絲滑進搖椅裡，像一個緞子面的抱枕。她說，「你自己去選合適的東西吧。書房裡的書也可以拿去，中文書我已經讓格林教授挑過一遍了。」見簡妮還坐著，瞪著眼睛看她，愛麗絲衝她揮揮手腕，「去吧，我要休息一下。去。」

簡妮急忙起身，退到走廊裡。她想到，愛麗絲從前走路時不肯讓人攙扶，便明白了，如今她也不願意別人看到她的狼狽。簡妮站在走廊裡，忍不住偷偷看她，她倒在搖椅上，用力吸著氣，像一條跳出水面的魚。但她的臉色卻絲毫沒有改變，簡妮想，這是她化過妝的緣故。

在玄關牆上橢圓的義大利鏡子下，放著愛麗絲從巴里島帶回來的雕花木箱子，第一次到這裡來的時候，愛麗絲告訴過她，箱子上的雕花，刻的是一個故事，巴里人喜歡把故事刻在木頭上。簡妮在一棵樹下找到了那個光著身子的小孩，他像非洲人一樣，長著滾圓的額頭。他就是那個故事的主角，千辛萬苦地找他的媽媽，像中國《沈香救母》那樣的故事。那個小孩被許多次撫摩過，他的身子被手摸得烏亮，從層層疊疊的樹木花草中凸顯出來，像一塊嵌在木頭裡的玉。箱子上鋪了塊中國刺繡，在刺繡上壓了一只從捷克帶回來的玻璃缸，那是愛麗絲第一次跟教師聯誼會組織的旅行團到歐洲旅行的紀念品，那是她最早的一次旅遊。她還是紐約大學的代課教師，晚上還在唐人街上唯一的上海餐館裡打工，以換來免費晚餐和小費。這次，玻璃缸裡養了一大叢福建水仙花。每次簡妮看到那個漂亮的波西米亞玻璃花瓶，都會想到格林教授書裡引用過的，那個一百年以前的美國記者到王家採訪後，在報紙上對王家富麗堂皇的客廳的描寫：「到處擺放著巴洛克風格的燙金家具，玻璃櫥裡陳列著整套來自波西米亞的昂貴玻璃器皿，從喝葡萄冰酒到喝加冰威士忌的杯子，一應俱全。當然也有來自文藝復興時代的小雕像和油畫，幾乎像一個小型的宮殿，那種在西海岸式的暴發戶風格令人瞠目。」簡妮總覺得，走廊裡的這些東西，好像是從那個被描寫過的客廳裡搬過來的。其實，在范妮的縫紉機書桌上，她見到過家裡唯一保留下來的一只玻璃車料香檳酒杯，范妮將它當花瓶用，那只貨眞價實的酒杯，倒沒給簡妮這種感受。

她回過頭去，看到愛麗絲臉上的皮膚像濕被單一樣重而無力地掛了下來，像一張彩色的面具。簡妮意識到，這大概就是自己與愛麗絲最後一次見面了。她也會像亞洲的大象那樣，獨自找一個地方去死，不讓別人看到。就像范妮，即使是瘋了，也不肯在魯面前失去自己的自尊心，就像奶奶寧可永不見面，也不想看到彼此的凋零。這時，簡妮突然相信了伯婆爲奶奶失蹤的辯護。原來王家的女眷們，都是這樣要面子的人。遠遠眺望著愛麗絲垂死而鮮豔的臉，簡妮奇怪地感覺到一種清爽和凜冽，就像阿克蘇隆冬時候的朔風，銳利的寒冷像小刀一樣細細剜痛臉，鼻子和耳朵，但簡妮總是在那樣的疼痛裡感到振奮。

走廊衣帽間的門已經被打開，裡面的燈也開了，遠遠看見，裡面的衣架上掛滿了長長短短的，用白色的龍頭細布遮著的衣物。她想，那一定是愛麗絲爲自己準備的。她走進去，衣帽間裡中國絲綢甜澀而脆弱的氣息撲面而來。簡妮想起來，與媽媽去老介福買窗帘時，路過絲綢櫃檯的時候曾經聞到的那種氣味，那是因爲絲綢堆積才會有的氣味。簡妮輕輕將蒙在衣架上的白布拉開，裡面露出了滿滿一架子旗袍，還有與旗袍配的小毛衣，有扣子的、沒有扣子的，以及披肩，羊毛的、針織的、絲綢的、紗的。長長短短的旗袍下襬，腿邊開衩的地方，露出吊在裡面的白綢子襯裙，襯裙邊上，綴著短短的一層蕾絲。簡妮發現，有一些蕾絲是棉線織的，不是尼龍的，它們已經泛了黃。她用手翻動了一下那些旗袍，有萬字花的，有團花的，有菊花的，黑底金花的，秋香色的，藕荷色的，猩紅的，寶藍色的，那都是織錦緞的夾旗袍，冬天穿的。還有絲綢的單旗袍，花色更活潑點，簡妮猜想那是春秋穿的，還有下襬更短的，簡妮猜想那應該是夏天穿的。櫃子隔層裡，放著一排高跟鞋，各種顏色的，簡妮猜想，那是爲了與不同顏色的旗袍相配。

這是簡妮第一次看到這麼多旗袍。她沒想到，伯婆的禮服居然全都是中國旗袍，那是早已經退出中國人生活的骨董，如今只有餐館門口的領位小姐才穿。她想，要是 Ray 見到這個衣帽間，不知會怎樣的羨慕。格林教授的書上說，王家雖然住在一磚一釘都從美國運去的西式豪宅裡，但每逢重要的日子，全家一定全穿地道中裝，行中國大禮。格林教授列舉了好幾家買辦家的生活方式，情況都差不多。完全不是想像中那樣全盤西化。簡妮翻看著愛麗絲的旗袍，得到了證實。配旗袍的鞋，卻大多是義大利產的高跟鞋。照書上的小標題，那就是「世界主義的生活方式」。格林教授在書上說到，早期大買辦家庭，大都堅持中國式的生活細節，聽京戲，雖然他們用英文演京戲。穿中式服裝，雖然搭配義大利皮鞋。吃家鄉菜，餐後也許喝一杯濃咖啡，解掉菜中的油膩。這種生活細節，與他們連一個釘子都從海外進口的宅子和他們完全西化的教育背景奇異地融合在一起，成爲他們自己的風格。「失去了文化差異的風格」。他們的風格和生活方式，造就了上海世界主義的商業面貌，是買辦們成爲城市生活方式的變革者的實例。

第一遍在格林教授的書裡讀到這些話，簡妮並不眞正懂得裡面的意思。她只是驚喜終於還有人爲自己的家說好話。此刻，她細細翻看那些精緻的旗袍和它們的配件，發現了它們包含著的虛無和自由，它並不眞正屬於任何一種文化，它像是石頭縫裡爆出來的。

簡妮從沒想過，自己會突然繼承一屋子這樣的衣物，簡直一輩子也穿不完。她也沒想到，自己將會一輩子都穿旗袍當禮服，像愛麗絲照相本裡的那些王家女眷。她以爲那些奇異的裝束早已經成爲遙遠過去。她沒有料想到有一天，它會像暴雨一樣向自己落來。

她從架子上抽出一件白色滾金邊的旗袍來，它看上去像一架巴洛克式的鋼琴。

這件衣服很眼熟，她想，在什麼地方見到過。愛麗絲的照片都是黑白的，顯得那時的陽光十分明亮，她們在照片裡穿的，大多是淺色的旗袍。然後，簡妮想起來，格林教授的書裡，有愛麗絲穿這件旗袍的照片。她和幾個美國女生，站在一棟有落地窗的建築前面，好像那是衛斯理學院的宿舍。在四十年代穿著高腰蓬蓬裙的美國女生中，愛麗絲將兩條胳膊款款架在腰際，白旗袍妖嬈而嚴密地遮著身體，非常特別，也非常融洽，那是一種古怪的美麗。現在，簡妮看清楚那白色的緞子面上，織著隱隱的大朵菊花，是古板風雅的中國情懷。而那白色與金色的搭配，卻是繁複富麗的巴洛克風格。簡妮突然想起了 Ray，又想起了唐人街的亨利．史密斯，她不知道要是他們看到這些東西，會怎麼想。

她沒想到，自己有一天會在手裡拿著格林教授書裡的衣服，就像童話裡的孩子拿著天堂裡鏡子的碎片。她沒想到，愛麗絲的這件衣服，就將成爲自己的禮服。她也可以穿著它與自己的美國女生一起照相，或者跟 Ray 一起照相，像奶奶倚在爺爺的黑色汽車前。

旗袍上的盤扣和斜襟上的搭襻也都一絲不苟地扣著，帶著中國人的審美，還有某一種自尊與距離。細密的手工針腳裡，絲線穿過，留下針眼。中國綾羅綢緞精細而脆弱的奢靡，讓她有點害怕，她怕自己配不上這樣的精緻。她想到她第一次穿尼龍短裙時，范妮的嘲笑。范妮說：「好看好看，像煞孫悟空。」她是笑簡妮沒有穿超短裙的風情。

「So what?」簡妮心裡說。她將那些細密的暗扣一一解開，原來一本正經的旗袍斜襟突然一歪，就敞開了懷，像終於情不自禁的美人。簡妮嚇了一跳，她簡直擔心是自己將旗袍拉脫了。

她脫掉自己的衣服，小心翼翼地鑽進旗袍裡去。這是她第一次穿旗袍，她不敢像穿牛仔褲那樣「嘩」地一下就拉上身，她輕輕拉著柔軟的旗袍，吸了口氣，將自己的肚子收回去，一點點往上套去，並在旗袍裡輕輕扭動身體，不讓自己的身體繃壞了衣服。然後，將自己的胳膊伸進細細的袖子裡。最後，簡妮將領子上的那粒盤紐扣上，又硬又高的領子使得她不得不挺起胸，放平肩，揚起下巴，旗袍輕柔而堅決地裹住了簡妮，還有旗袍散發出來的薰衣草氣味。

衣帽間的門上，嵌著一面長鏡。簡妮剛想湊過去看看自己的樣子，一動，便聽到身上的什麼地方發出細小的斷裂聲。她嚇得馬上停下來不動。身體上的感受，猶如被捆綁住了，只能小口呼吸。

終於安全地到了鏡子前，簡妮沒想到自己的臉原來這麼寬大，頭髮這麼亂，表情這麼蠢笨和放肆，身體這麼僵硬，手掌這麼大，這麼通紅的。愛麗絲在旗袍裡婀娜多姿的身體在鏡子裡掠過，簡妮原以爲，自己在鏡子能看到像伯婆照片裡一樣優雅的自己。簡妮慚愧地打量著鏡子裡的自己，本來穿普通的毛衣和牛仔褲時，合適的頭髮，自然的表情，輕鬆的身體，舒服的手，在愛麗絲像照妖鏡似的旗袍裡，突然全變了。簡妮心裡失望，但卻不甘心。她對鏡子抿著嘴，笑了笑，卻想到了在餐館門口立著的領位小姐。她慌忙沉下臉來，想要去掉臉上那風塵的樣子，卻又因爲自己的神情，想到了三十年代的左派電影裡那刁鑽的交際花。愛麗絲在白色旗袍裡散發出來的秀麗和驕傲，就在她和鏡子裡的自己之間浮動，卻沒有附著在她的身上。簡妮遺憾地望著，想起了「沐猴而冠」這個詞。

這時，鏡子裡出現了愛麗絲的臉，「還算合身。」伯婆打量著簡妮，她的聲音恢復了往日的輕柔和低沉，就像美國小說裡常形容的，是「天鵝絨般的聲音」。「我年輕的時候，也有你這樣的身高。」

「但我很難看啊。」簡妮在伯婆面前羞得無地自容，她強迫自己不要從鏡子前逃走。

愛麗絲點點頭，表示理解：「旗袍是很難穿的，但是可以學得會，不要緊張。」

她看著鏡子，用手指輕撫一下簡妮身上的白色旗袍，說：「這還是我離開上海前，在上海做的呢。那時，我和你現在差不多一樣大。我一向最喜歡白色配金色。現在這件衣服對我來說已經太大了，我縮小了，像一個乾掉的蘋果。那時我和你的奶奶都要到美國來，家裡請了裁縫回家來，爲我們添一些新衣服。說起來，做衣服的時候，好像比到美國還要興奮。女人總是喜歡新衣服的。」說著，愛麗絲輕輕點了一下簡妮的肩胛骨，「這裡要打開，放平，不要讓它翹出來，這裡一翹出來，就顯得身體蠢了。」然後，又用食指輕輕點了一下簡妮的肚子，「提起一口氣來，將肚子收進去。人要這樣，才顯得有光芒，又謙恭。」

簡妮在愛麗絲尖起的手指下，修正自己的身體：「這樣怎麼說話。」她輕聲問。

「你不是正在說嗎？就會習慣的。」愛麗絲說。

「有點不可思議，我穿在你在幾十年前穿的衣服裡。」簡妮輕聲說。她試著抬起手臂，將自己的頭髮順到耳後去，愛麗絲在那張照片裡，也是將頭髮順到耳後去的。她看到自己從腋下到大腿，隨著手臂抬起，將旗袍綳緊，出現了柔軟的曲線，她想，那就是旗袍的性感吧，溫順的，嬌氣的，循規蹈矩的，卻也是不可輕慢的。

愛麗絲拉開一個抽屜，爲她找出了絲襪，又指點她在下面的鞋櫃裡找出一雙金色的高跟鞋：「你得穿上全套行頭，才能體會到。」她說。

按照伯婆的指點，簡妮將玻璃絲襪輕輕捲到頭，套到腳趾上，然後一邊往上拉，一邊放。玻璃絲襪輕而有力地綳著腿和腳，整個人好像又再被約束了一層，與身上的旗袍平衡了。

那雙一型的金色高跟鞋，對簡妮來說實在太瘦，但簡妮沒說什麼，將腳掌偏過來，塞到鞋裡，然後再將另一半腳掌緊緊塞進去。她握著高跟鞋細細的後跟，晃動著，使腳掌能在狹小秀氣的鞋子裡努力放平。金色的高跟鞋緊緊裹著她的雙腳，後跟和腳趾開始疼起來。她想起灰姑娘的故事，一聲不吭地站在鏡子前。果然，站在高跟鞋裡，身體變得筆直。愛麗絲又用手指在簡妮的臀上輕輕一點：「這裡往裡收一點，人就精緻了。」

愛麗絲打量著簡妮，讚歎說：「旗袍眞是世界上最漂亮的一樣東西，將一個人的氣全都提起來，有它在身上，由不得你不好看。」

簡妮看著鏡子裡的自己，忽視掉那張臉，只從肩膀看下去，到鞋子，到背景裡長長短短的旗袍，好像那鏡子裡的，是年輕時代的愛麗絲，而不是簡妮自己。

「要是坐下來，你先輕輕提一下衣服，這樣領子就不會卡住脖子了。」愛麗絲說著，在簡妮的旗袍上提示了一下，她的指甲上閃閃發光，是玉色的指甲油。「要是想走快，也輕輕提一下下襬，要不然，很容易將兩邊開衩的地方拉壞。那是最不能壞的地方。」愛麗絲點了點旗袍邊緣開衩的地方。簡妮看到，伯婆這件穿了四十年的旗袍，開衩處的金邊還完好地連成一氣。

「是的。」簡妮回答。

她的身體覺得陌生而振奮，那是種莫名的古怪感覺，她看著鏡子裡的自己，「我突然覺得像個精緻高貴的中國人。像一個貴族，滿身都是繁文縟節。」說著，她將手指放在剛剛愛麗絲放過的地方，輕輕提了一下旗袍，身上果然一鬆。她看到自己的手指在白色緞子的襯托下變得纖細文雅，還有一種聰明女孩的書卷氣，和愛麗絲照片上輕挽的手果然是相像的。

愛麗絲笑了，她抬手敲敲簡妮的額頭，「從前有句老話說，聰明的人的身體裡面是一竿子通到底的，你敲敲他的頭，他的腳底板就響了。」

簡妮疑慮地看了愛麗絲一眼，她不敢相信自己聽到的誇獎。伯婆滿意地對她笑著，她能看到伯婆胸前有點急促的起伏，她的氣很短，但她堅持著。簡妮假裝自己也沒有發現。

「我將李裁縫的地址留給你，他在唐人街裡有家小裁縫店，最出名的。以後你可以自己去找他做。」說著，愛麗絲握了一下簡妮的手臂，她像是爲了加重口氣，但她卻抓住簡妮的胳膊，收不回手去。她需要簡妮撐她一下。

簡妮眼見得伯婆的臉色從脂粉裡透出灰白，但她還是不敢伸手去扶伯婆的身體，她只是暗暗將自己的身體送上去，貼住伯婆瘦小的身體，她感到伯婆的身體立刻靠了上來，幾乎倒在自己身上。簡妮知道伯婆到了萬不得已的時候，於是在手上加了力氣，讓伯婆靠著，拉著，一起走出衣帽間。伯婆的雙腿軟綿綿的，在地毯上一寸寸向前移動，簡妮能感到她的腿在簌簌打著抖，搖搖欲墜，但她的背脊還挺得筆直的。就是那筆直的背脊，讓簡妮不敢在伯婆沒有要求以前，自己伸手去攙扶她。

小步小步地挪到客廳裡，她將筋疲力盡的老夫人送到她的搖椅前，扶她坐下。簡妮伏身幫伯婆坐下的時候，聞到伯婆的嘴裡散發出一股蘋果腐爛時的氣味。那氣味，與伯公病房裡的氣味一樣。當時，大家都懷疑那股新鮮的腐爛氣味是醫院病房的氣味，現在，簡妮意識到，那就是老人垂死的氣味。

伯婆靠在椅上喘息著說：「你看，我正在死去。」

「我要送你去醫院嗎？」簡妮問，「或者打電話讓救護車來？」

「不。」伯婆說，「現在好像還沒有眞正到時間。」

簡妮默默看著伯婆，看她努力吸進空氣，像被人卡住了脖子。伯公過世時，爺爺曾在病房裡突然號啕大哭，簡妮回想起那奇怪的哭聲，那時，大家心裡都充滿了終於沒頂的驚懼。爺爺的哭聲將大家猛推一掌，打入深淵。但此刻，簡妮發現自己心裡卻是奇怪地安寧，她甚至在伯婆「絲絲」的喘息聲中，聞到走廊裡一縷縷福建水仙的香氣。她將伯婆的手放在自己手裡，像護著一隻小鳥似地，輕輕團著她的手。簡妮記得伯公病重時，夜以繼日地輸液，自己也曾將他因為輸液而冰涼的手握著，想要溫暖它。垂死老人的手，都是這樣沉甸甸的，好像正在墜落中的蘋果。

伯婆漸漸平靜下來，她並沒抽出自己的手：「你得再拉上來一點，我看你有點不舒服。」

簡妮慌忙抬起身，將後半身提了一下，她抱歉地笑笑：「我又忘記了。」

「這件旗袍眞漂亮。」她打量著簡妮說，「我眞高興你穿得合適。別人都不怎麼合適穿，她們在美國長大，從小穿了太多的 **jeans**。我的眼光不錯。」

簡妮笑了笑，她心裡不太相信自己竟然是最合適的，她的腳在高跟鞋裡像被門壓住的手指一樣疼著。

「你怕嗎？」簡妮問。

「不怕。我已經活得很長了，想要做的事，都做過了，想要去的地方，也都去過了，可以離開了。我更怕自己變得太老、太醜，卻還活著。現在這樣，不錯。」伯婆說。

「伯公也是這麼說的，他也做完了他這一世想做的事。」簡妮說。

愛麗絲在椅背上側著頭，想了想，笑了：「他也可以這麼說的。他一生喜歡女人，喜歡玩，喜歡時髦，他也度過了不錯的一生。而且口卡口，直到曲終人散。」

「你們都是幸運的。」簡妮說。

「是的。」愛麗絲點點頭，「我滿意自己的一生。」

「你最滿意什麼呢?」簡妮問。

「我最滿意自己能到世界上大多數國家去旅行過，要是我做王家大少奶，我這輩子做不到這點。自食其力，去看世界，是我此生的理想。我做到了。」愛麗絲說，「我腿摔壞了，再不能旅行了，那時，我就已經總結過自己的一生，我只有朝鮮和東非沒有去過，因爲我對那裡沒有興趣，我已經看到了整個世界。我最喜歡奧地利，我這一生去過二十三次奧地利，直到飛機還在維也納飛機場上，我就感到，像回到家。在那裡，我有過一個情人，我們一起去過維也納幾乎所有最有名的咖啡館，還有所有的博物館。他住在美泉宮後面的街上，年輕的時候，我們徹夜在皇宮的栗子樹下散步。我們一起讀了一本法國小說，《皮膚上的鹽》，好像書裡寫的，就是我們之間發生的故事。」愛麗絲用盡力氣笑了一下，「你看，我得到了正好是自己想要的一生。」

「是的。」簡妮由衷地同意。她不知道爺爺、爸爸、媽媽、朗尼叔叔、維尼叔叔，包括范妮，還有沒有見過面的奶奶，在垂死的時候，會不會這樣總結自己的一生。

「所以，已經夠了。」愛麗絲說著，她轉過頭來，看著簡妮，「我想知道你的功課好嗎，在學校的情況怎樣?」

「我不錯。開始有點不適應，現在開始適應了。」簡妮說。

「有困難嗎?」愛麗絲問。

「有，但我一定會克服的。」簡妮說，「我記得你說過的話，要想當一個地道的美國人，就要從好好讀書開始。我能做到這一點。我將來還要穿你的那些旗袍呢。」

「我想要送一個禮物給你，我可以爲你付你最想學的一門課的學費。」愛麗絲說，「上個星期，格林教授幫我最後安排妥當了我的墓地、墓碑，我已經預留好了葬禮的費用。我有一塊好墓地，很多陽光，就在曼哈頓，很老的墓地，漂亮的地方。我的墓碑是白色的大理石，細長的，很秀氣，我不喜歡那種矮胖的墓碑。上面將會用金色燙字。連字體也已經決定了，我一向喜歡維也納的分離畫派，我喜歡克林姆，所以我要用青春藝術風格的字體寫我的名字。我很滿意。」

簡妮詫異地看著愛麗絲，看她興致勃勃地描繪著自己將在曼哈頓下城的墓地，操心她墓地是否漂亮，是否有足夠的陽光。伯公要將家產用光才死去，而伯婆卻在死後都要一絲不苟地做到十全十美。

「現在，我是眞正地，完全地自由了。剩下來的積蓄，對我來說已經多餘了。我想幫家裡的孩子們實現一個他們自己的願望。」愛麗絲說。

「每個人嗎？」簡妮問。

「大多數在我身邊的孩子。」愛麗絲說，「我爲托尼付了他去義大利旅行的飛機票，他喜歡義大利女孩。爲派卻克付鋼琴夏令營的學費。你也可以提一個要求。我希望給你們一個自己眞正喜歡的禮物，將來，你們會溫情地想起我來。」說著，愛麗絲俏皮地笑了笑，「讓我和你們最好的記憶在一起。」

簡妮想了想，說：「我有自己一直想學的一門課，下個學期想要選的，是國際市場營銷學。」

「眞的？」愛麗絲問，「爲什麼？」

簡妮說，「也許，我對做生意有興趣，也許，我也想知道家裡人到底是怎麼做生意的。還想知道國際貿易到底是什麼，會讓中國人這樣恨我們。有時候，我感到中國人比恨美國人還要恨我們。我在圖書館看了國際市場營銷學的教科書，我感興趣。」

「你知道，我也旁聽過這門課，在NYU的商學院，一九六九年。」愛麗絲說。

簡妮看著伯婆，她不知道爲什麼伯婆也去聽這門課。

「我去，是因爲這門課裡，會說到許多美國文化與各國文化相交時發生的問題。我喜歡旅行，對這樣的相交有很大興趣。我不去聽文化研究的課，是因爲我喜歡商人看問題時的實際、直接和建設性。我不喜歡文化研究裡那麼多意識形態，不喜歡他們像上帝那樣的態度。」愛麗絲解釋說。

「這是有意思的課嗎？」簡妮問。

「是的，絕對。」愛麗絲肯定說，「對你的理想來說，是很好的選擇。」

「我並不眞正知道自己的理想是什麼。」簡妮說，「我不能肯定，我並不十分了解自己。」她看著放在茶几上的照片，照片裡那具柔和的乳白色棺木，上面描著金，與伯婆臥室裡巴洛克式的家具十分相配，那是她爲自己選好的棺木，裡面用的是白緞子的襯裡，完全是她的風格，也是自己身上剛剛穿上的旗袍的風格。簡妮抬起頭來，看著伯婆的臉，心裡一點點地，湧出了悲傷和失望，「你看，你連自己要怎樣的棺木都能把握，而我，連理想是什麼都並不明確。」她說著，「哈」地笑了一聲。

「在我的生活裡，我學到，美國是個讓人追尋自己的地方，也許你爲此背叛了別人，但你找到了自己。一個人找到自己，是頂重要不過的事。」愛麗絲說。她輕輕展開自己的手，按了按簡妮潮濕柔軟的手心，允諾道，「在這裡，你也會找到自己的。」

「你就是這樣決定與伯公離婚的？」簡妮問。

「是。」愛麗絲答道，「他一定要回去繼承王家的家業，我一定要看到全世界的好東西。我們不一樣。」

「但願我也能像你一樣。」簡妮說。

每年春節要聚在一起，吃頓中國飯，是王家住在美國東岸的親戚們多年來維持的習慣。這個習慣開始於四十年代，那時候，初三，家裡過年的正經事差不多都辦完了，兒女輩的人，全回老宅自己熱鬧一天。王家的子弟和當時聶家的子弟很像，他們都是闔家的京戲票友，高興起來，他們就聯合了聶家的孩子，在自家花園裡搭台唱戲。王家的家規，不可以在家裡辦舞會，所以他們在家裡唱戲，然後，一起去外面跳舞。多少年的春節初三，王家的兒女們都是這樣度過的，那時，他們是個興旺的大家庭。甄字輩的陸續離開上海去歐洲，或者去美國讀書的那幾年，最感寂寞的，就是過中國年時初三的那一天。也就是住在波士頓的甄盛和愛麗絲，要在那時趕到紐約來與甄展和范妮小聚的原因。

王家的春節聚會，六十年代末，在唐人街的上海餐館又恢復了。那時，王家在香港股市中的投資已經慘敗。一九六六年香港左派大鬧北角，被甄展一家在上海妻離子散的遭遇嚇破了膽的王家的人，借美國修訂了新移民法的光，紛紛移民到美國。各家在美國安定下來以後，甄字輩在大年初三時又團聚了一次。他們到唐人街的上海餐館來，還是因爲愛麗絲。麥卡錫時代她做女招待時，教會當時做大廚的老闆一些王家的傳統菜式：放蛤蜊的什錦暖鍋，水筍紅燒肉，還有寧波人做的紅燒豇豆乾。這些菜式在這家唐人街僅有的上海館子裡，成爲受到客人歡迎的招牌菜。王家人在這裡重又吃到家裡的傳統菜，自是十分地歡喜。他們就將每一年春節的團圓飯放到這裡，初三這一天，家家都從東部各地開車聚到唐人街來。

二十多年來，老闆退休，將餐館傳給在美國出生的兒子，兒子娶了上海媳婦，王家的團圓飯還是年年放在這家館子裡，成了眞正的老客人。上海餐館的老闆在唐人街生活了半世，見到過許多出沒唐人街的上海富家遺族，世態炎涼，滄海桑田，還能這樣親親熱熱每年聚一次的，恐怕也只有王家的後代了。他們覺得，那是王家早早地將家敗了的好處。

這二十多年來，王家團圓時，總有一只傳統什錦暖鍋放在圓桌的中央。那只紫銅的暖鍋裡，一層層地鋪著粉絲、黃芽菜、鹹雞、鹹鴨、風鵝、蛋餃、蝦、海參、肉片，高高地碼著，暖鍋裡面生了鋼碳，可以保持暖鍋一直火熱滾燙。王家的老人，一進上海餐館，就能看到那只暖鍋在圓檯面中央噗噗地翻著白氣，蛤蜊在最上面一層，像元寶一樣張開著，臉上就笑開了。那是王家這樣的生意人家討的彩頭，他們從小就看到的，是他們記憶中最親切的舊物之一。王家的孩子中，不少人已經講不好上海話了，在美國出生的，根本就不會說上海話，更不用說會講國語。但他們也都認識這只紫銅暖鍋。

這一年，是簡妮第一次參加唐人街的親戚聚會。她穿著伯婆的旗袍、大衣和鞋子來與自己的親戚們見面。伯婆已經去世了，她安息在她的白色金邊的上好棺木裡，她的墓地上，果然幾乎整天都能曬到太陽，種了一排玫瑰花。老人們見到簡妮，紛紛說簡妮和愛麗絲身材相似，背影看上去幾乎會有錯覺。他們紛紛說愛麗絲好眼力，是個「敲敲額頭，腳底板就會響的人」。

一店堂裡的王家人，大都打扮得花團錦簇。上了年齡的女人們大都穿著中國式的綾羅綢緞，好幾個穿旗袍的，在手腕上吊著一個亮閃閃的小手袋，在上身穿著一件短的開襟毛衣。她們在領口別著一個翡翠的領花，在一團舊氣裡，富麗堂皇。老先生們將頭上僅存的白髮精心地梳整齊了，用小方塊的絲巾像中國屏風那樣，擋住脖子上鬆弛的雞皮膚。他們彼此用英文問候著，誇獎彼此的氣色和禮服。只有最年輕的人，才穿美國孩子的大褲子和籃球鞋。但他們很自覺地退在一邊。

簡妮一個親戚也不認識。好在格林教授主動陪在簡妮身邊，一一爲簡妮介紹。他還特別將他們在王家家庭樹上的位置爲簡妮點出來。簡妮一路跟著格林教授，姑婆、伯婆、伯公、表舅舅、姑奶奶地招呼著，心裡要是沒有格林教授做的那個圖表指引，還眞要被弄胡塗。簡妮看著自己憑空出來了這樣一屋子的親人，臉上笑著招呼著，暗暗想到，爸爸竟要鋌而走險，才能將自己從中國救出來。心情有點複雜。

看到格林教授陪著簡妮，王家的人都笑著對簡妮說，她算是找對人了。他們叫格林教授「司馬遷．格林」。自從格林教授開始整理和研究王家的買辦家史開始，就在春節時被邀請參加王家的聚會，既然他比他們中的任何一個人都要了解王家的歷史，王家的人就認為，格林教授不是外人。甚至他們將一九四〇年時家裡拍的小電影的膠片，也交給了格林教授。

那個眉毛細細地，畫得像鋼絲那麼細而堅決的老太太，她是太爺爺的最後一個妻子，從上海帶到香港去的。「盧夫人。」格林教授向簡妮介紹說。她先對簡妮說了幾句上海話，可簡妮聽不懂她的浦東口音。她便改說英文，簡妮才懂得。她心裡又嚇了一跳，她以為這種小妾出身的人，不該會說英文。等請了安，退到一邊，格林教授才告訴簡妮，她從衛斯理畢業以後，回國當了太爺爺的英文祕書，她還是冰心的同學。她那一口浦東腔的上海話，卻是地道老式的上海話，從前斯文的上海人才說的，沒有新式上海話的粗魯。

而在圓桌邊上忙著追來追去的小孩子，就是派卻克。他說了一口帶著黑人腔的英文。按照輩分來說，居然是簡妮的堂叔叔。他是爺爺最小的弟弟的孩子。一個混血的年輕男人對簡妮「嗨」了一聲，說：「我們認識吧？你到紐約的時候，是我去機場接你的。你的箱子壞了。」簡妮知道他將自己與范妮搞混了。他就是那個喜歡義大利女孩，所以常去義大利旅行的托尼。

簡妮還見到了和伯公長得極相像的老人，他是爺爺的小弟弟凱恩。爺爺從美國回到上海以後，他便到了NYU讀書，因為當時甄盛伯公已經被確定要繼承王家的產業，所以王家並不在意這個最小的兒子學什麼專業。於是，他學的是自己喜歡的數學，學成以後，回到香港的大學裡當了數學教授，後來，又回到美國大學當數學教授。他穿著米色的卡其便褲和綠色的便裝，讓簡妮想起自己學校裡的教授們，海爾曼教授也喜歡這樣打扮。他娶了一個洋人太太，那個老太太穿了件猩紅的旗袍，襯著白髮，倒像個中國老太太。簡妮吃驚地看了又看，格林教授說：「她根本就覺得自己是個中國人。」

簡妮想起了姊姊，她夏天回上海的時候，雖然只是在紐約不到一年時間，人就有了很大的改變，在上海的街道上看到她，她總是與眾不同，不像個地道的上海人。也許范妮心裡一直把自己當成美國人的吧，簡妮心裡想。

在一團珠光寶氣之中，簡妮想起在格林教授書裡的照片，是春節的全家福。那時女眷們是一樣的珠光寶氣。她們端正地坐在客廳沙發的邊緣上，保持她們筆直的坐姿。她們也都穿了旗袍。那時，裡面還有一個年輕的白人婦女，她也中規中矩地穿了旗袍，在領子上別了個寶石的領花，將雙手交疊著放在腿上。孩子們坐在地板上，中間的老太爺，穿了黑色的馬褂，老夫人長著一個富態的大下巴，就是簡妮這樣的人，都想得到，那就是做大太太的富態的臉相。盧夫人站在老太爺的身後，年輕的時候，她的眉毛就是畫得像鋼絲一樣細而堅決的，她的下巴是尖尖的。簡妮在心裡一一將餐館裡的人與照片裡的人對應起來，就像將散落在棋盤中的玻璃珠跳棋，一個一個嵌回到他們自己的顏色裡。

簡妮想起在上海時，她陪伯公去看王家老宅，現在那裡變成專門用來招待政府客人的內部用賓館，據說從前陳毅還用這裡請過客。伯公說明來意，得到了熱情的歡迎，賓館的值班經理親自陪著他們看房子，還再三表示，他們是很注意保護房子的。伯公發現門上的玻璃把手還是原來的，只是被無數的手握過，多稜的玻璃球已經變成了淡黃色。那是當時從美國買回來的門把手，當時連螺絲都是從美國買回來的，樣子也是美國四十年代的式樣，就像是從美國平移了一棟房子到上海一樣。後來，伯公又檢查出浴室裡的鏡箱是原來的，甚至裡面的燈泡還是原來的，當時他們從德國定的貨。只是那些當年為趕時髦的塑膠面子的椅子，已經不知去向了。伯公還說過，春節大家都到齊了吃團圓飯的時候，會將底樓的客廳、餐室等等四大間房間中間的門統統打開，連成一氣。但當時，那底樓的房間裡，飄蕩著一種政府高級招待所寡淡拘謹的機關氣，還有伯公和簡妮才能體會到的搶奪者的霸氣，還有那房子裡物非人是的茫然。沙發都用蛋黃色的罩子蒙著，茶几上有被開水燙白了的杯底印子，窗帘角上有用紅汞寫的公物序號，只有地板還是被擦得鋥亮的。

簡妮猜想，照片裡那一大家不折不扣穿著中式衣服的老老小小，大概當時就坐在那打開了中間的門，連成一氣的大房間裡拍的全家福。她在心裡，終於將唐人街的餐館與上海的政府高級招待所聯繫到了一起。

她對格林教授說：「我好像回到你書裡那張王家全家福裡去了。」

格林教授點頭同意：「我也有這樣的感受。」

老闆娘領著服務生來到店堂裡，她特地穿了紅色的中式小襖和鐵灰色的呢褲，團團的圓臉上喜盈盈地笑著，用上海話說：「我最喜歡春節時候看到你們這一家人了，到底是大戶人家出來的人，個個都是衣服架子，會穿中式的衣服，不像別人，穿西式的衣服還好，一穿上中式禮服，坐不會坐，立不會立，活脫脫一隻癟三。那些香港的明星，沒有一個穿得好中式禮服的，到底沒有文化，沒有教養呀！他們一點不曉得禮服根本就不是隨便什麼人都合適穿上身的。」老闆娘的話，說得滿店堂的人都笑了。

她親自從托盤裡端出來乾乾淨淨十樣冷盆，都是上海本幫菜：白斬鹹雞，油爆蝦，四鮮烤麩，白肚，海蜇皮拌蘿蔔絲，醬鴨，皮蛋肉鬆，黃泥螺，蜜汁火方，鎮江肴肉。最後，老闆娘帶著點賣弄地笑著，捧上一只小陶罐子，將上面的大紅紙揭開，放到暖鍋邊上：「喏，今年好不容易弄到的，是我們對老客人的一點心意，奉送的。」那陶罐裡散發出一股霉洞洞的臭氣，很快就弄得店堂裡到處都是。老闆娘看了看店堂裡，說，「要是有白人在吃飯，我還眞不敢打開呢。」

老人們都笑著點頭，稱讚老闆娘有心。那是寧波的臭冬瓜，在美國絕難買到的家鄉小菜。年輕人都說那是寧波起司。簡妮沒想到這樣的東西和老人們身上的中國禮服一樣，是這家人過年的「節目」。看到老人們紛紛將陶罐裡的霉臭冬瓜夾到面前的小碟子裡，她也夾了一塊到自己的碟子裡。老人們說，從前家裡的冰箱，專門放爲家裡大人準備的臭冬瓜和霉千張。那時，有冰箱的上海家庭寥寥可數，誰也猜不出來客廳裡一式巴洛克風格的王家在冰箱裡放著的貼心小菜，竟是這些臭烘烘的東西。老人們那時還是時髦的少年，他們都不肯吃那些東西，但到現在，卻將它當成了寶貝。

「吃得慣嗎？」有人問簡妮。

「在家裡也吃的。」簡妮說。早上上海的家裡吃泡飯，爺爺就著一小碟臭冬瓜，像吃豆腐乳一樣用筷子頭點點戳戳的，還在上面淋幾滴小磨麻油。「我爺爺最喜歡這東西。」

「甄展現在也懷舊了？」老人們紛紛吃驚地問，「從前他最討厭這種味道。」

「現在他終於曉得，一個人與家裡是劃不開界線的。」爺爺的哥哥說，「我們年輕時候，大家都去虹橋兜風，你們還記得哇？大阿哥開飆車，和周家的人一起，大家都去，就是甄展不去，他說是要在家裡讀書，其實他一向是不大看得起我們這些公子哥兒。好像是燕雀安知鴻鵠之志的意思。後來，倒是我們這些公子哥兒舒舒服服過了一生。他倒是蹉跎了。」

簡妮用力剜了一眼那張紅光滿面的，慶幸的臉，回應道：「眞的啊？」她忍不住想到，在紅房子西餐館的家宴上，爺爺曾說過，就是讓他再回美國，他也沒臉見他的教授們。簡妮在心裡冷笑一聲，她想，恐怕爺爺如今也沒臉見他那時看不起的兄弟姊妹們。爺爺用筷子頭點小碟子裡的臭冬瓜那弓著背的樣子，浮現在簡妮眼前，這個一九四〇年代不安於富貴的電機工程師，如今終於成了紐約親戚飯桌上的悲劇人物。他的臉，好像一直憋住一口氣。她不知道自己應該恨爺爺，還是應該恨這個伯公。

大家其實都在心裡埋怨爺爺的驕傲，都幻想過要是那時爺爺在紐約不回來，或者退而求其次，跟家裡人一起去香港，自己的生活就不會是這樣了！一家人其實在心裡都認定，自己的生活也是被爺爺毀掉的！那是說不出，提不得的苦楚。

「都是命。」洋人老太太說。

簡妮看到盧夫人將手指交叉起來，開始默念，桌上的人也都靜了下來，不少人也將自己的手指交叉著放在桌上，跟著輕聲背誦。她看了格林教授一眼，格林教授將頭湊過來，輕聲告訴她：「你家是新教徒。」

「那我該怎麼辦？」簡妮問，她趕快學著大家，將自己的手指交叉起來，但她不知道嘴裡要說什麼。

「不用說什麼，安靜等著就行。」格林教授說，「我也不是新教徒。」

「那我跟著你。」簡妮說。

簡妮默默看著滿桌跟著盧夫人感謝上帝賜予食物和健康的親戚，暖鍋在冒著安詳的白氣。在上海過春節的時候，吃飯時不過是零零落落的一桌人。沒有綾羅綢緞的女人們，爺爺是單身，維尼叔叔是單身，朗尼叔叔也是單身，只有她、范妮和媽媽屬於爸爸的家人。爸爸之所以能有一個完整的家庭，卻是因爲他和媽媽一起被發配到新疆。在上海的那一家人，穿著臃腫的藍罩衣，圍著一個被敲得到處都是癟陷的紫銅暖鍋，上海的暖鍋裡總是放了不少粉絲，大家埋頭吃粉絲的時候，屋子裡一片窸窣聲，沒人說話。沒有暖氣的室內，暖鍋上的熱氣像撒在地上的水銀那樣飛快地逃逸。上海的暖鍋也放蛤蜊，但簡妮不知道它的含義，甚至沒想到要問。要是問，也未必就能知道眞相。簡妮心裡悶悶地想著，這裡滿桌的親戚，大概沒有人像她這樣五味雜陳。那些提起爺爺來，就慶幸得滿面紅光的臉，像一雙筷子，努力地攪動著她心裡的甜酸苦辣。她聽到輕輕的祈禱聲裡，暖鍋裡面發出輕輕的「噗噗」聲，暖鍋開鍋了，白氣裊裊。

祈禱結束後，凱恩開口說：「我們學校也有大陸來的訪問學者，講講也算是教授，有一天居然在學校昏倒了，送到學校醫院去，居然是營養不良和勞累過度。原來他爲了省錢，從來不吃午飯，晚上到中餐館去打工，在餐館吃免費晚餐。大陸來的人，眞是斯文掃地呀！」

簡妮臉上的笑一動不動，說：「眞的啊？」但她心裡輕輕說，你知道我爸爸在曼哈頓做過什麼事嗎？你知道我姊姊在格林威治村成了什麼樣子嗎？要是我們都用六十年代的新移民法到了美國，我們也不用這樣斯文掃地。要是我爺爺當時留在美國不回去，說不定根本不僅僅是一個普通的大學教授。

服務生開始上熱菜了。那是個瘦高的男人，沉默殷勤裡，有種完全不是服務生的敏感和潦倒的眼神。簡妮發現他總是多看自己一眼，她想，他大概是奇怪自己爲什麼與老人們坐在一起，而不與家裡的年輕人們坐在一起。其實，家裡的年輕人對她這樣從上海家鄉來的人，沒什麼興趣。他們客氣地和她說了「嗨」，就像路上「How are you doing?」的問候，沒有任何實質內容。然後就熱火朝天地說自己的事，雪佛萊的新款車，康州的房價，跳槽漲工資的竅門，這些簡妮都插不上嘴。簡妮想，他大概也看出來，自己是新近從大陸出來的窮親戚吧。簡妮有點惱火，她也用眼睛瞪著那個服務生，她一瞪他，他就不看她了。

陸陸續續，上了十道熱炒，水晶蝦仁、三鮮海參蹄筋魚肚、揚州獅子頭、芙蓉雞片、魚香肉絲、蠔油牛肉、火腿乾絲、糟溜魚片、香菇菜心，都是地道上海菜，王家固定的菜單。簡妮埋頭吃著，不去理會老人們的談話，尤其不去理會凱恩的，他一輩子做教授，實在喜歡說話。他說了不少大陸人在美國大學裡表現出來的猴急和寒酸，惹得大家又驚又笑。簡妮臉上微微笑著，不露聲色地用筷子頭剔魚肉裡的小刺，不讓人看到她眼睛裡被侮辱似的神情。直到上了一大砂鍋的火腿雞湯，美國沒有中國江南的那種新鮮筍，所以到上雞湯的時候，大家紛紛想念江南淡黃色的新鮮竹筍，簡妮這才暗暗鬆了一口氣。

一起上來的，還有滿滿一大砂鍋水筍紅燒肉加熏蛋，桌上的人都歡呼起來。王家人人喜歡吃這樣菜，但大多數人平時在家裡不做，因爲一小鍋紅燒肉是怎麼也燒不出這樣的味道，而且，大多數人家平時吃的都接近美國人的口味，很隨便，只求營養到了就好。所以，到將滿滿一缽紅燒肉燒熏蛋端上來，大家都向跑堂的要小碗的白米飯，用白米飯拌紅燒肉的肉汁吃。這也是簡妮最喜歡吃的方法，到了美國，她就再也沒吃到過。那滾燙的濃油赤醬，散發出來發甜的濃香，讓簡妮心裡的委屈和不快突然都變成了軟軟的感傷。她抬起頭，看到端了滿滿一托盤米飯來的服務生，正將第一碗飯送到她手裡，她接過碗來，將紅赤赤的肉汁油汪汪地拌在飯裡。對面多嘴的凱恩微笑起來：「簡妮眞是我們王家的人呀，她也是這樣吃的。」

簡妮笑了笑，說：「可惜是泰國米，太香了。上海的米沒這麼香，拌紅燒肉汁才正好。」

「對了！從前的浦東新大米才是最入口的。」盧夫人贊同道。

紅燒肉那種實實在在的香，讓桌上的老老小小都歡天喜地吃了起來。

席間，有個伯公向簡妮問起甄盛的事，簡妮揀主要的說了一遍，大家都說他好福氣，能把錢用到最後一張，正好就死了。

盧夫人說：「從前說，富不過三代，就是有道理。王家已經富過四代了，氣數到甄盛那裡已經衰了的，王家將家產傳到了甄盛手裡，也是命。」

「哪裡有四代的富。從進美國法利洋行那時算起，從寧波鄉下出來的，這是第一代吧，算是開始富了；然後是當上大買辦，在寧波鄉下和上海買田置業了，眞正大福大貴的，那算是第二代了。然後才到我們的爹爹，當著世襲的買辦，自己也當資本家開廠，開輪船公司，算是第三代。富了半世而已。其實，日本人走了以後，我們的家道就已經不行的了。那時甄盛還在美國讀書，我跟爹爹一起去收政府徵用的輪船回來，那些船破得連拆船廠都不要的。我們這一代人，託祖宗的福，沒吃到什麼苦，將祖宗的家業坐吃山空，但我們眞的算不得是富人。」一個老先生說，簡妮已經忘記他是爺爺的堂兄呢，還是親兄弟。他長得有點像外國人，「只有甄展留在大陸，算是吃了半世的苦。」

「甄展苦在心太高，與貧富沒什麼關係。」盧夫人說，「實際上，甄展看不起的，是我們的家史。看不起祖上跟穆炳元這樣的人學生意發家。他的心思，和早先住過上海的容閎的心思是一樣的，他們有讀書人的清高。」她說著轉向格林教授，問，「我說得有點道理嗎？」

格林教授點頭贊同。

「穆炳元是誰？」簡妮問格林教授。

格林教授告訴她，穆炳元是寧波人，原來是個清兵，但是會說英文。在鴉片戰爭時被英軍俘虜以後，就留在英軍當翻譯，後來，他跟著英軍一路打到上海。戰爭結束以後，他留在上海，幫助英國洋行與中國人做生意，他是上海的第一個買辦。後來，他生意越來越大，開始招收寧波子弟當助手，這些寧波子弟，就成了上海最早的一批買辦。王家的第一代買辦王筱亭，就在穆炳元手下學的生意，由穆炳元介紹給法利洋行做跑街先生。遇到第二次鴉片戰爭以後，中外貿易飛速發展，王家就這樣發了家。

「那不就是漢奸嗎？」簡妮忍不住用普通話嘀咕了一句。

「Pardon?」格林教授側過頭來問。

「我說，爺爺以前沒提起過。」簡妮說。

「你認爲，爲什麼你的爺爺那麼不願意提起家裡的事，要你們完全忘記呢？」格林教授問。

「總是被共產黨嚇煞了。」有人說。

「爺爺心裡大概還是堅持自己的想法的吧，他還是覺得那樣的家史，沒什麼光彩的吧。」簡妮說，「愛麗絲說過，爺爺是那種菁英分子，他很堅持，很自尊的。」她努力克制心裡的惱怒，裝作渾然不覺的樣子。

「聽說，六四以後，中國大陸能出國的，都是共產黨員。你是嗎？」托尼突然從紅燒肉上抬起頭來，問簡妮。

簡妮的臉像被打了一巴掌一樣，突然漲得通紅，這個托尼眞是瘋了。她看著托尼那張英俊的混血兒的臉，恨不得一巴掌打過去。那張十全十美的臉，在簡妮看來，眞的太蠢，太無理，太令人傷心了。她想，早知道愛麗絲資助這樣的人去義大利，她就要愛麗絲資助更多的課程，將給他的錢設法搶過來。但她看到桌上的人都注意地看著她，等她的回答，在簡妮看來，他們的眼睛裡都有種審判的意味。簡妮短促地笑了一下，問：「你以爲我這樣出身的人，共產黨會要我參加的嗎？我家是大買辦，我家所有的社會關係都在海外，爺爺一輩子連接觸造船圖紙的機會都沒有的，我爸爸被送到新疆去當農工，我叔叔是勞改犯，我外公和舅舅因爲天主教的事被關在監獄裡二十年，我因爲怕不讓出國，在大學二年級時休學，你覺得我是共產黨員嗎？」

「絕對不是。」格林教授說，「中國共產黨是很講究血統的。我遇見一個上海出來的訪問學者，他一直是大學裡的專業骨幹，但幾十年來不敢入黨。因爲入黨時要調查他的主要社會關係，他是盛宣懷家的外孫，一直隱藏著沒人知道。他怕入黨時被調查出來，連教授都當不成。」

「那豈不是我們在美國，也連累到你們了？」一個老太太探過身體來問。

「是的。」簡妮輕輕說。她看了老太太一眼，她衰老的耳垂上，掛著兩粒碩大的珍珠耳環，簡妮在心裡吼，你連這都不知道嗎？你們差不多要害死我們！她對老太太說，「但那並不是你們的錯，是共產黨的錯。」

「其實，中國的買辦早年是孫中山最有力的支持者，也是許多新思想最早的傳播者，甚至毛澤東的思想，都受到過買辦著作的影響，只是中國的歷史學家從來不肯說這件事。買辦在接觸西方的過程中，也接受了西方先進的思想。他們從來不是革命者，從來在中國人民中名聲不佳，但是他們的思想卻並不像想像的那樣物質化，他們中的不少人其實認爲自己的商路才能強國。」格林教授說。

「這種說法，要被共產黨罵死。」簡妮說，「你知道我們在共產黨眼裡，是壓在中國人民頭上的三座大山，是中國落後的罪魁禍首，是要打翻在地，再踏上一隻腳，叫我們永世不得翻身的。」

一桌子的親戚，對買辦的家史並沒多大興趣，簡妮是他們見到的第一個從甄展家出來的人，他們想聽簡妮說說，他們離開上海後，那裡發生的事，他們的心情，就好像猶太人從歐洲成功逃出來以後，聽到別人橫屍遍地的消息。

簡妮說了爺爺在造船廠的生活，又說了爸爸去新疆的經過。她細細地看著親戚們的臉，他們瞇著眼，嘴裡嘖嘖有聲，搖著頭，唆唆地吸著冷氣，那既痛苦又興奮的樣子，好像小市民在百老匯劇場看《悲慘世界》。簡妮心裡想，果然，上海的痛苦成功地襯托出了美國的幸福生活。當年爺爺的驕傲，留在骨肉兄弟們心裡那被衝撞的不快，終於在他一家人的潦倒裡得到了報應。簡妮嘴裡說著，好像一個天真的窮親戚，心裡明明白白地感受著彼此的妒意，在這彼此交錯的妒意中，她那穿著愛麗絲的旗袍，絲襪和高跟鞋，走進格林教授書裡的全家福照片的恍惚漸漸消失了，她漸漸在心裡肯定下來，自己就是王家的人。

簡妮覺得，此刻，自己也像一粒玻璃跳棋那樣，滾落在棋盤上那屬於她的顏色的圓坑裡，穩穩地定住。來餐館時，穿在愛麗絲旗袍裡，被王家的老老小小注視時的心虛，現在完全消失，她第一次感受到，提著一口氣說話行事，有種特別的力量。

她一件件、一樁樁地往下說，有求必應。從上海到新疆的火車，怎麼一連四天都沒有水洗臉。在新疆，爸爸的鎖骨怎麼給摔斷了，但農場醫院的醫生下班了，要到第二天下午才能接骨，這期間連片止痛藥都沒有，爸爸一直呻吟了一天一夜。為范妮到美國送行的時候，家裡怎麼小心算計家宴的支出，伯公怎麼天天給大家畫空心湯糰。爺爺怎麼只好住在吃飯的房間裡，因為伯公回上海來了，家裡把最好的房間讓給了伯公。朗尼叔叔怎麼在勞改農場幾十年，一口牙全掉光了，而且一直沒機會接觸女人，所以一直單身，成了脾氣古怪的老光棍。維尼叔叔怎麼一輩子都沒有工作，在家裡吃老米飯。奶奶怎麼不肯和家裡人聯繫，讓家裡人為送孩子到美國讀書費盡心機。而范妮又怎麼在紐約突然得了精神病，不得不休學回家養病。上海的那個黃毛簽證官是怎樣刁難去簽證的人，在淮海中路上美國領事館前面排隊的人常常擁得半條馬路都是，連公共汽車開到那裡都不得不猛按喇叭。王家在上海那令人難堪的隱私，一件件地像暖鍋上的蛤蜊一樣張開了自己的貝殼，被簡妮暴露出來。

簡妮用過去進行式，過去完成式，現在完成式，虛擬，還有過去將來式，婉轉流利，連一個複數加s，都不曾用錯。她的英文是標準的美國腔，像美國中學生那樣爛熟地在嘴裡捲著舌頭，適時地吃掉一些t的尾音。她帶著少年人說到可怕的事情時，會採取的諧戲和害羞的感情。她半邊臉上浮著一個淡淡的笑，定定心心地說著，留給大家時間，讓他們可以從容地驚歎和議論，聽他們搖著頭感慨：「Those Chinese.」等他們停下來以後，她再接著往下說。她表現出了比她實際年齡要小許多的人才會採取的態度：無辜，聽之任之和事不關己，在她臉上並看不到痛苦。

樓下被爺爺交了公，奶奶原先用的那架鋼琴被捐給了里弄幼稚園用，在走廊裡曬衣服，因爲臥室的陽台被搭成了一間房間，給朗尼叔叔住。在新疆，有一個深夜，有人敲門，但爸爸媽媽不開，說那是從勞改農場逃出來的人，不能開門放他進來。那個人一直輕輕地在門上敲，後來不敲了，媽媽嚇得在門裡面直哭，因爲那個人飢寒交迫，死在她家門口了。

簡妮看到那個服務生站在屋角，手裡捧著一疊乾淨的骨盆，定定地看著她，臉上充滿了憐惜。

簡妮這才停了下來，她這才覺得，自己的胃在肚子裡抖作一團。

盧夫人隔著吃得只剩下一層薄底的砂鍋，讚了簡妮一句：「好精緻的英文，到底是甄展的孫女。」

「你在美國學什麼？」凱恩問簡妮。

「學商。」簡妮朗朗地說。

「你喜歡什麼？」格林教授問。

「國際市場營銷。」簡妮說，「這是我家的傳統，對吧。」

桌上的人都對格林教授說：「你的生意又來了。」他們看上去麻木不仁的，沒有覺出簡妮這麼說的含義。簡妮覺得他們不在乎，是因爲他們沒將簡妮放在心裡，也沒把已經分崩離析的家族命運放在心裡。他們實在就是一些燕雀。

簡妮注意到了那個一次次來上菜的男人，每次都特意多看自己一眼，他和簡妮對上眼睛以後，就向她微笑了一下。她覺得，這個人想要和她說話。果然，在換骨盆的時候，他站在簡妮邊上，對她輕聲說：「我是王范妮的朋友。請你原諒，我想問問她現在可好些。我們在這裡見過一面，後來就失去消息了。」他對她說的是上海話。

簡妮看了他一眼，他馬上接住了簡妮的眼神，馬上連連抱歉著解釋說：「我在上海與范妮同過學的，希望她一切都好。」

他帶著點頹唐的風情，簡妮眼前浮現出范妮在上海的房間，那裡也有種與他相配的乾玫瑰似的情調。簡妮猜想，也許他就是范妮那個一起讀夜校的男朋友吧，范妮自己以爲掩蓋得很好，其實維尼叔早就通報了在新疆的父母。因爲范妮自己懂得把握，所以大家都裝不知道。簡妮聽說，這個男朋友比范妮先到紐約來了。簡妮覺得，這張臉的什麼地方，與相片上的魯也有相似之處。他令她想起自己在前進夜校時班上的同學，那些上了年紀，有許多次美國領事館拒簽經歷，但仍舊不折不饒的男同學，他們小同學暗地裡叫他們這樣的人「上甘嶺」。那一九八九年的冬天，在托福強化班的教室裡，滴水成冰的晚上，「上甘嶺」們傳播著可怕的消息，好像中國的文化大革命馬上就要再次開始，國門馬上就要再次關閉，同學之間傳染著流離失所的孤兒的恐懼感。

「我會告訴她，見到你了。」說完，簡妮轉過臉去不再看他，顧自放正面前的乾淨骨盤。

他端著從桌子上撤下來的髒骨盤，馬上就離開了。

等他將甜點心端上桌來時，他已經還原成一個安靜而殷勤的跑堂。八寶飯熱氣騰騰的，洋溢著融化了的豬油散發出來的油膩香氣，還有燕窩銀耳蓮心羹。他穩穩地將一小碗一小碗甜羹放到大家面前，簡妮看到了他瘦長而油膩的手指，那是失意的手指。

格林教授聽到托尼對身邊的女孩輕聲說：「我一聞到這味道，就整年都不再想吃中餐了。」那個女孩說：「最好是不要牛奶的清咖啡，連糖都不要。」他看到簡妮默默地吃著那些又甜又油的糯米，默默地挺直著她的後背。她用傳統的方式，穿著傳統的旗袍，不像在美國長大的人那樣設法在旗袍裡解放自己的身體，加進美國元素。也不像她的姊姊范妮，或者其他家族從大陸出來的年輕一代一樣，他們對自己祖先歷史的興趣，只是來自於對曾經被蒙蔽的反抗，並不是眞正的興趣。在格林教授看來，這是中國人對自己歷史的糟蹋和背棄。有時，他眞的認爲，自己才是那個爲近代中國保留完整歷史的普羅米修司，雖然他知道這個想法非常殖民主義，但他總能在中國的年輕一代身上得到證明。簡妮與眾不同。

格林教授覺得，簡妮從外表看，正在迅速美國化。中國女孩的含蓄和害羞，像在熱咖啡上倒下的砂糖迅速下沉溶化那樣，被美國式的禮貌和熱烈籠罩。她幾乎就像一個眞正的ABC。但是，簡妮的身上沒有ABC的單純，她什麼都像，只有氣質裡的那一點點深不可測的感覺，不是美國的。格林教授認爲，那一點點的深不可測，多半是由於她在大陸的成長經歷比一般美國女孩要複雜和艱難得多。如今，她的經歷在美國的機會面前，正在轉化爲巨大的能量，就像王家的老買辦一八五〇年在中外貿易的機會前，爆發出一個貧窮青年的巨大力量。他覺得，簡妮在餐桌上說出的，就是她的誓言。他覺得非常好奇的是，過去了一百四十年，在紅色中國，這個王家的女孩能做什麼？

新學期在東部漫天的大雪中開始了，Ray選的課開學晚，他回到紐澤西的時間也晚了幾天。他在飛機上突然十分想念見到簡妮的那個下午，吃到的那個放了油條的中國湯。他相信那是地道的中國湯，以致在美國的唐人街的餐館裡都吃不到這樣的湯。下午，他從紐約的拉瓜迪亞機場坐地鐵，到下城的唐人街，他在唐人街迷宮般的街道上亂走，想要找到一家簡妮提到過的，叫「大旺」的油條店，上次她說過，油條就是在那裡買的。

紅堂堂、金燦燦、鬧哄哄的老舊街道，飄動著街頭小攤上中國蔥油餅和春捲在滾油裡散發出來的香味，香港生魚鋪子裡面新鮮的魚腥氣，以及中國南北貨鋪子裡金華火腿和湖南臘肉刺鼻的乾肉味道，還有供奉在大小商店裡的財神菩薩前的香火氣，要是細細地聞，就能將它從刺鼻的新鮮魚生的味道裡分辨出來。到了這裡，連紐約寒冷的冬天都不那麼冷了。Ray 試圖問人，但他們都對 Ray 搖頭，多嘴的人，對他說 No English，大多數人連話都不說。從前在唐人街那種被排斥在外的不快，又重新回到他的心頭，他恨他們的冷漠，也恨自己不會講他們那奇怪的語言。像從前一樣，Ray 只好去問看上去像旅遊者的人，說英語的人大多是熱心的，而且在得不到幫助的街區裡，彼此更加幫忙。Ray 心裡知道，在說英語的人裡面是得不到指點的，他只是想要得到些心理上的安慰而已。

就這樣折騰了一陣，Ray 才終於在一條魚刺似的小街上，看到了一家晦暗窄小的店堂，透過門口油氣騰騰的玻璃窗，他看到紅色的塑膠托盤裡，整齊地放著碩大的油條和淡褐色的鴨翅膀，鐵鉤上，吊著油紅發亮的燒鵝，他居然找到了「大旺」。

他猜想，那些褐色的鴨翅膀就是簡妮吃過的。她像動物園裡吃橘子的猴子一樣靈活而且急促，緊閉著嘴，舌頭在嘴裡快速將連著骨頭咬碎了的鴨翅膀送到門牙那裡，然後，她的嘴扭歪了，她在用力，然後，她張開嘴，像小鳥大便那樣，輕巧而堅決地將已吃乾淨了的骨頭從嘴裡吐出來。Ray 吃驚地看著她，小時候看動畫片，裡面的巫婆吃孩子，就是這樣靈巧而粗魯的，不用刀先將骨頭上的肉分離出來，在嘴裡拉進拉出，像小孩吃棒棒糖。她被他撞見，她那些無地自容的小動作，其實他都看見了。他感受到了那裡面的中國情調，那種又狡猾，又靈巧，又粗魯，然而躲閃的風格，將他迷住，他隱約發現了自己父母竭力洗刷的東西。他買了一大包鴨翅膀。

那些被粗魯地吊在油膩鐵鉤上的紅色燒鵝，讓 Ray 想起他媽媽烤的火雞。家裡的烤箱是新式的，有一個專門烤雞用的座盤，座盤的中間有一根鐵棒，可以將火雞插在鐵棒上，讓它豎著。Ray

記得他怕看到烤箱裡在燈光下慢慢轉動的坐著的火雞。他也怕吃感恩節火雞，媽媽烤火雞的手藝不壞，但是，到家裡團圓的親人很少，即使來了，他們又都幾乎不喜歡吃火雞，坐在餐室的橡木檯子前，吃得並不盡興。所以，感恩節過後的幾天，天天都得吃剩下的火雞。吃到他恨死它。

小店的門口是外賣的櫃檯，裡面放著一些桌椅，溫暖而幽暗，能看到一些衣著整齊的老人在桌前吃下午的點心。那些敞開的木頭桌椅，帶著異國的風情。在那裡，Ray 看到一個氣概非凡的老夫人，臉上畫著兩道像鋼絲一樣又彎又細的眉毛，她滿頭的白髮梳成整齊的髮髻，帶著老式婦女的莊嚴。她將油條用竹筷子靈巧地撕成小塊小塊的，夾起來，放到一只白色的小碟子裡，蘸了蘸裡面棕黑色的液體，然後放到嘴裡。他簡直被她迷住，慢慢跟著向窗口取食物的隊伍向前去，Ray 一邊在暗處盯著她看，看她手腕上的翡翠鐲子隨著她手臂的移動，沉甸甸地滑上滑下。他設想，她就是自己的外婆，在戰亂中飄洋過海，穿著蘇絲．黃那樣華麗的衣裳，帶著像愛麗絲島移民局舊址博物館裡陳列的老式牛皮箱，和在唐人街老雜貨鋪裡供著的神色神祕的菩薩，或者還有一桿華麗的水菸槍，她平靜的面容後面，藏著不可告人的祕密。像唐人街的街區一樣，帶著隱約可見的危險。

帶著噴香的中國食物，瘋狂的幻想，和每次到唐人街都會有的被排斥的隱約不快，Ray 回到了紐澤西。

路過門廳的衣架，Ray 看到簡妮灰藍色的運動服，那是她在家穿的衣服。Ray 想起來，在海爾曼教授約見她之前，她來敲他的門，她的臉襯在灰藍色裡面，顯得那麼驚恐和羞恥，那是美國學生不會有的表情，特別是自己知道沒做錯什麼的時候。Ray 在家裡過節的時候，也常常想起簡妮那樣的表情，他覺得當大家都紛紛回家過節的時候，簡妮的臉上也有類似於羞恥的表情。與美國同學的不一樣，也使她感到驚恐和羞恥嗎？Ray 不願意看到簡妮這樣的表情，這讓他感到有點負疚似的。

廚房裡有一紙板已經拆開玻璃紙封的muffin，那是既便宜，又頂飽的食物，窮學生都喜歡吃。Ray知道，那就是簡妮的食物。那是地道的美國食物，甜得讓人嗓子發辣，Ray從小就不喜歡吃。在窗檯上，他看到簡妮放假前就買的一網兜馬鈴薯，如今已經乾了。他想到，他幾乎看不到簡妮吃飯看來，她並不怎麼會烹調，這與他想像中的東方女子很不同。他將從唐人街買來的東西放在廚房桌上，突然想，也許自己可以爲簡妮做一頓中國油條湯。讓她驚喜。他在廚房桌前坐了下來，聞著唐人街的食物散發著與美國食物不同的香味，比美國食物更複雜的，暖洋洋的香味，令人放鬆，甚至有點懷舊似的感傷。Ray想著簡妮。他覺得自己這個假期一直想念這個女孩，那種莫名的親切的感情再次從心裡湧起。

家中的臥室裡，仍舊保留著原來的樣子，牆上掛著飛鏢，書架裡放著自己買的書，抽屜裡是舊CD和磁帶，back street boy。高中時代那令他痛苦的無聊和漂浮的感覺，也像他房間裡的陳設一樣，伸手可觸地保留著，再次將他擊中。他再次看到自己留在書架上的那些八十年代黑人作家尋根的小說，那時他買了那麼多不像是中學生口味的黑人小說，讓他的父母害怕，他會某一天將一個黑媳婦領回家來。他這次回家，在同學會上又見到高中時的女朋友佛郎西絲卡，她的父母都是義大利人，她也有一頭烏黑的長髮，她是他高中最後一年時的女友，他們作伴去參加畢業舞會的。對於佛郎西絲卡，從前他一直都認爲自己喜歡她對人對事的靈敏和她的溫暖天性，在這次同學會上，他才發現自己可能更喜歡的，是她的黑髮。那黑髮給了他非常貼切的親切，帶著神祕的感覺。與佛郎西絲卡分手的時候，她說，他並不愛她，而是在愛與她相愛時的自己。佛郎西絲卡是學校裡有名的聰明女生，Ray相信她判斷和表達的能力，此刻，他想起佛郎西絲卡的話來。他相信人生有很多重要的認識，是從與他人的親密關係中獲得的。

簡妮不在家，這是 Ray 預料到的。她不像美國學生，能夠自然和放鬆地學習，她天天都在學校裡，出沒在圖書館和教授的辦公室。Ray 知道，她修的國際市場營銷學已經開學了。

大雪之中，還沒到黃昏，天色就暗了下來。街燈早早就亮了，照亮紛飛的雪花。這時，Ray 在自己房間的窗上，看到一個女孩在風雪裡慢慢走來。他認出了簡妮的連帽黑大衣，那是美國女孩不會穿的黑色粗呢大衣，式樣粗糙，好在它簡單而結實。簡妮在風雪裡並沒有低著頭，像 Ray 從前習慣她的那種默默抵抗的樣子，而是仰著她的臉，好像有意用臉去接天上的雪花。在 Ray 的心目中，簡妮一直是有點心事的人，她的眼神常常讓 Ray 想起排球手在網對面高高舉起攔網的雙手，將別人的探詢統統攔在外面。此刻，看到她高昂著臉的樣子，Ray 有點驚奇她的變化。

簡妮用鑰匙開了門，然後，在門外啪啪地跺乾淨鞋上的雪，才走進來。「咚」的一聲，是她將自己沉重的書包放在門廳的地板上了。簡妮正往上走，在樓梯的地毯上拖著她的大書包，像一個在學校累壞了的孩子。她黑色的長髮在背後編成一根鬆軟的辮子，像個印地安姑娘，那油亮的黑髮打動了 Ray。

簡妮好像感覺到什麼，抬起頭來。她的臉容光煥發，面頰飛紅，簡直像個血色鮮豔的英國姑娘。「嗨。」她驚喜地叫了一聲。她向他深深地微笑，咧開了她的大嘴。這是 Ray 第一次看到簡妮全心全意地歡喜，換了個人似地。他也隨著心頭一喜。

Ray 向簡妮長長地張開手臂：「嗨。」

簡妮不知所措地看了他一眼，但她仍舊放下手裡的書包。校園裡的美國同學常常在重逢的時候大聲笑著擁抱彼此，這是簡妮見到過的，心裡也羨慕。但是與 Ray，從來沒有過。Ray 的臉在溫暖黯淡的樓梯口微笑著，像蠟燭上的忽閃的火苗。簡妮不知道那微笑的含義，或者說，不能相信那裡面閃爍的愛意。她怕自己猶豫，會顯得土氣和多心，又怕自己迎合，會顯得輕浮和放任。她輕輕地走上去。這是簡妮第一次與爸爸媽媽以外的任何人擁抱，她不知道應該怎麼做。她像小孩子一樣高高舉起雙手，但很小心地避免自己的胸脯接觸到他的身體，也小心地避免自己的臉碰到他的臉，她包在深藍色毛衣裡的身體緊繃著，Ray 覺得她像小鳥一樣一觸即飛。

對 Ray 來說，簡妮那東方害羞處女的敏感和緊張，以及她竭力掩飾這些的窘迫，大大刺激了他的熱情。簡妮平時那用功學生的堅硬和執著，像汽車的擋風玻璃似的，被撞擊成細小的顆粒，她突然變成了一個在陷阱裡簌簌發抖的小兔子。Ray 像故意逗弄她似地收緊臂彎，將簡妮的身體貼住。

簡妮果然大窘，她幾乎被 Ray 身體裡散發出來的溫暖氣息熏昏過去。她聞到了范妮浴室裡魯的味道，它正從 Ray 溫暖健壯的身體裡散發出來，那是一個外國男人清新的氣味。許多事突然湧上心頭，簡妮覺得自己馬上就要哭出來了。她趕緊裝作不在意自己突然被圈進 Ray 的懷中，歡快地對他說：「我正好想要跟你說很多事。」說著，她將手退到他的胳膊上，輕握著它，引 Ray 走到自己房間裡，並就勢將自己的身體解脫出來。

那幾分鐘，簡妮的心暖得好像在熱鍋裡融化的奶油。她像得到了意外的禮物那樣不敢置信。Ray 溫暖的手臂就貼在自己身邊，他的 Polo 牌粗線衣在她手指上留下了乾爽的柔軟感覺。她想到了范妮和魯，她此刻相信，魯一定也這樣突然地溫暖過范妮的心，令范妮從此不能自拔。一個男孩的力量竟然這樣強大，這讓簡妮大吃一驚。她在新疆，甚至沒機會經歷像范妮和美國罐頭那樣的微妙關係，完全是封閉起來的人，所以，她現在心驚肉跳。

Ray 將手掌搭在簡妮背上，讓簡妮覺得，像小時候用的一個柔軟的舊熱水袋。他們之間一直若即若離的界限，因爲重逢突然被打破，他們的心裡都明白，愛情令人驚奇地，突然地到來了，像牛頓故事裡的那個蘋果一樣突然而必然地從天而降，砸到他們的頭上。簡妮想到第一次與 Ray 去餐館吃飯時，心裡的感受，她想，范妮那時心裡也一定有這種被寵幸似的驚喜。被一個美國人接受，對她們來說，也好像是被整個美國接受一樣。她不敢看 Ray 的臉，於是她便看著他如美國男人一樣高大健壯的身體，猜想是否他的心裡也與自己一樣，被一個上海人接受，也好像被整個中國接受一樣。她猜想魯是個對中國沒什麼興趣的人，而 Ray 則不同。所以，她比范妮更有優勢。

她過去拉開壁櫥的門，為了等 Ray 回來看，她特地將自己房間裡僅有的一個小壁櫥裡日常的衣物全都放進箱子，騰出空來，放從伯婆家帶回來的旗袍和與旗袍相配的鞋子。「我從我的伯婆那裡繼承過來中國禮服，她剛剛過世。」

「Woo!」Ray 驚呼一聲，「這就是蘇絲．黃在電影裡穿的那種中國衣服吧。」果然，Ray 的眼睛黏在那些綾羅綢緞上，挪不開，壁櫥燈下，旗袍、鞋子，還有扁扁的小坤包上那個翡翠做的搭扣，都閃爍著溫潤而燦爛的光芒。「Woo.」Ray 看呆了。

簡妮心裡有種類似陳示嫁妝似的驕傲和誠篤。她確認自己的壁櫥已經緊緊抓住 Ray 的心。也許是因為這種肯定，她才敢身體搖搖晃晃的，突然就下了賭注，輕輕靠到 Ray 的手臂裡。這次，她體會到了自己的身體在一個男孩手臂裡徹骨的醉意。她的身心都這樣飢渴，甚至她為 Ray 緊緊盯住那些旗袍看，而沒有再次抱緊她而暗暗焦急起來。

她忍不住扭動身體，Ray 轉過頭來看了看她，她嚇了一跳，馬上將自己的身體離開他的手臂。她探身從桌上將格林教授的書拿給 Ray：「你還記得你學國際市場營銷學時，討論課上的一個題目嗎？營銷者作為當地文化變革的發動者，起著怎樣的作用。你記得這個做 seminar 的題目嗎？在這本記錄和研究我家買辦史的書裡，記錄了我家祖上在上海投資教會學校和辦錢莊的事，買辦的錢莊，成爲了現代中國銀行的前身。我家投資的西式學校，裡面由美國來的傳教士教授現代數學、物理、化學，那時他們把這些現代科學稱爲『格致』。那時是傳播新科學和新文化的重要地點，直到現在，它們還能算是中國最好的學校之一。你知道，我在今天的討論課上做了重點發言，將我家的歷史與國際市場營銷學結合在一起，我家是中國最早的買辦家族，在上課時，我家的歷史好像一個個案那樣的復活了，變成了可以觸摸到的東西。」

她將書遞給 Ray，目光灼灼地看著他，驕傲地宣布：「我得到了一個A。」

他看到了書裡格林教授爲王家做的家庭樹圖譜，讚歎地搖了搖頭。

「你看，我的嘴和他的嘴，還有我們的眼神，很像。」簡妮點著書裡祖先的照片，「聽格林教授說，最早的照片的底片是玻璃的，不是膠片。」

Ray 看了看書上的照片，再抬起頭來看簡妮的臉。她的臉與書上那古老的華人的臉，的確有明顯的相似之處，與愛麗絲島移民局舊址博物館裡的華人照片也有相似之處。他在她的臉上看到了血脈的傳承。而且，簡妮似乎與她祖先的精神也找到了傳承，她說起國際市場營銷學的興奮，是 Ray 從來沒體會到的。她在這門課裡，找到了她祖先的痕跡，她從中得到了極大的滿足。而且，她從此終於得到渴望的肯定。Ray 知道，這是簡妮在美國得到的第一個A。

「這就是你現在看起來這麼好的原因吧。」Ray 問。

「大概是吧。」簡妮深深地看著他笑。她用手撩起自己的頭髮，露出整張臉來，讓 Ray 能辨認清楚，「你看我的眼睛，看我的眼神。」

她的眼睛裡的確也有種必勝的勇氣，她的確有照片上一樣倔強的大嘴，嘴角有優美有力的弧度，像巴洛克教堂頂上的小天使的嘴角。那是張富有歷史感的嘴。Ray 看著它，亞洲人嘴唇的顏色比白種人的深，也更有力。他用手指輕輕摸了一下，它是新鮮而柔軟的。然後，他湊過去，親吻了它們。簡妮的嘴，不像佛郎西絲卡的嘴那樣，有種鮮美的奶酪氣味，像蘑菇。簡妮嘴裡的氣味，讓 Ray 想到了稻米。這是 Ray 感到陌生而感動的地方，他心裡對自己說，這便是同根人的嘴唇。

簡妮閉著眼睛，那是跟電影裡的人學的。他們親吻的時候都不看人。但她在發紅的眼皮上，看到了小時候的玻璃珠跳棋盤，硬紙做的棋盤，上面有一個個圓洞，那是跳棋要經過的路線。她要把屬於自己顏色的玻璃珠，一步一步，經過這些圓洞，跳到屬於自己顏色的棋盤裡，讓它們塡滿終點的每一個小圓洞。她總是組織不好自己的隊伍，總有一個玻璃珠最後脫了隊伍，只能一步一步孤獨地向前跳，最後，當它終於落進終點那個空著的，屬於它的那個小洞裡，她的心才能鬆下來。與人親吻的感覺是奇怪的，讓她不知所措，當她的嘴唇被 Ray 的嘴唇叼起，對男孩的占有和挑逗，她感到羞恥和驚慌，還有隱隱的抗拒，但她心裡，卻充滿了最後一粒跳棋終於落進終點的那種妥帖與輕鬆。

她感到 Ray 輕輕解開了她的毛衣扣子，揭開了她的套頭汗衫，她後背上的汗毛在他的撫摩下舒服地直立起來，她感到胸罩像一片羽毛一樣落在腳背上。她想到在格林威治村有著黑白相間的方塊瓷磚的浴室裡，范妮也這樣赤裸著，她骯髒的身體上，仍舊充滿被愛情洗禮過的風情。簡妮一直想，只有被男人愛過和讚美過的身體才敢驕傲地赤裸的，范妮就是仗著她與魯有過成功的肌膚之親。簡妮想，現在自己的小乳房，也會像范妮所說的那樣，在男人的手裡漸漸長大。簡妮不敢相信，對一個男人敞開自己，竟然是這樣容易和舒服，簡直像一片樹葉順流而下般的自然和歡快。Ray 輕輕揉著她的身體，從容有力，就像好萊塢電影裡那些青春片裡的男孩。

Ray 將簡妮引到白雪皚皚的窗前，黑色的髮辮像伊甸園蘋果樹上的蛇一樣在她的裸體上蜿蜒著，她的乳房很小，正是 Ray 想像過的東方害羞的乳房。她的體毛是黑色的，雖然與佛郎西絲卡的一樣，但卻沒有她的野性，簡妮的身體呈現出東方人柔若無骨的順從。

「你是我的。」Ray 輕聲對簡妮說。

「是的。」簡妮也輕聲地回答。

情欲的火在他們淡黃色的皮膚上發著燙。「我們做愛吧。」Ray 抬起身體來，準備去自己房間取保險套。

「不。」簡妮也抬起身體來，拒絕道。

「我不走，我取保險套就來。」Ray 探身親了一下簡妮的肩膀，解釋說。

「我說不行，我不能。」簡妮說。

Ray 沒有想到簡妮會拒絕，他看著簡妮，她的臉有點浮腫，那是因爲動了情。但她卻說，她不能。

「我不能做這件事。」簡妮過來抱住 Ray 的脖子，將自己的身體貼在他的身上，輕聲而堅決地說，「我很抱歉。」

「因爲你是東方女孩嗎?」Ray 問。

「大概我要說，是的。」簡妮遲疑了一下，答道。

「沒關係。」Ray 將簡妮抱到自己腿上，「你一定有自己的原因。我有耐心。」

他們相擁而坐。冷靜下來以後，他們聽到彼此肚子在叫。兩個人都笑了，但他們不願意離開。窗外的大雪不停地下，整個世界都被潔白的大雪掩埋起來了。不論對 Ray，還是對簡妮，這都是生命中美好的時刻，眼睛裡只有白雪，懷裡有一條火熱的身體，他們覺得自己在這個雪裡單純的世界裡與對方心心相映。

「我想要好好吃一頓熱的飯。」簡妮說，「義大利麵條。放好多番茄醬和熱的起司，然後，吃兩球的冰淇淋，還有一大杯卡布其諾。餐館外面下著大雪，我們在裡面很暖和，吃著冰淇淋，和路雪牌的。」

「不，我要爲你好好做一個中國湯，我的中國女孩。」Ray說，「油條湯，熱呼呼的，香噴噴的。下午我特地去了唐人街，我找到了你上次告訴我的那家店，買到了你上次獨自吃的那種鳥的翅膀。在大旺店裡，他們叫這種東西是鴨子的翅膀。我爲我的中國女孩做一次地道的中國飯，我們要像最靈敏的動物那樣吃鴨子翅膀。」

簡妮的理想

這天晚上，簡妮和國際市場營銷學課上的小組其他同學約好在學校餐廳見面，將簡妮統好的 Case Study 的報告，給同學們過目。這是第一次，由簡妮來爲自己小組的報告統稿，從前，都是由一個在美國本土出生的同學負責統稿，因爲他們的英文更地道。簡妮自己提出想要試一試，這時，簡妮的一口英文與 Ray 相比，已經可以亂眞，因爲 Ray 的英文很文雅，所以，簡妮的英文也漸漸變得有點書卷氣，常常還掉一掉書袋，讓同學們漸漸不敢小看她。簡妮早早地就來到餐廳裡，爲小組的同學們占了個靠窗的桌子。學校食堂坐落在一個高坡上，通體用大玻璃當牆，在靠北的一邊，能看到遠方的天際線上，那在夜色中閃閃發光的地方，就是曼哈頓島。它讓簡妮想起了義大利童話裡的故事，仙女用棒子輕輕一點，那地方就閃爍起耀眼的光芒，那就是點石成金。閃閃發光的曼哈頓，是簡妮最喜歡看的地方。她常常在校園裡吃完自己帶的麵包，然後到餐廳來，只買一杯咖啡，這是最節省的辦法。她在餐廳裡找一個景觀最佳的桌子坐下，在咖啡溫暖的香氣裡，享受遙遙相對的曼哈頓的燦爛燈光。

簡妮用餐紙將乾淨的桌子再仔細擦過，確認它絕對乾淨以後，將一直抱在手臂裡的文件夾小心地放在桌上，那裡面，夾著她整整兩天沒有休息，整理完成的報告，厚厚的一疊，是關於雀巢公司的 Kit-Kat，如何進入西班牙市場的報告。簡妮將報告從自己的文件夾裡小心翼翼地拿出來，整齊的、嶄新的、雪白的紙上，是個龐大的論證計畫，每一個字都是她的心血，她第一次主持了小組的報告修改討論，在同學們激烈的討論聲裡，飛快地記錄下他們大家的修改意見，然後，將大家在做 presentation 前分頭準備的報告融合在一起，由她總結出報告開頭的那個綜述，那是報告最重要的部分。因爲兩天沒有睡什麼覺，又焦慮，又激動，簡妮此刻覺得自己像發燒了一樣，渾身都軟軟的。考大學的時候，她也曾有過這種綿軟的感覺。她還記得，最後一門考完，回到家，身體一軟，就跪在地上了。

燈火通明的學生餐廳裡，充滿了熱麵包的香味和融化了的起司的濃郁氣味。簡妮看到在櫃檯旁邊，那個五顏六色的自動販賣機。透過玻璃，她又看到裡面紅色的 Kit-Kat。一周前，他們班的六個 workshop 開始準備做這個案例時，他們小組的第一次討論，就在餐廳裡。那時，同學們滿嘴的 Kit-Kat，但她卻不知道什麼是 Kit-Kat，她第一次聽到這個名字。看到別的同學說得這麼熱火朝天的，簡妮不好意思問這麼初級的問題。她就一句話不說地聽著，她想，要是能先混過去，回家就去問 Ray。但，爲了怕六個小組都去圖書館搶資料，自己晚去了什麼也找不到，其他同學決定馬上就分工，大家分頭認領，誰去做西班牙的宏觀經濟和微觀經濟分析，誰做市場調查和核心競爭力方面的，誰做產品介紹和市場戰略，主要是與 MARS 的。誰做金融方面的報告。簡妮心裡最喜歡做市場戰略方面的報告，她喜歡它刺激她心裡的 market sense，她有心要做市場戰略這部分，但她心裡沒底。上次她敢說要做西門子渦輪洗衣機進入義大利市場的戰略部分，因爲她知道洗衣機是什麼。當小組的同學發現她發悶的原因，是因爲她眞的不知道 Kit-Kat 是什麼，爲什麼在書上的案例裡說到，在荷蘭，人們將它當早餐，而在英國，人們在下午茶的時候吃，所以，它在荷蘭銷售的時候，一塊裡有六個 finger，而在英國，則一塊裡只有四個 finger。簡妮很困惑，如果 Kit-Kat 是像中國孩子吃的橘瓣軟糖那樣的東西，那 finger 又指什麼。小組的同學放聲大笑，美國同學邁克將她領到櫃檯旁邊的自動販賣機前，立刻從裡面買了一塊 Kit-Kat 出來，簡妮這才恍然大悟，Kit-Kat，原來是一種巧克力酥餅，撕開紅色的防水紙包裝以後，可以看到裡面的巧克力有幾個細長的小格，將它輕輕掰斷，每一塊，就叫一個 finger。邁克很細心地問簡妮，是不是也要買一個 MARS，他點著自動販賣機裡咖啡色包裝的細長條，「那是 Kit-Kat 在西班牙市場的主要競爭對手。」原來，它也是一種巧克力食品。

簡妮不能忘記小組同學們忍俊不禁的爆笑聲。所以，當大家仍舊同意她去做市場戰略，簡妮覺得自己的眼淚都要出來了。美國同學大多有種救世主般的天眞，他們喜歡看到，在他們的幫助下，奇蹟終於發生。簡妮說：「你們還記得賣鞋的故事嗎？兩個商人到一個人們都不穿鞋的城市去考察是否能夠在那裡銷售他們出產的鞋子，一個商人說，大家都不穿鞋，所以不能賣鞋。另一個商人則說，大家都沒有鞋，我能賣出許多雙鞋子。」大家都坐在自己的咖啡前對簡妮點著頭笑，說：「是啊，你就是後一種商人。我們早已充分意識到這一點。你就去盡力而爲吧。」

做 presentation 的時候，大家都穿上了正式的辦公室套裝，簡妮也是，就像雀巢公司將要執行西班牙計畫的工作小組一樣。輪到簡妮上去演講的時候，她看到小組的同學們都悄悄舉起自己的手，將拇指壓在手指裡，鼓勵她。在小組裡，簡妮一向擅長做市場戰略，但這一次，她做得眞是出色，那些戰勝 MARS 的計畫，讓她看到因爲正裝作格外嚴肅的同學們，忍不住活躍起來，讓她看到教授眼睛裡的笑意，她知道自己贏了。她有點陶醉地聽著自己的聲音，柔和地在教室裡回響，那沒有一點點亞洲口音的英文，倒帶著一些夏威夷式的婉轉。

因爲這次勝利，她才鼓起勇氣，要求讓自己做一次小組報告的統稿人。

晚餐時間已經過去，還有一些同學留在餐廳裡聊天，吃冰淇淋。簡妮這兩天基本沒吃什麼東西。聞到食物在空氣中的香味，她聽到自己肚子咕咕叫，卻一點東西也吃不下。她翻看著自己寫的綜述，這一部分通常是公司決策層首先過目的重要部分，她竭力鼓動公司向西班牙市場投放 **Kit-Kat**，她認爲世界上沒有不能賣的商品。這是一篇激情洋溢的報告，也是教授最爲贊許的地方。簡妮喜歡自己在綜述裡的角色，她喜歡自己是那個賣鞋故事裡樂觀的商人。她想，自己常常半開玩笑半當眞地宣稱，自己將要做一個商人，也許這眞的就是自己的理想，早先在人民公園的梧桐樹下，對武教授說的那個美國計畫，也許並不是眞的權宜之計，而眞是潛伏在自己生活中的命運。聽上去，像個報仇雪恨的故事，商人的家族裡，終於在風雨凋零之後，重新在年輕一代身上崛起，中國的大買辦之家，終於出了一個美國女商人。商人的天賦能力，神祕地出現在她的身上。簡妮心裡編故事似地想著，將信將疑的，她不敢當眞。實際上，簡妮到美國大學以後，絕大多數時間都用在埋頭學習上，並沒有多想自己的前途。她明確的理想，只有到美國上大學，成爲美國人，到了美國以後，自己要怎樣，她從來沒仔細想過。

她在學國際市場營銷學的時候，時時將書裡的案例和觀點與格林教授筆下的王家買辦史對照，當了解得更多，她開始對自己家的敗落釋然，她認爲到太平洋戰爭的時候，作爲中國買辦職業的生命周期已經結束了，戰爭將王家向資本家轉折的道路毀壞，王家一定會一蹶不振的。簡妮想，要是自己在當時王家的位置上，她不會向資本家的方向轉換，因爲中國宏觀經濟的各種指數都不支援這種轉換，她覺得自己的祖先太天眞，太勇敢，太不知道保護自己。簡妮想，要是伯公當時在麻省理工學院眞的好好學了管理學，又好好用了管理學的知識去繼承家業，他就會更投機，更靈活。要是她當時在那裡，她就會選擇繼續做外國資本在華的代理商，當美國洋行裡的打工皇帝。

簡妮總是這樣浸潤在自己的家史裡。總是想：要是我成爲一個大代理商，我就會這麼做。

小組的同學陸續到齊，看到簡妮裝訂得漂漂亮亮的報告，邁克讚賞地拍了拍簡妮的肩膀：「幹得好！」當初，是他在圖書館的電腦中心教會簡妮怎麼啓動電腦，那是簡妮第一次用電腦寫作業。他是小組裡文字功夫最好的人，本來，給小組報告統稿，一直是他的工作。看了看簡妮寫的報告，邁克又說，「Pretty good.」他的藍眼睛在金色的眉毛下閃爍喜悅而愉快的光芒，能看出來他眞的爲她的報告高興，「你做得比我好。我知道你完成到這樣唯美的程度，要經過多麼艱難的努力，你得像瘋狗跑那樣拚命工作才行。」

簡妮長長地舒了口氣，在桌下伸直雙腿。整個身體都放鬆下來：「你能這麼說，我眞太高興了。」

邁克說，「我說的是眞的。我想，你大概眞的就是教授說的那種有市場感覺的營銷人才。要是你沒興趣，你沒法子這麼努力。你對一份作業都這樣努力，要是給你一個眞的案子，你會像原子彈那樣爆炸。」

簡妮搗著嘴，咕咕地笑，她喜歡邁克的說法：「在中國我的大學裡，同學叫我『德國戰車』。」

大家都笑，都對簡妮說：「你到美國以後，就升級爲原子彈了。」

通過了簡妮的報告，小組的同學們就散了。簡妮獨自一個人留了下來，小組的同學們都高興簡妮將工作完成得很出色，但他們不知道簡妮心裡的喜悅，像無聲的原爆那樣，沖天而起。她四下裡看了看，決定要好好爲自己慶祝一下。她要大吃一頓。

簡妮走到櫃檯前，取了一個塑膠托盤。今天食堂裡的招牌菜是鴨子，那是她最喜歡的食物，她喜歡鴨肉裡面的那一點土腥氣。然後，她看到菜單上有蘑菇奶油湯，那是媽媽在新疆做西餐的時候會做的湯。她看著它們的名字大大地寫在黑板上，就像最親切的人的面容。她聽到自己肚子裡，腸子、胃都響亮地叫著，就像是熱烈的歡呼。

到美國以後，簡妮其實是常常餓肚子的，因爲她覺得學校餐廳的東西比起超級市場來，還是很貴。特別是吃肉的話。所以，她常常自己在宿舍裡做夾肉麵包的三明治帶來當午餐，或者早上吃飽，或者自己帶蘋果。她總是買印度青，因爲它的果肉最結實，眞的可以吃飽，看上去也好看，是在電視裡被提倡的健康食譜，不少美國女生都這麼吃。Workshop 常常到學校的餐廳來討論，簡妮那時候就爲自己要一大杯咖啡。好在美國同學對不怎麼吃東西的女生習以爲常，並沒人相信簡妮爲了節約，竟會餓著自己。

今天，她想吃一次大餐，就像在紅房子西餐館和家裡人吃的那樣。第一道，蔬菜沙拉，要義大利橄欖油和義大利甜醋拌的。第二道，奶油蘑菇湯。第三道是主菜，鴨子。第四道是甜品，一小塊起司蛋糕。最後，是冰淇淋和咖啡。

服務生過來了，對簡妮微笑。簡妮認識他，他是從印度來的，是學電腦的學生。

「Hi.」他說，「What's up?」

「Plenty well.」簡妮說。

簡妮要了一大杯咖啡，還有一個甜甜圈。

「就這些?」

「是的。」簡妮說著打開了錢包，「就這些。錢是爸爸給的，我又沒時間打工，得節約。」她對印度同學解釋說。

「當然。」他晃了晃腦袋。

每到打開皮夾子用錢，她總能聞到在每一張自己要從皮夾裡抽出的美元上，都有爸爸身上的消毒藥水氣味。只有用它們付學費的時候，她才沒有不安的感覺。

她回到自己的座位坐下，一口接一口喝著又甜又香的咖啡。她覺得自己的身體，就像開春以後陽光下的雪人那樣，正在漸漸融化。紐澤西乾淨的夜空下，那遠處像鑽石一樣閃閃發光的曼哈頓島，那像針尖一樣通體透明的，應該是中城的帝國大廈，那像兩根並列的縫衣針一樣的，應該就是世界貿易中心的雙子塔。它們都是人定勝天的奇蹟。每次坐在桌前，守著一杯簡單的咖啡，簡妮都能覺得心裡對那燦爛的地方的嚮往，她都幻想自己有一天成為在那些高塔下健步如飛的女強人，不知道為什麼，她總是覺得，那時自己手指上，一定夾著一支巨大的哈瓦那雪茄。這是幼稚可笑的想像，按照佛洛依德的學說，那個意象應該是與男性權力有關；按照中國大陸臉譜化的資本家畫像來推斷，那是強悍奢侈的資本家的象徵；但簡妮就是不能控制自己的想像裡，手指上有一支巨大的雪茄。「也許，這強悍的菸草與祖上販賣過的鴉片有某種聯繫。」簡妮想。她從未見過鴉片，甚至連鴉片槍都不認識，只能在下意識裡面，用雪茄來代替鴉片。在簡妮眼睛裡，曼哈頓突然像花兒盛開一樣變大了，不論怎樣努力，都看不清，簡妮覺得自己的眼睛花了。人有點飄，好像從身體裡浮了起來。她定了定神，但並沒有趕走那種飄忽的感覺，看不清楚眼前的東西，手腳也有點不那麼靈敏，軟軟的使不上勁。她放下咖啡杯子的時候，竟將杯子重重頓在桌面上。

「呦，呦，呦，」簡妮有點吃驚，「喝咖啡也會醉的嗎？」

在夢裡聽到電話尖厲的鈴聲。簡妮的夢一向是不荒誕的，一如日常的生活。所以她常常記不住自己的夢。電話鈴不停地叫，一遍又一遍，她在夢裡想，伯婆已經去世了，幾乎不會有人給她打電話，所以她對自己說，接著睡，反正不是自己的電話。那時，她眼前還留著夢中的情形，那是人民公園對面國際飯店的咖啡廳，白色的窗紗低垂，室內的光線有點發黃，深色的地板看上去像深淵。但是，她突然想到，也許會是上海家裡打來的。她一急，便眞正醒來了。她躺在枕上看了看鬧鐘，三點半，電話在靜夜裡急促地、頑固地響著，帶著上海式的張皇和粗魯，美國人不會這時候打電話來的。

於是，簡妮趕快起床跑到走廊裡。

「簡妮！」果然是家裡人，簡妮一時沒聽出來那緊張高亢的聲音是誰的。

「我是維尼叔叔。」

「我爸爸出事了？」簡妮身上的寒毛「刷」地直立起來。維尼叔叔從來沒有直接打電話來美國給她，都是爸爸打電話來，然後家裡人輪流說幾句話。

「不是你爸爸，是我，我維尼叔叔要對你說永別了。」

「爲什麼？」簡妮懷疑自己是在夢裡。她的夢裡，常常有爺爺病危的場景，總是爺爺生了重病，爺爺躺在一大堆管子的白色病床上，爺爺心電圖上的小綠點成了一條直線。她從來沒想到過維尼叔叔會死去。她心裡很懷疑，維尼叔叔幾乎說得上是尖厲的聲音，實在不像是病人的聲音。簡妮伸手打開電話旁邊的壁燈，燈亮了，晃痛她的眼睛。她看到電話旁邊的計時器上，數位在跳躍，她知道這不是在夢裡。

「爲什麼？」她問。因爲范妮與維尼叔叔的親熱關係，簡妮與維尼叔叔的關係是平淡和客氣的，與朗尼叔叔的差不多。簡妮不知道爲什麼維尼叔叔臨死要打越洋電話給她。

「我現在才明白，這個世界沒有眞正的藝術家的出路。從前我在上海對外國東西趕盡殺絕的時候，都堅持學習抽象派的畫風，我一分錢也沒有的時候，都不肯改變自己的風格，畫一張毛主席像，一張工農兵的臉。我可以說，像我這樣的自由畫家才是眞正的上海藝術家。中國人無視我的存在，我一點也不在乎，我本來也不是爲他們存在的。現在外國畫展的策展人到上海來，選畫家和作品到義大利參加展覽。人家向他們推薦我的畫，他們來看了以後，竟然說我的畫不能代表中國人的感情。你知道他們最後選的是什麼，都是政治波普，弄來弄去，他們要的還是政治，不是藝術。」維尼叔叔說，「他們選中的畫家就能跟他們到歐洲去了，他們就這樣否定了我。」

「那你想怎麼辦？」簡妮問，「你在哪裡？」

「我在常德路的國際電話營業室。我已經給家裡留了遺書。我活夠了，我的希望完全破滅了。我隨便怎麼，也沒想到，外國策展人會否定我的畫。」維尼叔叔說，「而且是通過中國人來告訴我。」

「你不要啊。」簡妮不知道自己該說什麼，「爺爺知道嗎？」簡妮問。

「此刻他還不知道吧，他們以爲我出去和外國人談判了，他們都以爲我的畫選中了。是我這麼說的。要到明天，我一晚上不回家，他們才會發現。爺爺的心已經傷透傷透了，也不在乎多傷一次。」維尼叔叔說，「我們不說他了，你這裡一定都好吧，你算是終於逃出去了。但是老實說，你這一輩子也不會眞正像外國人一樣高興的，你只要想到你爸爸和你姊姊付出的代價，你就得生活在陰影裡。這就是我們家人的命，從爺爺開始，就是這樣了。」

簡妮被他說得有點氣惱，當然，還有不甘，她覺得，維尼叔叔是藉著要去自殺，來讓大家都不痛快。她冷冷地、安靜地說：「你特地打電話來，就是爲了告訴我這些，我知道了。」

但維尼叔叔卻否認：「我最後打電話給你，是想自己親手撥一個美國的號碼，說說話。我是可笑的人，就是臨死以前，我做的事還是可笑。」維尼叔叔的聲音變得很尖，很緊張，「我爲了給你打電話，大概只能乘二十一路電車去跳黃浦江，一點浪漫氣息都沒有。連我去死的地方，都是可笑的。小菜場的老阿姨相罵，就說你去死好了，黃浦江的蓋子開著。好笑吧？」維尼叔叔尖聲尖氣地笑了起來，讓簡妮想起電影的那些歇斯底里，常常，電影裡的人要死要活，萬念俱灰地笑著，但電影院裡的人卻鄙夷地笑成一團。簡妮有點厭惡這樣的笑聲，她覺得，它是做作和邪惡的。「我一直在世界上扮演可笑的角色，這日子總算是到頭了。」維尼叔叔飛快地說。

「Bye-bye.」維尼叔叔匆匆地說著，收了線。

電話裡傳來「嘟嘟」的忙音。

四周還是被紐澤西香甜的深夜籠罩著，簡妮看到窗外的庭院，院子裡的白色木頭柵欄讓她想起哈克貝力．芬刷白木頭柵欄的故事，美國的故事，總是讓人心裡不由得微笑一下。她還看到木頭柵欄邊上的梨樹，在明亮的月光裡開滿了白色的梨花，這裡的梨花，與阿克蘇的一樣，也有淡黃色的花蕊。對面人家門廊上的風鈴在深夜的微風裡晶瑩地、細碎地發出響聲，那個風鈴是用南美的白色雲石做的，在風裡彼此撞到，就發出天堂般的聲音。簡妮用維尼叔叔的耳朵聽著這一切，用他的眼睛看著這一切，也看著站在壁燈的一小團光暈，照亮了灰藍色帶著維多利亞風格的粉色小花的牆紙，自己穿著范妮帶到美國，但沒機會穿的碎花睡裙，老橡木的寬大茶几上放著安靜下來的電話，這個景象，就像 Norman Rockwell 的油畫，做夢的那種不眞實，再次襲上簡妮心頭，這靜謐的美國之夜，也許才是不眞實的。簡妮想。在上海的下午三點半，維尼叔叔正要去跳黃浦江。幾十年都熬過來了，現在國門開了，他倒熬不住了。

簡妮往家裡打電話。

「我已經知道了。我看到他寫的遺書。」爺爺的聲音像鐵塊一樣落下，「已經報告公安局了，他們答應去江邊找一找，我看他們未必覺得就是大事，倒是馬上對我說，好多寫了遺書的人，其實不會死的。」

「爺爺，你不要太著急，也許他們說的是眞的。維尼叔叔這麼說，不一定這麼做。」簡妮說。她想起他剛剛在電話裡尖細的笑聲，愈覺得他是從什麼電影裡模仿來的。

「生死有命。」爺爺說。

「爺爺，你別難過，要是眞出了什麼事。」簡妮說。

「看吧。」爺爺說，「好啦，我掛了，你接著睡覺去，你那裡天還沒亮呢。你只管好好讀書，好好長身體，好好在美國住下去。」

電話裡再次傳來「嘟嘟」的忙音，爺爺也收了線。

簡妮將電話放回去，四周的安靜像溫水那樣將她舒適地包裹起來。爺爺和維尼叔叔的聲音猶在耳，像拖著一道白煙的飛機那樣，雖然已經消失，但還能看到天際上細長的痕跡。簡妮想了想，還是不能相信剛剛自己經歷的，是眞實的。她聽到後院鄰家的樹叢被風搖動時，輕輕拍打柵欄的聲音，還有夜鳥驚飛時撲打翅膀的聲音。她想，那是因爲鳥不小心從樹枝上掉下來時發出的聲音。紐澤西的鳥都很高大，簡妮曾在熬夜的晚上，見到過牠們睡胡塗的時候，一頭從樹枝上栽下來的樣子，那樣子像一個不設防的孩子。她想起來，自己離開家前往美國的時候，爺爺將家裡所有的美元都裝在信封裡，給了簡妮。伯公卡裡所有的錢，包括零頭，也都取出來給了她。爺爺將那個裝了硬幣而顯得很重，其實沒有多少錢的信封交到她的手裡，他重重地抿著嘴，鼻翼兩邊，有兩條深深的紋路。那樣的表情好像是笑，但簡妮知道那不是。他的手在那個信封上重重地按了按，說：「裡面不到兩百美元，很少。已經是我全部的能力了。你都拿去吧。好好讀書，好好注意身體，好好在美國住下去。」當時，簡妮覺得，爺爺將她，像一枚釘子一樣，竭盡全力地向美國大地狠狠釘了進去。

簡妮想，也許這只是個噩夢。

「嗨。」Ray 出現在他的房門口，睡意朦朧的，「出了什麼事？」

簡妮走到他面前，將自己的身體靠進他的懷抱，他的身體暖融融的，充滿睡意。她這才感到自己的身體像一枚鐵釘那樣，又涼又硬。

Ray 將簡妮的身體裹進自己的睡袍裡，簡妮才發現，他在睡袍裡只穿了一條內褲。他乾淨光滑的皮膚上，散發著洗髮精淡而溫暖的香味，好像新出爐的麵包。她的心狂跳起來。她將自己的手按在 Ray 的胸膛上，用身體緊緊貼住他的。他的親吻輕而有力，那是讓簡妮心醉神迷的，她覺得自己的嘴唇也像青蟲緊緊吸附在青菜上那樣，緊緊吸附在他的嘴唇上。她能感到，自己的身體漸漸變得柔軟而溫暖了，在他的手掌下。

「出了什麼事？」Ray 鬆開她，牽著她的手，將她領到自己房間裡，她看到他檯燈的燈光，在沉沉夜色中，如金色的水流。

「我叔叔似乎要自殺，他打電話來向我告別。」簡妮說。她的手還停留在他的胸膛上，她用拇指撫摩著他皮膚上那層密密的、鬈曲的汗毛，她對那毛茸茸的感覺著了迷，忍不住用嘴去夾那些黑色的汗毛。他的身體，她已經漸漸熟悉，她不再像第一次接觸 Ray 的身體那樣，會緊張到發暈，一動也不敢動，像個木頭人。她的手不由自主地摸索著他覆蓋著濃密汗毛的身體，那窸窣的感覺，引得她牙根直癢。她咬緊牙關，覺得自己像是個要將他吃到肚子裡去的母老虎。她這次放任了自己，她用雙腿緊緊夾住他的腿，將下巴尖尖地抵到他的肩膀上。

「太糟糕。」Ray含糊地說了一句，他也將手伸進了簡妮的衣服。她的身體，也是他熟悉了的。他用力揉搓她的後背，使她柔軟起來，她皮膚上總是有一些突起的小顆粒，好像總是在過敏，又像是在起雞皮疙瘩。他感到她有很強的性欲，就像在夏威夷的美國男孩裡傳說的那樣，東方女人是非常性感，非常妖媚的。她們個個都懂房中術，從來不會像白種女人那樣直白。但是她一直在控制自己的性欲，她能突然就直起身體，冷靜地說「不」。Ray不能理解簡妮，他感到她依賴他，喜歡與他纏綿，甚至他能感到她有那種處女對性的貪婪，就像佛郎西絲卡在高中時代那樣。但她從來不肯與他做愛，堅決地拒絕。他並不認爲，這是因爲東方道德觀的阻礙，Ray有點悻悻然。

此刻，他們都感到了自己和對方身體裡洶湧的欲求。

「我們做愛吧。」Ray輕聲要求。他終於脫下了簡妮的睡裙，費了好大工夫，她睡裙前面有一排密密的紐扣，那睡裙的做工不好，紐扣總被扣眼裡沒有縫好的線頭絆住。簡妮聽任他解開自己的衣服，並不停地撫摩他，親他，Ray以爲，她會同意的。

簡妮睜開眼睛，她看到檯燈那金色水流般的燈光，看到窗外朗朗月色裡開滿了白花的梨樹。要是Ray不問，只是將她引到他的床上，簡妮已經暗自準備好，這次不再反抗。但是，Ray他問了，他像米開朗基羅的亞當那樣站在她面前，詢問地看著她。

「不行。」簡妮輕輕說。看到他的臉在燦爛的燈光裡變得慍怒，她心裡覺得遺憾極了。

「你到底出了什麼問題？」Ray說。

「我只是不能。」簡妮說。

「我有過一次很有趣的經歷。原來，在某種情況下，人喝咖啡也會醉的，像喝酒那樣地醉。」簡妮坐在武教授的對面，用小勺輕輕將咖啡裡的牛奶攪開，咖啡那暗夜一樣的深色，立刻像破涕而笑的臉一樣，變得明朗而甜蜜起來。而且原來尖銳的香氣也瞬間就柔和醇厚起來。武教授將手扶在糖罐的金屬蓋子上，詢問地望著簡妮，簡妮笑著搖頭，「我不要糖。」

這時，簡妮即將從經濟系畢業了。這一天，她拿到了自己GMAT的成績，七百分，難得的好成績。於是，她約會武教授，她要實現三年前在上海人民公園的約定：當她將一切都準備好，就來報考武教授的學校，學MBA。

她和武教授一起坐在中央公園邊上的一家咖啡館裡，武教授贊許地望著簡妮，像那些敬業的美國教授看自己最得意的學生會用的甜蜜表情，簡妮有時覺得那神情就像聖母在看聖子。她在那樣的笑容裡得到了很大的鼓舞和安慰。

武教授的小眼睛裡閃著愉快而精明的光，還有美國老師那種隨時準備讚美人的熱情。他笑著，打量著簡妮。她臉上是健康的淡棕色，她穿著Gap牌的緊身線衫，在拉低的褲腰上，也露出一條CK內褲的寬條鬆緊帶，就像那些在校園裡流行的美國孩子的裝束。她與在人民公園時已判若兩人：「你看上去眞好！」他記起來在寒冷的上海冬天，陰天的下午，他在公園裡與這個當時只是萍水相逢的上海女孩子的談話，那時，她那雙睜得大大的，讓人感到緊張的眼睛裡，倔強多過現在的鎭定。看到美國的教育和自己的鼓勵在一個中國女孩身上開花結果，武教授感到自豪和安慰。

「是啊，我找到了自己眞正的理想，你相不相信？」簡妮說，「在確定自己找到了理想的時候，我才發現，原來從前我一直是一個沒有認識自己的人。」

「祝賀你。」武教授笑著祝賀簡妮，然後問，「能說說你的理想嗎？」

「我猜想，我身上有商業天賦，也許，更準確地說，我肯定我身上有商業天賦。所以，我想要當一個成功的經理人，進美國頂尖的大公司，」簡妮說，「住在花園大道，在帝國大廈上班，與最聰明，最專業的經理人有同學之誼。」簡妮歪歪頭，想了想，然後點頭道，「是的，這就是我現在的理想，我已經不是那個把到美國讀書當成理想的女孩了。」

簡妮在上衣口袋裡握著武教授當年分手時給她的名片。在上海最黯淡的歲月裡，她手裡的王牌就是這張寫著哥倫比亞商學院地址的紙片。她曾經將它夾在錢包的內層，它是她自己建立起來的與美國的唯一通道，對她來說，曾經像空氣一樣的重要和必需。那時，她做夢也沒想到，它竟連接著自己的天命。原來對一個美國人的敷衍，如今眞成了自己的目標。這次，她特地將它帶在身邊，本來是想拿出來給武教授一起憶舊的。武教授滿臉都是美國式的熱烈微笑，在美國教授的臉上，簡妮見到過許多次這樣的微笑。在簡妮看來，美國教授與中國教授最不同的，就是他們從不像中國教授那樣習慣用激將法。他們對學生的鼓勵，從來不厭其煩。她感激美國教授充滿鼓勵和欣賞的笑臉，她從心裡覺得，在美國大學裡，她才生活得像一個有信心的人。但來自武教授的鼓勵，對簡妮來說，仍舊是不同尋常的。在他的笑容裡，簡妮能看到自己是怎樣從一個在潮濕的暗弄裡，渾身的毛都直豎起來的小貓，成爲一隻一飛沖天的雄鷹。手心裡的卡片，現在成了她脫胎換骨的見證。

簡妮將手心裡的卡片小心翼翼地平攤在桌上，向武教授推過去：「你看，當時，它就像是上帝派到諾亞方舟上來的鴿子。我一直等待這個時刻，讓你看到我的新生。」

武教授接過自己的名片，它已經被揉得發軟了。他說：「能看到你的成長，我太高興了。」他伸手過來拍拍她的肩膀，「你看到奇蹟出現過一次，就一定能出現第二次。你好好努力吧，理想會實現的，特別是對你。你知道，沒有商業天賦的人也可以做好的經理人，但有商業天賦的人，會成爲最出色的、最幸福的經理人，因爲他不光能吃別人吃不了的苦，還能以此爲樂，那是創造力的源泉。」

「我居然回到了我家的老行當去了，聽起來好像是個電影。」簡妮說，「過去叫買辦，現在叫國際市場經理人。過去他們的作用是水閘，控制著高水準國家的物質慢慢向低水平的國家傾洩，現在我們的作用是橋梁，將世界用物質的方式連接在一起。有時我覺得，到美國來，找到了我的理想，這是命運。」

「這樣多好。我的學生裡有不少是世家子弟，不少是家族從事國際貿易的，非洲的、亞洲的、南美洲的、歐洲的，都有。有個印度學生，他家也是亞洲最早的買辦家族，爲英國公司工作的。」武教授說。

「他學得好嗎？」簡妮問。

「他極能吃苦。讀MBA的學生都是能吃苦的人，他卻是最能吃苦的。」武教授肯定地說，「他的很多觀點都是從家族歷史中來的，非常地道的世界主義。我們會說他很少有對文化差異的驚奇，他很有理解力。他對文化與國際市場的關係非常敏感，這也是他最爲出色的地方。」

簡妮回憶起，格林教授對買辦的第一個定義就是：他們是沒有文化差異的人。第一次讀到這些的時候，她正在因爲對美國陌生而失望的情緒中掙扎，她遺憾地看著自己已被徹底的中國化了，她對伯婆，始終自歎弗如。她沒想到，印度買辦的後代的身上，還真保留著這種傳統，這種傳統，使他成爲本質出色的MBA學生。祖先污點般的氣質，終於成爲後代手中的利器。簡妮心中一片明澈的暖意。

「他的家族還在做生意嗎？」簡妮問。

「不，已經凋落了。亞洲的買辦漸漸被代理商的機制代替，他家在這個過程中凋落的。現代的印度市場，很困難。你應該知道一些美國大公司相繼退出印度市場的事，市場學中有許多這樣的案例。現在，大約他還在墨西哥的可口可樂公司工作，他是銷售總監。」武教授說。

簡妮想到自己家族的歷史，她能理解王家的凋落並不僅僅是共產黨的關係，更多的是買辦行業的生命周期的問題，買辦在轉行的過程中失敗，又遇到時局的動盪而分崩離析。但她聽到印度也有與自己家相似的命運，還是被觸動。她對那個印度學生抱著好奇和親切，她想，大概自己的將來會和他一樣。他們的祖上共命運，他們也會共命運的。

「我也想和他一樣。」簡妮對武教授說，「我來找你，就是想要告訴你，我現在已經準備好了。在人民公園我們就約定過。」

武教授說：「你會成爲一個好經理人的。我相信你具備這樣的能力。但是，是在以後，不是現在。」

他告訴簡妮，來報考哥倫比亞大學商學院的人，都是非常優秀的學生，智力上都是無可挑剔的，GMAT的成績也基本都在七百分。也都有堅定的理想、頑強的性格和成爲一個出色領導者的巨大潛力。但，要是沒有在大公司的實際工作經驗，很難被商學院錄取。「我們非常注重學生已有的工作經驗，和建立在工作經驗上的判斷力。這是教授上課的基礎。我們的課程大多數是分析案例，需要學生有相應的經驗，沒有經驗的學生，無法參加到討論中去。即使勉強參加了，效果也不會好。」他說，「你最好先獲得實際的工作經驗，再來讀商學院，即使你不需要爲我們昂貴的學費發愁的話。」

「一定要這樣嗎？」簡妮問。

「一定要這樣。」武教授回答說。

「Oops.」」簡妮輕輕說了聲。她看看自己面前的咖啡，喝剩下的咖啡已經涼了，面上浮動著絲絲縷縷的奶。到哪裡去找一家美國的大公司工作呢？同學校的國際學生，不想回國的，都抱著一個宗旨，哪家公司能爲自己辦一張工作簽證，就馬上和那家簽合同。即使是美國同學，也不敢多幻想進美國大公司。她到哪裡去找這樣一家合乎條件的大公司呢？

「那個印度同學，他在哪裡工作的？」她問。

「他在麥當勞的印度公司市場部工作了七年，隨著麥當勞公司部分撤離，一起回美國來的。」武教授說，「他的工作經驗，是他讀MBA的基礎。」

看到武教授帶著遺憾和鼓勵的眼光，她想起在人民公園時他看她的樣子。簡妮長長地吸了一口氣：「理解啦。」她說著，將自己的身體撐起來，像一個充氣娃娃被充足了氣。她說：「那麼，我繼續努力吧。」

「很長的路啊，也正因爲這樣，商學院出來的學生，才會有大好的前程。世界上沒有免費的午餐。」武教授說。

「是的，我會努力的。」簡妮牽起自己的嘴角，向武教授微笑一下，「我會竭盡全力。」

武教授微笑地望著簡妮，但眼光漸漸尖銳起來，他問：「你是眞的想要讀商學院，還是只要在美國住下來就可以？」

「我要讀商學院。而且要讀最好的商學院。」簡妮靜靜地說。

武教授看到她大大瞪著的眼睛裡，又出現了他第一次在人民公園見到她時，那種寒冷而堅硬的神情。他想起了上海窄小的舊馬路，擁擠的公共汽車，還有那些失修的老洋房，武教授在那裡發現了許多像美國西海岸那種西班牙式的房子，只是陳舊不堪，幾乎不能相信裡面住滿了人，像一只蜂窩。「是的，她的眼睛有種樣子，像蜜蜂的刺。」武教授想。

「那是我的理想。」簡妮將手裡的冷咖啡喝下去，沉在杯底的糖在冷咖啡的浸泡裡發出了微微的酸，「那也是我的天職，我猜想。我不是光要在這裡好好生活，這一點我與我的姊姊不同。我要在美國實現我的理想。」簡妮說。

「如果你需要，我可以向一家正在上海投資香水廠的美國公司推薦你。」武教授說。

三年以前，他到上海去，就是爲這家想要投資上海的美國公司做投資評估。就是在那次，他在人民公園裡遇到了簡妮。那家叫挪頓兄弟公司的美國公司，是有一百年歷史的美國公司，一向是做家用洗滌劑的，但他們打算開發香水產品。公司決定將新香水投放到國外市場。在美國，他們很難與老牌而且實力雄厚的香水競爭市場份額。他們選擇了中國。因爲中國自己沒有眞正的香水，只有花露水。中國市場上，也沒有已經成熟的國外香水品牌。但中國經濟開始從計畫經濟走向市場經濟，人們的虛榮心將被喚醒，他們將會很快產生修飾自己的迫切需求，香水將要被大量地需要。那裡是挪頓新香水的理想之地。在中國的大城市裡，人們對美國產品的崇拜之風，對國際名牌的陌生，中國政府對美國商人前來投資的渴望，就是他們成功的保證。挪頓公司已經得到了與上海的老牌花露水合資設廠的機會，而且，在合資工廠中，挪頓占有百分之六十的股份，掌握控股權。

簡妮無論如何也沒想到，這個可以當國際市場營銷學和宏觀經濟學案例的故事，會眞實地發生在不堪回首的上海，會在她爲了怕被阻擋出國而休學的黑暗的年代裡發生。

「現在，在上海的工廠需要一個新的美方總經理祕書，兼任翻譯。原先在上海做這個職位的，是個台灣人，她與上海人不能融洽相處，反而由她帶出了許多矛盾。所以這次，挪頓公司想要換一個與上海人更接近的人去做這個工作。我想你是合適的，你是上海人，在美國學的經濟，很好的英文。你能帶去一個合適的文化背景，還有一張上海人的臉。他們會需要你，因爲你可以幫助他們與上海人溝通。上次我記得你告訴過我，你在大學裡學過社會主義政治經濟學，這點對美國人很重要，他們從來不知道社會主義政治經濟學是什麼概念。也許，你可以爲他們解釋一些用馬克思政治經濟學的剩餘價值理論看問題的角度，使雙方都減少誤解。你懂得用西方的思維，與美國人有共同語言。你也需要他們，他們可以給你在跨國公司工作的經歷，使你能夠獲得讀商學院的機會。」武教授豎起他的手指，指了指天空的高處，「而且，簡妮，他們的公司雖然不在帝國大廈裡，但是，他們在世界貿易中心的雙子塔裡。他們也很高。」

五十年前，王家是美國杜邦公司的中國總代理，五十年以後，王家的後代沒有被趕盡殺絕，又有人將爲美國香水工作，而且都是在上海。這難道不是一齣電影嗎？簡妮想。接著，她想起維尼叔叔在電話裡最後的尖厲的聲音，一個人失控時，會用做作的行爲來表達自己最眞實的心聲，這是簡妮在維尼叔叔身上發現的眞理。維尼叔叔那天果然去跳江自殺了，他眞的死了。他大殮的時候，只有媽媽陪爺爺去見了最後一面。爸爸的腿還是不方便，朗尼叔叔不願意看到死人，范妮一直住在瘋人院裡，醫生曾表示范妮的病情相對穩定，可以去參加大殮，但范妮自己不願意去，她說，看照片是一樣的，不需要一定看到本人。爺爺沒有保留維尼叔叔的骨灰，但爸爸給簡妮寄來了維尼叔叔生前的一小幅自畫像。他將自己的眼光畫得十分柔和，像個女人。爸爸說，讓維尼叔叔在畫上到美國看一看也是好的。

「你願意去嗎？」見簡妮不說話，武教授問，「如果你願意，我可以幫你傳遞簡歷，預約他們的面試，而且，我也願意爲你做推薦。」說著，武教授點了點桌上那張被揉皺了的名片，「它看到第一個奇蹟發生，現在，它一定更願意看到第二個奇蹟。」

簡妮說：「我絕對地願意。」

「需要考慮一下嗎？你得回到中國去工作。」武教授說，「但他們一定會給你一個工作簽證，你回美國也很容易。如果他們想要你，我也可以幫助你強調簽證對你的重要，讓他們能充分考慮這方面的安全。」

簡妮點點頭。她不能相信，自己雖然離開美國去上海工作，但將會得到一張工作簽證。這張簽證是大陸學生夢寐以求的。有了工作簽證，就向申請綠卡邁進了一大步。

簡妮對武教授說，「這是我有生以來第一次覺得，自己是個幸運的人。」

「我相信你最終會實現自己的理想。」武教授說。

「我一定會做到。」簡妮說，「我還知道，自己是個堅強的人。」

從咖啡館出來，武教授順路領簡妮去參觀了哥大旁邊的格蘭德總統陵園。在陵園後面的樹林裡，武教授點著一棵楓樹告訴簡妮說，那是當年李鴻章來哥大參觀，在那裡種下的楓樹。當年的紀念銅牌現在還保留著。那天，簡妮才知道哥倫比亞大學和舊中國之間漫長傳奇的關係。這裡不光有李鴻章種的樹，還有一個叫丁龍的中國人，用自己一生的積蓄推動創辦的第一個漢學系。

當簡妮聽說丁龍是一個早年從中國被賣到美國來的簽約勞工，她的心動了一下，她想要將這個消息告訴 Ray，他會有興趣。Ray 在將要從經濟系畢業的時候，突然決定轉到東亞系念書，經過漫長的猶豫和反覆，他終於決定要學中文。簡妮想，也許他會願意到哥大來讀碩士，丁龍的故事會鼓舞他的。簡妮並不爲 Ray 的轉系而驚喜，反而有些失落，這是 Ray 和她自己都預料到的反應。Ray 當然是不以爲然的，簡妮也並沒有強調自己的感情。他們漸漸恢復到普通朋友，再也沒有親熱的舉動，但好像他們都並不眞的難過。簡妮想，這是因爲她和他，已經從對方身上找到了某些自己眞正需要的東西。簡妮並不認爲 Ray 對她最渴望的，是愛情，而自己，似乎也不是這樣。

從前，與亨利·史密斯聊天的時候，簡妮聽說過，當年到美國的中國勞工都因爲家裡太窮，才鋌而走險。他們都打算在美國掙了錢，就回中國生活。這也是排華時的一個重要理由。她在亨利·史密斯那裡聽說過，有個中國勞工沒掙到錢，但實在想落葉歸根，就自己划小船到美國外海，裝作來美國的偷渡客，等美國移民局將自己遣送回中國。但她沒想到，丁龍竟然將自己的所有積蓄拿出來，在他的主人的幫助下，爲了讓美國人能了解中國文化，而在美國著名的大學裡設立漢學系。簡妮疑惑的是，勞工在中國時，能懂得多少中國文化呢？它竟然讓他在美國這樣想念，寧願客死他鄉，也要讓美國人了解自己的文化。簡妮想到了站在唐人街人行道上那些面容木訥的男人們，他們中的一個，日後也會將自己的積蓄捐出來，推動美國人了解中國文化嗎？她聽說過，格林教授寫她家歷史的時候，也曾在這裡的東亞圖書館裡找到過資料。一個賣勞工到美國的買辦家族的歷史，也受惠於丁龍的努力。而東亞圖書館的第一套捐贈的中文書，來自於慈禧太后。

「你看，哥大與中國有特殊關係。」武教授說。

與李鴻章相關的中國歷史，簡妮一直避之不及。連從前學校組織看《甲午海戰》，她都藉故沒有去看。她覺得那些事裡，整個中國彼此仇恨的人群，幫外國人的中國人，恨外國人的中國人，恨中國人的中國人，恩怨糾纏，你死我活，個個都有難言的委屈。她不願意了解那些委屈，還有那些侮辱。在簡妮看來，它們根本就沒有成爲歷史，一直活生生地留在中國的生活中，它們一直是簡妮心中的痛苦，而沒有變成歷史的隱痛。簡妮草草看了眼楓樹，它與其他的楓樹相比，看不出任何不同。只是它紀念著李鴻章，要是在中國的話，它早已灰飛煙滅了。

簡妮走在武教授身邊，聞到他身上淡淡的香水味。她吸了吸鼻子，她猜想那就是最新款的 Boss 香水，她在第五大道上的百貨店裡正在向客人推銷的香水小姐輕輕揮舞的小紙條上聞到過。她又吸了吸鼻子，香水那時髦的感覺裡讓人微微麻痹般的放縱和不甘寂寞，讓人很享受。武教授很時髦，他們商學院的人總是大學裡最時髦的一群人。她知道自己也是一個喜歡時髦的人，她喜歡商品那種帶著虛榮和體貼的親切誘惑。她常常參加大公司委託經濟系學生做的市場調查，出入曼哈頓的大公司專賣店時，每一次走進底樓的鋪面，琳琅滿目的商品撲面而來時，她即使知道自己根本不會去買裡面的任何東西，但也不由得滿心通透，整個人都舒展開來。她聞著武教授的香水味，從李鴻章的陰影裡擺脫出來。

「你的香水好聞。」簡妮對武教授說，「是新款的 Boss 吧。」

武教授笑了，他聞了聞自己的手，說，「商學院的教授，總是不得不成爲哥大最時髦的教授。」

「我們學校商學院的教授和學生也是全校最時髦的。」簡妮說。

「因爲我們永遠是和市場在一起。」武教授說，「你也將會這樣。你喜歡時髦嗎？」

「我喜歡。」簡妮肯定地說。

武教授點點頭：「那就好。要是你不喜歡，在以時髦爲本的市場上，你會痛苦的。要是你喜歡，你會像老鼠得到了一大塊新鮮起司那麼快活。」他將自己北方人明亮的小眼睛微微瞇起來，「時髦的感覺裡有一點虛榮，一點點無傷大雅的虛榮，你要知道，這一點點恰到好處的虛榮，恰恰是市場最本質的動力。差不多所有成功的營銷案例，都是從設計者內心在這種虛榮感覺的指引下工作，去滿足消費者內心蠕動著的虛榮。」

「喜歡商品也是天生的嗎？」簡妮問，她想起 Ray 來，他總是視市場調查爲苦差，他恨四季如春，燈光明亮的店堂，總抱怨在商店裡透不過氣來。他與亨利．史密斯倒常常來往。還是常常約好了去唐人街流連。

「對時髦的領受力當然是天賦能力，對商人，對經理人來說是很重要的天賦能力。」武教授說。

「Woo!」簡妮歡呼一聲。

從紐澤西的 short line 車站等開往曼哈頓四十二街汽車總站的公車開始，簡妮就與自己腳上的高跟鞋展開了搏鬥。那是一雙圍了一條紫紅色邊的灰色皮鞋，是伯婆留給簡妮的高跟鞋之一，配鐵灰色套裙。這鞋對簡妮來說，有點緊，但卻不能說完全不合適。伯婆穿鞋的樣子很好，一點也沒有走樣。去挪頓兄弟公司面試的頭天晚上，她按照婦女雜誌上的介紹，將毛巾緊緊塞到皮鞋裡，努力撐大它們。簡妮在伯婆的衣服裡挑了鐵灰色套裙，五十年代風格的，裙子兩邊，開了旗袍式的衩，很穩重，又特別。她覺得這對要去中國當祕書的年輕女人，眞是再合適不過了。或許那式樣有點太奢侈，不像年輕人的，但給人一種有良好背景的印象，簡妮認爲，這種暗示比顯得年輕重要。

簡妮從沒這樣穿戴過。她感到那套筆直的套裙，將自己的身體和教養中的粗陋之氣襯托出來了，倒像一塊揉皺的手帕。她記得自己第一次穿上旗袍的時候，身上突然洋溢出一股弄堂女子的風塵氣，那次她就被嚇到過。簡妮其實是怕穿伯婆的衣服的，她覺得，它們就像照妖鏡一樣。這次，她特地將自己的頭髮全部向後梳去，強調自己的眼睛，她知道自己的眼睛有種咄咄逼人的樣子，她需要這眼睛的表情來捍衛自己，好像自己暗中有利刃在握。

清晨在 short line 站上等車的人，大多都是住在紐澤西，每天去紐約上班的中產階級，大家穿的都是套裝，簡妮像一滴水流進大海一樣，十分自然和得體。她與他們站在一起，心裡七上八下著一些自豪。她那時竭力想忘記自己的腳。那雙線條優美溫和的義大利高跟鞋的邊緣，開始像一把刀似地勒著她柔軟的，只穿運動鞋的腳後跟上薄薄的皮膚。而平而窄的鞋尖，則將她的五個腳趾全都箍麻木了。簡妮竭力不去想這些事，她提醒自己現在就要站得直直的，而且要自如，以及若無其事，她不想露怯。

從四十二街的汽車總站轉到去世貿中心方向的地鐵月台，那一路上，通道裡響徹了往下城的世貿中心或者華爾街上班的洶湧人流的鞋底摩擦的聲音，簡妮也用紐約人的速度大步走著，簡妮腳跟上的皮已經破了，她感到有血滲出來，黏在襪子上，每走一步，那被血弄濕了以後，變得更硬的鞋幫，都用力地摩擦著已經沒有皮膚保護的肉。簡妮努力把自己的腳往鞋子前面伸，讓自己的腳跟能多少鬆快一點，但小了一號的高跟鞋，本來已經緊緊頂住了腳趾。還沒有到月台，簡妮腳趾上的皮膚也被磨破了。那一雙腳在鞋子裡眞是左右爲難。

好容易到了月台，腳的酷刑暫時結束。簡妮這才發現，四周的女人紛紛打開手裡拎著的紙袋，拿出高跟鞋來。她們利落地將腳上的運動鞋踢下來，換上紙袋裡的高跟鞋，再將運動鞋放進紙袋裡。簡妮一下子明白過來，原來在下城上班的那些白領女子，用的是這樣討巧的辦法。簡妮的心裡咯噔一下，這一下，就顯出她的嫩來。

在地鐵穿越曼哈頓島的過程中，簡妮擠在沉默的人群裡站著，腳跟和腳趾上的血都漸漸結住了，和薄薄的襪子黏在了一起。她只覺得，自己渾身的血都集中到了下肢，腳開始有點腫了，所以鞋子緊緊地箍在腳上，腳背上的肉漫出了鞋面，讓簡妮想起浸了水的饅頭。世貿中心那一站，車裡大部分人紛紛下車，簡妮再次夾裹在大步向前的人流裡。從世貿中心下面的地鐵上到地面，要走三層樓。對簡妮來說，那可眞是痛苦的長征。她一走，那些薄薄的血疥馬上就被拉破。簡妮幾乎痛得流出眼淚來。但她四周的人們卻嘩啦啦地像飛奔的動物那樣越過了她，那些尖尖的黑色、灰色和棕色的高跟鞋，像長在那些飛速向前的女人們腳上尖利的獸爪一樣，清脆地響成一片。簡妮的雙腳太痛苦了，不得不慢了下來，馬上就被後面的人撞到。後面的人像潮水一樣趕過她，有人撞到了她，說聲「借過」，便越過她而去。也有人什麼也不說。還有人盡量遠遠地繞開簡妮，那大多是些穿著長風衣的男人，當他們的身體因爲躲避接觸而斜過去的時候，他們的風衣在身後飄了起來。簡妮讓了又讓，然後，發現自己已經從原來的人流中央讓到了邊緣，迎面而來的，是左手邊上迎面而來，向地鐵相反方向去的人們，那大多是些去中城的商業區上班的人，帝國大廈就在那裡，洛克菲勒中心也在那裡。那邊人群裡，女人們也在最後一站地鐵站裡換好了高跟鞋，那些鞋跟也清脆而堅決地響成了一片。

簡妮也加快了自己的腳步，當她的腳已經有點麻木了的時候，她跟上了大家的速度，回到人流的中間。

走進世貿中心大堂，簡妮在到達不同樓層和不同方位的眾多電梯之間又奔走了一番。好容易找到正確的電梯，到了挪頓兄弟公司那一層。離開電梯以後，她沒有馬上進去，而是先去找防火樓梯的樓梯間，然後鎮定地走了進去。謝天謝地，那裡除了一股夾著香水氣味的香菸味道，沒有人。她在玻璃的倒影裡，看到了一張氣急敗壞的臉，簡妮真的不相信，這竟然是自己的臉。

簡妮腳跟上的血，已經流到鞋幫上了。她將那一小條血跡擦乾淨，將污染了的襪子往鞋子裡面掖了掖。然後，她用手拍打揉搓自己的臉。在電影裡，死亡營裡的猶太女人拚命拍打揉搓自己的面頰，是爲了讓自己看上去比較精神煥發，不會被送進煤氣室。而簡妮，是爲了改變自己臉上痛苦的表情。但簡妮感覺到與那些猶太女人一樣急迫的心情。她臉上的皮膚被拍得有些發麻，然後發燙。

有種大難臨頭似的恐懼，在簡妮心裡蛇般地遊動。將要被拋棄的預感，也漸漸強烈起來。她想，要是她失去這次機會，也許就會失去與武教授一起設計的未來。這個面試太重要了，以至於讓簡妮害怕。她看著玻璃裡倒映著的自己，怎麼看，也看不出出色的地方，她的顴骨，像美國排華時代漫畫裡的中國人一樣，寬得很沒有尊嚴。她的臉色，像唐人街上的那些男人一樣焦黃；她的面頰，像爺爺那樣地緊繃，有千刀萬剮般的重重晦氣；她的嘴，像爸爸那樣大而無當，帶著某種潑婦刁民的無賴和兇悍；她的肩膀，像維尼叔叔那樣單薄而乖張，一副沒有人緣的樣子；她的身體，像范妮那樣張皇失措，一股乖張之氣。這樣的人，誰會喜歡，誰會要呢？簡妮打量著自己，想。她甚至想，寧可不要進去面試，倒可以逃脫失敗的打擊。

「耶穌基督，救苦救難的觀音娘娘，眞主阿拉，天靈靈，地靈靈，世界上所有的神仙，都來保佑我吧，給我勇氣和力量吧。」簡妮想起高考時在陌生課桌上看到的一段話。

來到面試的小會議室裡，在那個鼻子像剪刀一樣又薄又尖的人力資源經理面前坐下的時候，簡妮輕輕將手伸到身後，擼平裙子，才落座。那是愛麗絲的姿勢。然後，她向那對灰色的眼睛認眞而愉快地看了過去。這時，在她臉上已經看不出她經受過的痛苦了，簡妮曲著膝蓋，直著身體，穩穩地站在自己的鞋裡，安靜地等待開始。

「請你簡單地介紹一下自己的經歷，王小姐。」這是第一個問題。

「我是個上海人，那是中國最大的城市，也是中國最西化的，也最現代化的城市。我的學習很順利，一直在最好的學校讀書，一直是學校的優秀學生。但是到美國以後，我才發現在中國的教育體制下，我只是一個懂得最好地接受的學生，而不是一個懂得創造性思維的學生，在經濟系裡學習的兩年裡，我更主要學習怎樣認識和發揮自己的創造性，建立自己的獨立思考和分析的能力。能在經濟系修滿學分，提前畢業，還不是我的最大收穫，找到自己的價値觀和世界觀，才是我最大的收穫。

「我的家族在一百四十年前，就開始爲美國在上海開設的洋行工作，是他們在中國的合作夥伴，當時叫買辦。所以我家有一百四十年在上海經商的經驗，我的家族後來落敗，我想你知道其中紅色中國的因素。但是，我仍舊希望自己能成爲一個至少像他們一樣出色的商人，這是我的理想，我到美國，是爲了實現這個理想。」

「你認爲自己成爲一個在華總經理祕書有什麼優勢？有什麼劣勢？」

「我的優勢是兩點，一，我沒有語言上和文化上的問題，那裡是我的故鄉，我可以更好地理解上海人的想法，將它們解釋給我的總經理，協助他更清晰地判斷事物。二，我在上海的大學裡學過社會主義政治經濟學，我可以用這部分知識背景幫助我的總經理換位思維。我的劣勢也是兩點，一，我沒有祕書的工作經驗，但我個人的風格是追求完美，會工作得更努力。我只怕太追求完美，會造成吹毛求疵的痛苦。二，我的上海人的臉，會給當地雇員一種自己人的感受，雖然會親切，但比較少高高在上的威嚴。」

「聽上去，你說的好像不是劣勢，反而更像是優勢。」他聳著肩膀說。

「我想，那是很容易化爲優勢的劣勢。」簡妮平靜地回答，沒有一點尷尬。事實上，她眞的是這麼想的。

「你既然沒有相關的工作經驗，那麼，怎麼能讓我相信你能做得好呢？當然，你有一強有力的推薦人，迪克．武，武教授。但是，你自己怎麼說服我和總經理呢？」

「我是一個忠實誠信的人。我相信作爲一個祕書，又是一個中國人，在中國爲美國企業工作，忠誠於自己的老闆，忠誠於自己服務的美國公司，是祕書最重要的品質。其他一切都可以學會。」簡妮問：「我可以說一個小例子嗎？」

「可以。但要簡短。」

「第二次世界大戰時，我家是美國杜邦公司的總代理。當時倉庫裡有許多貨物，但美國大班回國避戰。我的祖上將那些原料加價賣出去。等大戰結束後，他們將那筆款項如數交給了回上海的美國大班。這就是我們的家傳。如果我爲挪頓公司工作，也會繼承這種忠誠。」

那個人力資源部的總監看了簡妮一眼，在他眼睛裡看不出一點點答案，不過，簡妮認爲這個忠誠的故事應該在人力資源部經理心裡留下印象，她不相信會有許多人在面試時能說出這樣的故事。她盯著他的眼睛看，他卻避開，只是說：「好了，王小姐，謝謝你來面試，我們會在第一時間通知你結果。」

簡妮站了起來，腳再次痛得像刀割，但她微笑地向那個人力資源部的經理握手告別。然後輕快地走出那間小會議室。

一星期以後，挪頓公司通知簡妮去參加總經理的面試。那一次，簡妮仍舊穿那雙高跟鞋，但經過一個星期天天穿高跟鞋的鍛鍊，簡妮腳上那些容易磨破的地方，都已經起了薄薄的繭，再穿著它經過長長的地鐵通道，簡妮也能走得和別人一樣鏗鏘有力。

總經理長著一雙銳利的灰眼睛，就像美國郵政標誌上的那隻鷹。

「Tim Muller.」他向簡妮伸出手來。

「Jenny Wang.」簡妮握住他的手，他的手很有力，她的手也很有力。

總經理只有一個問題，毫不客氣的問題，他用帶著德國口音的英文問：「你沒有任何工作經驗，而這個在華總經理祕書，當然忠誠是重要的，要不然我們可以用中方的祕書，不必從美國帶祕書過去。但是，它也同樣是需要豐富工作經驗和人際技巧的職位。你能為我們帶來什麼？」

「我除了上海的故鄉背景和我家族一百四十年在上海洋行與美國大班共事的經驗，是一張白紙。挪頓的風格就將成為我的工作風格。我相信自己會成為一個忠誠的，不怕吃苦的，為挪頓量身定做的好祕書。一個完全融入挪頓風格，又與當地在交流上沒有障礙的好祕書，這就是我相信自己能為公司帶來的好處。」簡妮說。

在簡妮向總經理告別的時候，她越過他的肩膀，看到窗外的哈德遜河，和河上的自由女神像。她笑著說：「只是離開這裡，會有點想念。這裡就好像是我的家了。」

Muller 拉動了他薄薄的、堅定的嘴唇，臉色柔和了一點，他說：「你說對了，我當時離開這裡去上海的時候，也有這樣的心情。」

簡妮終於等到了那個電話，裡面的聲音在確認了她就是簡妮．王以後，說的第一句話便是：「Congratulations.」

簡妮安靜地聽完人力資源部的通知，說了「非常謝謝」，然後將電話掛上。

她四下望了望，這裡都是她熟悉的景象，藍色的樓梯扶手，灰藍色的牆紙，壁燈，橡木茶几，電話邊上的計時器。從這裡往窗外看去，能看到院子裡白色的木頭柵欄，還有草地上曾經開滿白花的梨樹。現在，滿樹的花都謝了，它看上去就像一棵普通的樹，在美國明麗的陽光下一動不動。簡妮心裡浮現出一句話，「這就是命。」這是爺爺在電話裡說的。

簡妮回到自己房間裡，掩上門。櫃頂上堆著她的箱子，一只黑色的，是從上海帶來的，上面貼著一塊傷筋膏藥，代替行李牌，那是新疆風格。傷筋膏藥上寫著格林威治村的地址：維爾芬街十九號。另一個箱子是紅色的，是范妮留下來的。把手上還留著范妮寫的行李牌，也是維爾芬街十九號。簡妮四下裡望了望，突然一下子向後，重重地仰面躺倒在床上。這是她忘情的方式，只有在高興得發瘋的時候，她才敢於向後仰倒在自己床上，完全忘記警惕與猜疑。

初夏溫暖的氣息從敞開的窗縫裡獵獵有聲地撲了進來，那是美國大地充滿陽光和新鮮樹木氣味的氣味，陽光下，高大的綠樹在浩蕩暖風中婆娑繾綣，河水在粼粼閃光。簡妮正坐在 Ray 旁邊的副座上，他們的車正在小鎮之間的公路上向曼哈頓駛去。地域公路不像高速公路那樣單調，沿途他們能看到許多漂亮的庭院，草地邊緣圍著的一圈小花盛開著，像小女孩領子上的蕾絲，旗杆上掛著的彩色風向標，不停地旋轉著。陽光在殖民式的灰色屋頂、教堂頂上的十字架，以及庭院裡小游泳池那藍色的水面上閃閃發光。Ray 還是從前的老脾氣，他不喜歡走高速公路，喜歡穿過一個個小鎮，最後快到華盛頓大橋的時候，在最後一個高速公路的入口處再上去。穿過學校的時候，他們看到一隊隊穿了深藍色運動服的孩子在淡綠色的操場上打籃球，星條旗在深深的藍天上，顯得很般配。簡妮想起上海的美國總領事館院子裡的那面美國旗，她印象裡，遠沒在紐澤西看到的這樣鮮豔和漂亮。她想，是那純淨的，能穿透一切的金色陽光，將美國照射得如此色彩斑斕。

「我會想念美國的陽光的。」簡妮對 Ray 說，「在上海，我再也見不到這樣強烈的陽光了。」

Ray 微笑了一下，表示贊同。在強烈的陽光下，他的頭髮閃閃發光，他手臂上的汗毛也閃閃發光，甚至那些倒伏在他臉頰上的細小絨毛，也在閃閃發光。簡妮手指上有些毛毛的感覺，她的手指回憶起 Ray 溫暖皮膚上的那些柔韌的汗毛。簡妮悄悄將自己的手指握進手掌中，轉開眼睛。那個早晨，他們從各自房間裡走出來，在廚房裡遇到，簡妮正在吃蘋果，Ray 在碗裡倒了一大半加水果顆粒的玉米片，他們互相看了看，道了聲早，但兩個人都沒有像從前那樣將臉湊在一起，響亮地親嘴。那時，他們很默契地向後退一步，恢復到普通室友的關係。甚至，他們沒有說明原因，也許是因為很明確，不需要再說什麼。

他們有時仍舊一起出去喝點什麼，說說自己的近況，有時簡妮燒了番茄蛋花湯，還是給 Ray 留一碗。Ray 也學會了在速食麵裡臥一個水鋪蛋，放幾片綠葉菜，他在唐人街找到了四川出口到美國的榨菜包，他在油條湯裡也會放一些榨菜進去。他們兩個人甚至還請別人一起來吃過飯，包括亨利·史密斯。但他們之間，再也沒有肌膚之親了，他們的愛情結束了。Ray 在東亞系找到了他的女朋友，她又是一個義大利裔的美國人，黑髮。簡妮看到她，心裡鬆了口氣，她這才知道，其實她心裡擔心 Ray 會再找個中國女孩，她希望自己是 Ray 唯一的中國女孩。

「有時不得不承認，美國是上帝特別愛惜的國家。」Ray 說。他們經過一大片公路邊的丁香樹叢，白色的和紫色的丁香花，一叢叢地壓彎了枝條。他們的車裡一時充滿了丁香的氣味。

「當然。」簡妮肯定地說，「絕對。」

「是啊，你的體會比我深。」Ray 說。

簡妮腿上放著一大束紅色的康乃馨，用綠緞帶紮著，那是給伯婆的花。她書包裡還有一個信封，裡面裝著維尼叔叔那張自畫像，已經用塑膠紙仔細地封好了，她想爲維尼叔叔的畫像找一個合適的地方，也許是伯婆墓前的樹下，也許是伯婆的長明燈下，將他的自畫像埋到美國的土裡，也算入土爲安。這是她在美國最後要完成的事情。

簡妮離開以後，Ray 的女朋友會接著租簡妮的房間，他們要同居。他們計畫一年以後，申請東亞系的北京留學計畫，一起到中國留學。而簡妮想，一年以後，大概自己已經開始準備回到美國讀書了。Ray 和簡妮心裡都明白，這次分手，他們倆將會越行越遠，也許永遠不再有見面的機會。他們的生活剛剛開始，前途茫茫，不可能彼此守望。

簡妮想，也許 Ray 就是因爲這個，才主動提出，要開車送簡妮去掃墓的吧。

車前的反光鏡上吊著一小塊青色的玉石，用紅絲帶穿著，打了如意結，吊著流蘇。玉石上面，用篆體刻著「出入平安」。那是 Ray 的女朋友送給他的禮物，在唐人街買的。它在 Ray 和簡妮面前輕輕搖晃著。

「也許幾十年以後，我們在什麼地方突然遇到，像電影裡的一樣，你已經成了像格林教授那樣的中國專家。」簡妮對 Ray 說，「你能說一口流利的中國話，甚至還能說一口廣東話。」

「你卻已經將中國話忘記了，只能說英文。也許還有法文、義大利文、西班牙文、德文。」Ray 笑了，「我卻一直看到你的消息，在CNN，或者CBS的財經新聞上，你是美國最重要的商業人物，左右了道瓊指數的上下。你與我說話，我只能說 No English 。」他做了一個鬼臉。

簡妮臉上笑著，心裡卻被硌了一下。Ray 的鬼臉讓她不舒服。她覺得，他不一定眞的是爲了愛中國而選擇了中文，而是爲了好奇。那好奇後面，是挑剔的眼睛，他很可能有一天宣布，經過研究，他發現自己討厭中國和中國人。他的研究，是自己對世界的好奇，與對中國的感情無關。格林教授認爲他的工作，眞正爲中國拯救了準確的歷史，他由衷地這麼想。Ray 大概想得更多的是要建立自己眞實的生活。在簡妮看來，只有 Ray 這樣無憂無慮的人，才可能如此挑剔地尋找屬於自己的那部分東西。

簡妮對他有些恨意，於是她說：「我爲了生意，也學了廣東話，你難道認爲不可能嗎？商業奇才的身上什麼都是可能的。於是，我用廣東話問你，你怎麼樣？你喜出望外，終於有人和你說廣東話了。因爲你與唐人街的人說廣東話，他們對你說 No English 。」

Ray 哈哈大笑，他說：「可能啊，眞的可能。」他伸過手來，握了握簡妮的肩膀，「不能不承認你的聰明。」

「我也是上帝特別愛惜的。」簡妮說。

過華盛頓大橋時，簡妮在淡綠色鐵橋柵欄的縫隙裡，看到陽光下的曼哈頓島，沿著河邊的公路上飛奔的車龍閃閃發光，一直通向水邊的砲台公園，那裡有渡輪去自由女神像。

從砲台公園出來，就是華爾街，走不幾步，就是世貿中心大樓，在陽光下，那淡藍色的玻璃幕牆閃著冰山一樣的光。她屬於的公司就在那裡。

褐色和淡褐色的摩天樓上的玻璃窗閃閃發光，樓下就是曼哈頓紅塵滾滾的商業區，大都會保險公司的尖頂閃閃發光，爸爸當時買的學生保險，就是大都會保險公司的，她自己的學生保險也是大都會的。

河畔教堂的白色塔樓傳來響亮的鐘聲，在那附近就是哥倫比亞大學。在那裡的一家舒服的小咖啡館裡，她的人生拐了一個美麗的彎，終於走上命運指引的道路。

教堂不遠處的那堆綠色，一定就是中央公園。沿著中央公園的樹陰走下去，就會到格林威治村，那裡的街道上，飄散著咖啡和新鮮蛋糕的香味，有漂亮女孩招搖過市，那裡的街道拐角上，有一個石頭的西班牙式噴泉，嘩嘩地流下清亮而柔軟的水流，使整個街道都能聽到瀝瀝的水聲。

再走下去，越過小義大利，就是唐人街，粗鄙笨重的金器在燈光下閃閃發光。

伯婆的墓地，就在小義大利和格林威治村的中間，一個老教堂陽光燦爛的後院。白色的大理石墓碑上，閃爍著伯婆的金色名字：Alice Chiu。維多利亞式的花體字，她安息在她生活了大半生的土地上，從來沒想到過要落葉歸根。也許她認為自己的根，就在這裡，這裡有她生前做禮拜的教堂，有她的學生，有她的生活，有她喜歡的白色描金棺木，白色大理石墓碑。一切都合乎她的體面。簡妮想起，在最後探望伯婆，她給自己看棺木和墓碑的照片時，曾經說過：「你來參加我的葬禮時，不會感到太寒酸的。」她到人生的最後一步，都要讓親戚們覺得臉上有光。

從高高的華盛頓大橋上下來，她聽到了河畔教堂洪亮的鐘聲。

「我知道你愛曼哈頓。」Ray 說。

簡妮說：「眞的，我還從來沒這樣愛過一個地方。」她想，這是她生命開始的地方。怎麼愛，都不過分。簡妮知道 Ray 想成全她向自己心愛之城告別的心願，她的心思雖然沒說出來，但還是被 Ray 體貼，簡妮有些感動。她想，到底是 Ray 。她想，能和自己的第一個ABC男友來曼哈頓告別，是自己美國大學時代最完滿的句號。她半開玩笑半認眞地直起食指，去輕輕刮了刮 Ray 裸露的手臂，這是他們從前親暱時的一個小動作。Ray 笑著搖頭躲閃，他說：「嘿，嘿，簡妮，我在開車呀！」

他們的車下了高速公路，來到街道上，曼哈頓帶著挑逗的空氣撲面而來，不由得讓簡妮想到錢。簡妮在曼哈頓處處都能聞出美元的氣味。錢在這裡不光意味著消費，它更是一桿秤，可以衡量一個人的智力、勇氣、耐力和運氣，衡量一個人生是豐富還是蒼白、是自由還是局限，是刺激還是平庸，對簡妮來說，能不能在曼哈頓感到理直氣壯、自由自在，就是人生價值是否得到實現的標誌。

漸漸，曼哈頓又向簡妮展開了它最有紀念意義的街區，那裡處處都留著她成長的印記。她又看到了 Saks 在街面上的銅牌，她想起自己第一次摸到昂貴衣物時，心裡的誠惶誠恐。

她又看到了耐吉運動城，她想起自己第一次參加市場調查小組時，就在那裡底樓的收銀檯前，訪問實際購物者。她聽到收銀機結算時列印清單的吱吱聲，即使是一個與耐吉運動城毫無關係的人，她的心仍舊爲那成交的清脆聲音而欣喜。就是在那裡，簡妮知道自己是個天生喜歡買賣的人。

她又看到迪士尼專賣店，上一個夏天，紐約旅遊的高峰季節，她來這裡做過市場調查，這一次，調查的是顧客忠誠度。她的崗位在二樓。她拿了一小籃糖果，分發給上樓來看迪士尼動畫陳列和按照動畫形象做的長絨毛玩具的孩子們，以及從美國各地，甚至全世界各地來的大人們。他們戴著棒球帽，穿著運動鞋和白色的棉線襪子，是全美國標準的度假打扮。他們和孩子一樣，也驚喜地伸手去摸他們從各地的地方電視台裡看到過的卡通片裡的人物玩具，他們抱起那些只在電視片裡面看到過的人物，向他們的照相機鏡頭靦腆而幸福地微笑，高興地回到他們的童年時光。簡妮看到過一個印度人的家庭，母親帶著高高矮矮一大群孩子，個個用手搗著嘴，壓住衝出嘴來的歡呼。當時，她手裡端著糖果籃子，頭上戴著米老鼠的黑耳朵帽子，在蕩漾著人們溫暖回憶和溫情的店堂裡，突然感到了一種征服了顧客之後，對顧客的愛和對征服的自豪。那時，簡妮嘗到了商品征服人心的美妙滋味。

她又看到 Plaza Hotel 的玻璃門。每次到曼哈頓，把事情辦完以後，她都自己到這裡來喝一杯咖啡。這個老酒店有種巴洛克的奢靡氣氛，還有些舊美國的殖民風情，讓簡妮想像，自己家原先被美國記者採訪的老宅，就是這樣的風格。她坐在橡木的沙發椅上，咖啡杯是老式的英國瓷，上面畫著粉紅色的玫瑰枝。她寧可少吃幾頓飯，將喝咖啡的錢再省回來，也不願意在街邊小店裡喝用紙杯裝的咖啡。她喜歡享受人上人的氣氛。

簡妮對 Ray 說：「你相信嗎，是曼哈頓幫助我成長的。」

Ray 說：「我會記得通知 Discovery 的傳記小組的，他們千萬不能在你的傳記片裡忽視這一點。」

簡妮大笑著說：「我自己也會記得告訴他們，你別擔心。」

在小義大利和格林威治村交界的一條安靜小街上，他們找到伯婆生前去做禮拜的教堂。那是棟紅磚做的尖頂小教堂，銅門上的扶手，是一對垂著翅膀的天使。天使被人們的手掌摩挲得鋥亮。推開沉重的木門，教堂裡帶著燃燒蠟燭氣味的涼爽空氣撲面而來。教堂裡面靜靜的，基督低垂在他的十字架上。教堂的每排椅子，都掛了一個用粉紅色玫瑰和白色緞帶做成的花環，祭壇上也放了兩大罐玫瑰花。教堂裡迴盪了鮮花的氣味。看上去，像是在準備婚禮。這就是伯婆的教堂。伯婆下葬的那個禮拜天，門口的告示牌上貼了伯婆的生平和她的照片，那個禮拜天，做禮拜的時候，教友們特地為她唱了讚美詩，安息她的靈魂。伯婆的棺木在教堂的安息室裡停放一夜，然後由牧師主持，下葬在教堂後院的教友墓地裡。那天，是萬里無雲的晴天，新墳上堆滿了親友們送的百合花，遠遠就能聞到花香。

簡妮在門口聖母像前的蠟燭台前，往黑色鑄鐵的小鐵盒裡丟了一個美金，拿了兩枝白色的細蠟，這兩枝蠟燭，一枝給伯婆，一枝給維尼叔叔。她就著別人的燭火，將蠟燭點亮了，擎在手裡。按照中國人燒香的習慣，簡妮覺得，自己也應該在將蠟燭插上燭台之前，先在心裡說點什麼。

「謝謝你對我的所有幫助，愛麗絲。」這是給伯婆的，「我就要回上海做生意去了，我是爲美國公司工作，作爲美國雇員回去的。就像我們公司的其他美國人一樣。你爲我付了學費的國際市場營銷學，我要在上海做眞正的 Case Study。你的禮物沒白送。在我每一個成功的時候，都會想到你的。」

「願你能夠安息在美國的土地下面。塵歸塵，土歸土，現在，你回到了心目中的家園，應該可以安息了，維尼叔叔。」這是給維尼叔叔的，「我要回上海去爲美國人工作了，我一定會讓自己得到美國人贊許的。我一定會爭氣的。」

兩朵金色的火苗在蠟燭上跳躍著，忽閃著，然後安靜下來，靜靜地、長長地舔著教堂裡的昏暗。

墓園裡到處爬滿常春藤，鳥站在高大的橡樹裡「嚦嚦」地叫著，這是個安詳的墓地。遠遠地，就看到陽光最明亮的地方，有一塊白色的墓碑在閃光，那就是愛麗絲的。簡妮將自己的花放在伯婆墓上，她知道紅色康乃馨配鮮綠色的緞帶是好看的，但沒想到將它們放在伯婆白色的、雲石在裡面微微閃光的大理石上，在陽光裡會漂亮得奪目。

伯婆墳上的土還沒來得及長滿常春藤。簡妮找到一把鬆土的小鏟子，挖了一個小坑，將維尼叔叔的畫像放下去，維尼叔叔的臉隔著塑膠紙與她相對，他看上去並不那麼像維尼叔叔，而更像普希金，維尼叔叔給自己加了長長的鬢角，他的衣領也不是中山裝，甚至不是西裝，而是少年維特式的高領子外套。簡妮覺得這張像並不像維尼叔叔，她想了想，卻也不能記起維尼叔叔眞實的模樣，只想起了他臉上總是悻悻然的神態，他說話的時候，頭在肩膀上一彈一彈的，不快，不甘，不屑。簡妮輕輕把土塊退下去，埋住維尼叔叔的臉。她將那個小坑重新埋嚴實了，再壓平，將旁邊的常春藤枝條拉過來，種在土裡，蓋住維尼叔叔的小塚。她希望常春藤在這個夏天就將這片土地完全覆蓋住，使伯婆和維尼叔叔融爲一體。

「他是誰?」Ray 問。

「我的叔叔。他也去世了，我讓伯婆照顧他。」簡妮說，「我不該再把他帶回上海。」

「爲什麼?」Ray 問。

「我想，我家的墓地將來在這裡，不在上海。」簡妮說。

買辦王

簡妮又回到虹橋國際機場的出入境大廳。這時，她驚奇地發現，原來這裡是那麼小，那麼簡陋，它更像美國的一個長途汽車候車室。當初離開上海，媽媽和爺爺來送自己，他們一直在被大玻璃隔開的大廳外面望著她，生怕她會有什麼節外生枝。她緊握護照，裡面夾著飛機票、登機牌和出境卡，背包裡有醬油和榨菜，還有蘇州話梅，簡妮不喜歡這種酸的東西，爸爸喜歡。護照檢查的櫃檯就在前面，簡妮記得自己看到那穿草綠色軍服的邊防軍的臉，內心莫名但強烈地緊張，她怕自己的護照會出問題，類似在前進夜校聽到的那些倒楣的傳言，誰的出境卡不對，誰的護照莫名其妙地少了一個印，誰的照片看上去不像本人。甚至，她怕公安局突然有了新規定，類似像她這樣家庭背景的人不放出國。種種可怕的想像湧上心頭，她向玻璃外面的爺爺和媽媽望去。他們向她揮手，示意她趕快去邊防檢查。簡妮能看出他們臉上被努力掩飾的緊張，和勉強維持的鎮定，還有類似生離死別般的悲傷。那眞像電影裡猶太人在德國人眼皮底下的逃亡，媽媽衣服的前襟被淚水打濕了一片，爺爺臉上罩著奇怪的微笑。到美國以後，簡妮看了不少描寫二戰時代猶太人遭遇的電影，如今，她將爺爺臉上那種類似微笑的表情，與電影裡猶太人臉上的表情混淆在一起了。留在簡妮印象裡的大廳，充滿了神祕而又冷酷的光亮，類似監獄。那裡與外面的世界無聲地隔離開，又像一條飛船。當從前的情形又栩栩如生地回到簡妮心裡，她才發現，自己眞的淡忘過從前被禁閉的恐懼。簡妮從胸前的小袋袋裡抽出自己的護照，簽證頁上有挪頓公司給辦的新簽證，是工作簽證，一年內，可多次進出美國。這是千眞萬確的保證，萬一有什麼情況，她簡妮可以馬上就買飛機票回美國，不再需要到上海領事館申請新簽證。

前面就是中國邊防，在白色日光燈下，她看到高高櫃檯內的中國邊防官，他們還是穿著原來那樣的綠軍服，他們沒有表情的臉散發著鐵窗般的壓力。遠遠地，能聽到他們在護照上敲入境章的聲音，「咚」的一聲，「咚」的一聲，讓簡妮聽得心驚。然後，遠遠地，看到那個人從白色的櫃檯上拾起他的護照，走進閘口。閘口的那一面，就是中國了。她看著那個拖著個美國箱子，握著護照匆匆走進另一個空曠大廳的人，就像看著一個人不得不走進監獄的大門。那邊就是中國國境，要是護照和簽證出現任何問題，或者中國政府的政策有任何改變，過了這道門，就是進了萬劫不復的關口，朗尼叔叔的臉浮現在簡妮眼前，爺爺的臉也出現了，然後，是吐魯番那黃土飛揚的月台，發臭的深綠色火車在那裡噴吐著黑煙。簡妮以爲自己已經忘記了的往事，全都回到她面前。

簡妮慌了。她不由自主地朝後望，覺得自己會撒腿奔回西北航空的飛機。她聽說過，外國的領事館，飛機和輪船，都是屬於外國國土，可以得到外國政府的保護。她好歹算西北航空公司的乘客，還可以得到美國政府的保護。後面，徐徐而下的電動扶梯上，還有三三兩兩離開飛機，來到邊防檢查大廳裡的同機旅客。她看到從到達通道裡下來的所有樓梯都是往下的，這是一條不歸路。一旦進入這個大廳，就只能向前入境，不得返回。但她想起，在紐約地鐵站裡，曾看到過黑人孩子在電動扶梯上逆向行走。他們的步子比下降的扶梯快，就可以像太空人那樣沿著下降的扶梯再走回到頂端。這時，一直在簡妮心裡暗暗翻滾的恐懼突然氾濫，她後悔了，家裡再三囑咐她，要吃準可以隨時回美國，才能回上海。她也再三保證，公司也再三肯定過這一點。但現在，簡妮突然懷疑起來。她想，中國這個地方，什麼事情不可能發生呢，她怎麼敢保證呢。在紐約機場出境的時候，簡妮的心已經「咯噔」過一下，整個飛行中，她都不舒服，不想和人說話，甚至美國人，也不想說。但是她認眞地吃光了每一餐西北航空提供的食物，還要了一個 muffin，它的結實、死甜，都讓簡妮想起紐澤西的草坡，灰藍色牆紙的木頭老房子，還有 **K-Mart** 裡面咖啡和洗滌劑混合的氣味。簡妮並沒吃那個 muffin，而將它裝在飛機上的清潔袋裡，帶下飛機。

穿制服的檢疫人員來收健康表格。微微發青的日光燈下，他們的臉是那麼蒼白和虛弱，好像得了流行性感冒，正在渾身發冷的人。他們的肩膀不能將薄薄的確涼制服撐起來，因爲他們的肩膀不夠挺拔，或者因爲制服不夠合身，他們看上去是那麼精疲力盡，陰陽怪氣。簡妮心裡一邊想起「東亞病夫」這幾個字，一邊想起光線。當簡妮將自己塡寫的衛生檢疫表格交給衛生檢疫的人時，她看到那個年輕男人的手，是白而細長的，小指上留著弧形的長指甲。在簡妮前面經過衛生檢疫櫃檯的，是個美國人，他將自己的表格遞給他時，那個衛生檢疫的官員也用「Hey!」來回應了那個美國人的問候。於是，簡妮也招呼他，但他只是在接過她的表格時，毫無表情地翻了她一眼。

那一眼，像尖利的小石頭一樣砸中了她。

簡妮不是眞的想對那個滿臉煙色的人說「Hey」，她對他沒興趣，只是希望延續在美國的禮貌。希望彼此還能說聲「Hey」，能讓她保留一點美國的感覺。她想起自己在紐澤西的時候，對老太太的問候惡語相向的事，心情惡劣起來。簡妮想起來，曾經聽到有人說，在美國時想上海，可是一回到上海，還沒有出境，就想掉轉身回美國。她現在太理解這種心情了。

隨著等待驗證護照和簽證，過邊防檢查的隊伍，一點點向前移動，簡妮的心，也一點點地黯淡下去。她拿出自己咖啡色的中國護照，但是，不肯把護照的面子翻在外面，而是用夾在護照裡的飛機票，將護照面子上的那個金色的國徽遮了起來。她望著別人手裡拿著的護照，深藍色的，是美國護照，紅色的，是日本護照，她沒有找到一個什麼國家的護照也是咖啡色的，除了中國的。所以，她將自己在飛機上填寫的入境表格從護照裡抽出來，放到手裡夾著，遮住護照的另一面。

面對邊防檢查的官員，她忍不住還是對他毫無表情的臉說了聲「Hey」，他抬起眼睛，看了看她，沒有回答。簡妮想起在美國領事館簽證處，那個拒簽的黃毛也是這樣抬起眼睛，看了看她，不回答她的問候。「咚」的一聲，是圖章重重地蓋在護照上，黃毛給的，是拒簽的圖章。如今這個，是入中國國境的圖章。

簡妮幾乎是咬緊牙關，拿回護照，離開櫃檯，進入中國國境。將護照放好的時候，她忍不住用手指刮了刮簽證頁上那張新的美國工作簽證。簽證紙上微微凸起的細密紙紋，讓她安心了一些：護照是有效的，簽證也是有效的。

接機的人緊緊擠在門外，簡妮覺得他們每個人臉上，都有深深的疲憊和茫然，都有菜色，都散發著被囚禁的不快，雖然她也看到有人手裡捧著鮮花，準備送給自己迎接的人。她也聽到有人歡聲叫著什麼人的名字，那是重逢。簡妮感到，有許多目光落在她臉上，像夏天的蒼蠅那樣重重的，「嗡」的一聲，就像牢裡的人看自由的人，還有很多目光落到她身上，那是在看她的美式裝扮，那是上海人精明而飢渴的目光，簡妮意識到了。簡妮的步子輕盈起來，她臉上浮現出喜洋洋的友善和好奇，還有天眞，就像個眞正的美國人。她看到同一架飛機上的美國人也是這麼做的。

這時，簡妮看到一個穿簡單套裝的女子，手裡舉著寫自己名字的紙牌：「MS. JENNY WANG」。

「嗨。」簡妮走過去，招呼她，「我是簡妮王，從挪頓兄弟公司的紐約總部來。」

「你好，我是外事科的小劉。歡迎你來和我們一起工作。」她猶豫了一下，也跟著簡妮說起了英文，「一路上還好嗎？」

「好啊，非常好。」簡妮說著，深深喘了口氣，「只是一出機艙就不行了，空氣裡真濕啊，覺得喘不過氣來。」

劉小姐笑了：「這是地道的上海氣候，雨季的時候，就是這樣濕濕的。」她的英文讓簡妮想起自己的交大時代，她在th上的上海口音讓簡妮想起了自己的，同學們的，老師的，和爸爸的。絕大多數中國人將舌尖放到齒間發th時，都是笨拙的，所以發出來的那個音也是笨拙的。很多人都偷懶，將舌尖隨便一頂，就算了。劉小姐學英文的時候，一定也是個用功學生，努力地發出th的音。隨著這個音，簡妮想起自己苦讀英文的過去，甚至初到美國的時候。海爾曼教授被汗水浸濕的襯衣後背。簡妮奇怪地想，自己竟然一點也沒覺得高興，反而是厭惡的。她厭惡聽到這種口音的英文。

劉小姐將簡妮引到大廳外面，讓簡妮在計程車站點邊上等一等，自己去停車場，叫廠裡的車開過來。

機場外面到處亂烘烘的，太陽被悶在厚而灰白的雲層裡，空氣中好像有層薄霧。簡妮覺得臉和脖子上有點黏糊。計程車在排隊，乘客們拖著行李左奔右突，到處都是橫衝直撞，大聲說話的人們，還有滿臉詐色，堵在門口兜生意的計程車司機，柏油路面上，有一攤攤計程車漏下的汽油污漬，食品店的玻璃門上，能看到手指的污痕。有人撞到了簡妮的身體。「對不起。」簡妮說著往旁邊讓了讓，但那個人連看也沒有看簡妮一眼，卻擠過簡妮讓出的路，向馬路對面的停車場走過去。簡妮剛想站回原來的地方，但又有一個人撞了簡妮一下，想要拖著他的行李箱，從簡妮讓出來的地方過去。簡妮突然怒火中燒，她側過肩膀，也狠狠地撞了那人一下，將那人撞得往邊上一歪。簡妮心裡一緊，準備好道歉。但那個人將自己身體移正，像什麼也沒有發生一樣，繼續擠過簡妮的身邊，向前走去。簡妮又驚又怒，她剛站定，又有個人從後面重重擦到了簡妮的背包。簡妮覺得自己的寒毛一下子都炸了起來。她回過頭去，對那人怒目而視。她沒想到，那個人也正張口指責她：「你拿那麼許多的箱子擋在路上，別人不要走路啦。」那是個年輕的女孩，穿著一條像范妮那樣的蓬蓬裙，手裡挽了一個范倫鐵諾的白皮包，將眉毛拔得細細的，眉眼很凌厲。

「你最好打招呼，但不要碰到我和我的東西。這是我的東西，你懂哇？你不能隨便碰別人的東西和別人的身體，你懂哇！」簡妮對那女孩說，她說的是上海話，被迫的，憤怒的，簡妮有點語無倫次。

「噢喲，像眞的一樣。你不擋我的路，我要碰你做什麼？你當你那麼香啊？」那個女孩丟下一句話，輕盈地走開去。

好在這時，劉小姐帶著工廠的車來了，她將肩膀探在車窗外，向簡妮揮手。「母狗。」簡妮忍不住低聲罵。

他們好容易將簡妮帶來的幾只大箱子都安頓到車上，坐定。簡妮望著窗外混亂的人流和車流，到處都能看到被粗暴擠壓過的行李箱和旅途中格外卑瑣的人臉。她想起了在世貿中心樓下的地鐵站裡那些沉默著迅疾向前的人們，還有在耳邊簡約的一聲「Excuse me」，然後盡量讓過別人的身體，尊嚴的樣子。簡妮想，紐約人的冷漠裡有著尊嚴，而上海人的冷漠裡卻是卑瑣的。

「這眞是個不可置信的亂世。」簡妮忍不住說。她覺得自己就像一塊豆腐掉進煤堆裡。她預見到自己對上海大概會不適應，但還是沒想到，心裡會有這麼大的失落。她簡直覺得自己被打了一悶棍似的。

「我們去哪裡？」劉小姐問。

「去我爺爺家，這是地址。」簡妮將寫著爺爺家地址的小條子交給劉小姐，「我們家有十幾家親戚在美國各地，就剩下我爺爺一家留在上海。這次我來，大家都給他帶禮物來。」

偏偏劉小姐不知趣，她說：「研杵先生說，他的新祕書將能聽得懂上海話，而且就是從上海出去的。王小姐其實也是阿拉上海人吧？」她說著，就轉成了上海話。

「I was.」簡妮勉強回答說。

「噢。」劉小姐盯了簡妮一眼，「你的意思是，你過去是上海人。」

簡妮沒有回答她，她甚至沒有再看劉小姐的臉。

簡妮看著窗外，汽車離開虹橋機場，進入市區。簡妮又看到自己熟悉的景物，灰色的火柴盒式的房子，是七十年代的式樣，門窗塗的是鮮綠色的油漆，帶著農民的審美。綠葉婆娑的梧桐樹遮暗了街道，在梧桐樹杈上，有沿街人家晾著的衣物。武康路上紅磚的舊公寓，讓簡妮想起了靠近哈林區的舊公寓樓，在如今風塵僕僕的舊陽台上，破舊的搪瓷臉盆裡養著寶石花和仙人掌，甚至仙人掌還開了大朵的黃花。簡妮又看到漆著藍色橫線的二十六路公交車，它帶著尖厲的剎車聲向車站蠕動著靠過去，售票員將手從車窗裡伸出來，乒乒有聲地拍打洋鐵皮的車身，提醒車站上的乘客不要向前擠。簡妮想起來，自己剛回上海時，爸爸請爺爺教自己如何擠車的事。爺爺說：「我在江南造船廠工作三十年，從來都是讓擠我的人先上，我不懂怎麼與別人擠。」開始，簡妮覺得那是爺爺的「雷鋒精神」，當自己不得不像猴子上樹那樣擠在人群中的時候，簡妮才理解到，那是因爲爺爺不肯變得如此不堪入目，所以才不肯與人擠拚。然後，簡妮想起了伯婆襯托在藍色軟緞上那微微發紫的，一絲不苟的雪白鬈髮。汽車經過淮海中路時，她看到第二食品商店的櫥窗裡放著雀巢速溶咖啡的標誌，還有美國的氣味，她想起來在國際市場營銷學課上說到過的，在盛產新鮮橙汁的南美怎樣打開氣味的市場事。簡妮記得自己當時說，中國市場對一切外來的東西都是飢渴的，如乾燥的海綿。汽車離家裡已經很近，高大的梧桐樹後面，能看到破舊的洋房，只種著最低檔花木的小街心花園，還有到晚上才開門的小酒吧和咖啡館。簡妮又感受到了淮海中路那種陪著小心，又藏著不屑的風格。她沒想到上海竟然這樣捉襟見肘，簡妮的心緊縮起來，像石頭那樣又冷又硬。

甚至比記憶裡的上海更髒，更亂，更粗魯。她漸漸發現在那熟悉的舊街景裡，有許多裸露在外的挖爛馬路，浮塵飛揚的建築工地，許多街區的房子外牆上都用紅油漆寫著巨大的「拆」字，怵目驚心。簡妮想起來小時候在新疆，法院貼告示，就在死刑犯的名字上用紅筆這樣圈了。遠遠地，能看到有工人掄著長柄鐵錘，像雷電華電影公司出品的電影開頭那樣，曲線優美地擊碎租界時代帶著西化風格的舊房子。從工地源源不斷開出的卡車，不停地將爛泥搖晃到馬路上，被迫經過的人們，像小雞一樣在爛泥中間跳著，躲避著。「這不是亂世，又是什麼。」簡妮心裡說，燦爛陽光下一塵不染的美國草坡浮現在她的心裡。

車子漸漸逼近爺爺家的小馬路，遠遠地，看到弄堂口了。簡妮突然看到自家弄堂口有熟悉的身影，那是爸爸媽媽。她沒讓他們去機場接，她跟他們說，美國公司會派車去接她的。爸爸還在電話裡笑，說：「我們簡妮現在是衣錦還鄉了。美國公司派車去接飛機。」她沒想到，爸爸媽媽會在弄堂口等著自己。爸爸撐了一個木頭拐杖，他的肩膀像落湯雞那樣聳著，也許因為撐拐的關係，他頭上戴著一頂黑色的棒球帽，在唐人街上的露天攤上，十元的，買一個獲贈一個。簡妮心驚肉跳地去看他的腳上，果然，他穿了白色的運動鞋，Adidas的。媽媽穿了出客時穿的好衣服，簡妮第一次發現媽媽那件最重要的嗶嘰呢外套，實在很是呆板難看。能看出來，媽媽甚至用了些口紅，但那口紅反而點明了她一臉的風霜。他們倆鄭重其事地站在弄堂口，翹首以盼。簡妮將自己的頭向後仰了仰，恨不得自己是在夢裡。司機對這些小馬路並不熟，眼見得已經開到弄堂口了，卻拐到另一條小馬路上。簡妮鬆了一口氣，聽任他和劉小姐一邊對地圖一邊找，不發一言。

但他們的車很快又轉了回來，他們在爸爸媽媽懷疑的目光裡緩緩開進弄堂裡，停下。

簡妮趕快卸下自己的箱子，她聽到弄堂口的小裁縫叫：「你家小新疆回來了！」

她看到爸爸媽媽急急繞過滿地發黃的廣玉蘭落英向她趕來，媽媽扶著爸爸，爸爸卻擺動手肘，鬆開媽媽的手，示意媽媽先跑。簡妮簡直不能看爸爸走路時的樣子，他突然變得那麼慢，那麼小心，他在那場車禍中還被撞斷過鎖骨，所以現在他的肩膀斜了，他整個人都有點像快要散架的椅子，吱吱啞啞地響著，帶著不堪一擊的僵硬。媽媽的衣服讓簡妮想起來自己離開上海的那天，媽媽就是穿著它去機場送她的，那件衣服是媽媽最重要的衣服，是外婆給媽媽在「朋街」訂做的上衣，用的是五十年代「朋街」店裡最後一批眞正的英國呢存貨。他們一定已經在弄堂裡宣傳過了，所以，三三兩兩的鄰居，都從後門出來了。他們中的有些人，曾經管簡妮叫「小新疆」。簡妮從小就不喜歡她們，她們最喜歡問簡妮奇怪的問題，比如：是不是新疆人一輩子只洗三次澡，每個人都在鞋子裡插著尖刀。她們的臉很刺激地皺成一團，等著她的回答，不論她回答什麼，她們都用被嚇了一大跳的表情接受，將嘴縮起來，「絲絲」地吸著氣，好像聽到的永遠是最不可思議的答案。

媽媽叫：「簡妮啊！」簡妮遠遠望著，竟然不是陽光晃白了媽媽的頭髮，她的頭髮是眞的白了。媽媽整個人，也像舊娃娃一樣，褪了色，白的地方不白，黑的地方也不黑了。

簡妮放下箱子，繞過車和劉小姐，向爸爸媽媽跑去。

她過去抱住爸爸媽媽，消毒水的氣味撲面而來，逼得簡妮不得不側過臉去，她臉腮邊上的寒毛一根根地豎了起來，她知道這種消毒水氣味是自己的心理創傷，在美國時候就知道了，但她卻控制不住自己。她與爸爸貼了貼臉，就像與伯婆見面那樣。簡妮拚命忍著，才沒從爸爸媽媽手臂裡抽出身去。當挪頓公司的車在弄堂裡那口被水泥塡掉的井前，勉強掉了頭，要離開的時候，簡妮心裡眞想跟他們一起走。從美國帶來的那些箱子豎在濕漉漉的弄堂裡，把手上吊著JFK 場紅色的 Heavy 警告牌，鮮豔奪目，就像安徒生童話裡所描寫的，從天堂落下來的碎片。

二樓窗檯上，還吊著用竹片做的十字衣架，只是它變得發黑了。那上面還晾著媽媽水紅色的棉毛褲，褲襠長得不可思議，只是它褪色了，像開敗了的月季花。爺爺藍色的確涼卡其的中山裝掛在鐵絲做的衣架上。爲了保持它的平整，在濕的時候就把衣扣都扣上。即使是洗過了，晾在衣架上，那衣服還是保持了頹唐而不甘的樣子，那就是爺爺的樣子。

廚房的下水道已經老得不能用了，所以在牆上挖了個洞，將下水道的管子通出去。那管子節約地做到接近地面的地方就斷開了，廚房的污水就直接流到外牆上，再流到下水道裡。無風的時候，那條露天的下水道在後門那裡散發著帶著油膩的淡淡污濁之氣。有太陽的時候，能看到在牆面上沾著已經乾結了的魚鱗，花漣魚，青魚，或者黃魚的，它們在髒髒的牆面上閃閃發光。從第一次看到這房子，簡妮就覺得這房子舊得不可救藥，她沒想到，它們還能繼續舊下去，而且越來越舊，越來越髒。

天井裡那個長滿青苔的西班牙式噴泉上搭著底樓人家的抹布，簡妮這時看懂了它的身世，也看懂了它的髒。那石頭應該是微微發黃的，能看到裡面有星星點點雲母的微光。那邊緣應該掛著清亮的水流，像透明的簾子一樣。簡妮看到，搭在噴泉上的抹布是一件穿舊的汗衫，肩背上大大小小，破洞連連。

爺爺站在樓梯口候著簡妮，他拍拍她的肩膀，對埋頭將箱子搬進門檻的簡妮說：「當心。」簡妮將頭埋著，表面是奮力搬東西，實際上更是怕看到爺爺眼睛裡的失望，他希望簡妮永遠都不要再回上海了，他還希望簡妮永遠不要再與王家有什麼干係。但簡妮拂了他的意。簡妮決定要回上海的時候，是理直氣壯的，但她見著爺爺那陰影重重的身影時，心裡咯噔一跳，她此刻不能說爺爺肯定錯了。甚至她想，也許爺爺當初從美國回上海的悲劇，就要在自己身上重演。要是當初爺爺沒有理想，不拂逆曾祖的意思，他也不必回上海。要是爺爺知道前途將是萬丈深淵，他也不會回上海。簡妮相信爺爺和自己一樣，當初都是乾乾淨淨回上海來的，都是一心要追隨自己的天命，帶著美國教給自己滿懷的天眞。

「爺爺，我的簽證是隨時可以回美國去的。」簡妮放下箱子，說，「我的合同是六個月的，也許我六個月以後就會離開的。」簡妮第一次想，這六個月也是漫長的啊。

「那就好。」爺爺應道。

進得家門，簡妮吃驚地看到，爺爺房間裡坐著一個男孩，正伸著頭向她笑著招呼，手裡握著一卷書。爺爺現在居然也在家裡收了學生，教英文。那個男孩，就是準備暑假簽證去美國讀書的醫大學生。當年，爺爺連自己家的孩子都不肯教，現在倒從外面收學生回來，讓簡妮吃驚不小。簡妮看了看爺爺，他臉上還與從前一樣沉默。

「Hey!」簡妮衝男孩揮揮手，「What's up?」

「Plenty well.」那男孩響亮地回答，到底是爺爺的學生，聽上去沒有跟磁帶學出來的那種做作的聲調。

爺爺相幫著簡妮將箱子搬到爲她準備下的房間，那男孩見狀連忙跑出來接下爺爺手裡的箱子，他和簡妮合力抬著箱子，問：「你是從美國回來的？」他指了指箱子把手上「Heavy」警告下面的JFK，表示自己知道這縮寫的意思。

「是的。」簡妮答道。

「你家好容易團圓，是不是我改日子再來？」男孩問跟進來的爺爺。

「不必。」爺爺說。

簡妮聽到爺爺的英文，想起了伯婆，他們的口音眞是相像，一樣的清晰而緩慢，咬文嚼字的。那男孩臉上謙恭有禮，敬愛有加的微笑，讓她想到自己對武教授的微笑。她太熟悉那樣的微笑了。他們這樣的孩子，心裡本能地相信，這樣的忘年交，能像一根靠美麗微笑點燃的導火線，使自己一飛沖天。爺爺說話的聲音，因爲說了英文的緣故突然變化了，那聲音輕柔快速，不像是一個老人的。

「老莫的第二個春天。」朗尼叔叔從自己房間裡踱出來，他的眼眶下有一圈很深的棕黑色，看上去臉色陰沉晦暗，他望望爺爺的背影，對簡妮刻薄地說了個台灣電影的名字。簡妮卻在爺爺的背影裡眞的看到了依稀的矯健，伯婆照片夾子裡的那個唱老生的青年身影。爸爸媽媽埋頭爲簡妮將東西收拾到她的房間裡，不搭朗尼叔叔的茬。爸爸說：「我還記得JFK機場的標誌呢。那個機場看過以後，虹橋機場根本就不算什麼了。簡妮，你這麼多行李，沒有罰款啊？」

「公司出我的行李費。」簡妮說。

「全都出啊？」爸爸問。

「是啊。」簡妮說。

「美國人到底是大方。」爸爸說。

「就是，美國人開車的技術也好啊。」朗尼叔叔丟下一句話來，走回到自己房間裡，將門關上了。

維尼叔叔的房間被爸爸媽媽改成了家裡的小客廳，窗子下面放著一個櫻桃木的巴洛克式小茶几，簡妮依稀記起，原先家裡將它釘在牆角上，擱晾衣服的竹竿，又髒又舊。現在擦洗乾淨以後，倒眞是體面。上面還放著一只車料的香檳酒杯，當初范妮將它當花瓶用，不讓別人碰。在小茶几邊，放著一把舊搖椅，那原來放在爺爺房間裡的，媽媽縫了個織錦緞的座墊，又將原先斷裂的藤條換了新的，對面，卻放了維尼叔叔原先用的那把四腿微曲的褐色椅子，媽媽也裝了一個同樣的織錦緞座墊。牆上掛著維尼叔叔畫的水彩畫，是他童年記憶中的家，花園裡的石頭噴泉上掛著水簾，樹影裡有黑色鑄鐵的門和欄杆，簡妮想起來，爸爸告訴過她，家裡的鑄鐵欄杆和大門，都被拆了去大煉鋼鐵。爺爺房間裡吃飯用的柚木桌子現在也放到這裡來了，簡妮這是第一次看到，原來還有兩張板收在桌肚子裡的，現在拉開了，變成一張西式的長餐桌。在桌子中間放了維尼叔叔從淮國舊淘來的英式舊水罐，在《黛絲姑娘》的電影裡，曾看到過他們用這樣的水罐倒水洗臉，現在，媽媽在裡面插了一大捧紙做的玫瑰花。能看出來，這間屋子的家具都是眞正上等的舊貨，被小心翼翼地擦洗乾淨，上了蠟，努力掩蓋被作踐過的痕跡。它們也是爭氣的，上了蠟以後，除了傷到木頭裡面的凹痕，大體勉強保持了體面的樣子。它們雖然都不配套，卻有著相似的巴洛克式的排場與劫後餘生的磨難。

這裡保留著一些維尼叔叔的氣氛，簡妮由此想起他的尖厲聲音。但更多的，是新疆的家氣氛，在新疆那乾打壘屋裡，箱子上蒙著的白藍相間的鉤花墊子是上海的花樣，桌子上的小紅朝陽格花布是上海帶來的，那是種身處異鄉的支離破碎的氣氛，這個由北廂房改成的小客廳，爲了有種落地長窗的感覺，窗上用了及地的長窗幔。那是簡妮徹骨熟悉的窘迫與不甘。

「我們這叫螺絲殼裡做道場。」爸爸自嘲地說。

伯公去世了，爸爸媽媽住了他的房間。維尼叔叔去世了，他的房間變成了客廳兼餐室。范妮去了精神病醫院，她的房間如今就給了簡妮。

媽媽為簡妮新做了窗帘、沙發套和床罩。本來那裡地板上的油漆都掉了，露出白喳喳的木頭，現在媽媽在那裡鋪上了一小塊地毯。書架上還放著簡妮從前用的《新英漢大詞典》，還有韋氏英文雙解詞典，甚至還有簡妮那時買的托福考試應試技巧。其實，簡妮也可以住維尼叔叔的房間，她想爸爸媽媽特地為簡妮布置好了的范妮房間，大概是想安撫簡妮多年被范妮排擠的委屈。桌子上放著那架舊紅雷牌收音機，那是當年簡妮聽美國之音的特殊英文的，練習聽力的收音機。那桌子還是用縫紉機代替的，面子上鋪了塊玻璃，玻璃下壓著簡妮當年做的生詞表，那時，她將生詞表貼在床頭的牆上，氣范妮。父母精心布置的房間，讓簡妮想起《木蘭辭》裡面的詩句，但，那衣錦還鄉的自豪，簡妮是沒有的。她想，等前任將宿舍騰空以後，她馬上就從這裡搬出去。她甚至後悔自己在美國時沒有要求住酒店過渡，本來她可以要求的，她那時想，自己當然應該回家住幾天。現在，她發現自己錯了。她連一分鐘都不想在這裡待下去。

除了裝禮物的箱子，簡妮別的箱子都沒有打開。從美國帶回來的萬花筒和小錄音機也沒拿出來。

坐回到原來的老柚木桌上吃飯，冰糖蹄膀的皮是那麼膩人，烤菜是那麼鹹，那麼爛，簡妮眞的吃不下去。但她要表示出自己吃得專心吃得香。要不，她抬起頭來，就會看到桌上親人的臉。他們的臉上留著怎麼也擦不掉的悻悻然的神情，那是種被人踐踏過的神情。爺爺，朗尼叔叔，爸爸，媽媽，他們每個人的臉上都有這樣的神情。簡妮在心裡吃驚，自己怎麼能在這樣的神情包圍下，生活了這麼多年。此刻，爸爸媽媽明顯是揚眉吐氣的，簡妮考上交大的時候，就已經在他們臉上看到過這樣的神情了，現在他們臉上不由自主有點挑釁的意思，他們無法忘記曾受到過的輕蔑。朗尼叔叔恢復了橡皮人的表情，他發胖了，眼睛周圍像腫了一樣，但其實不是腫，是胖。爺爺臉上仍看不出任何不快，或者愉快。他的臉，還是原來的那扇塵封的大門。簡妮誰也不看，草草將飯吃了，她發現自己其實很懷念K-Mart裡muffin的死甜。

飯後，簡妮將自己從美國帶回來的東西一一分給家裡人。她微笑著看大家手裡拿著她的禮物，心裡充滿永別的感受，她想起那時在醫院裡與伯公告別時的情形。簡妮覺得，這種永別的感受，裡面只有很少的惜別，更多的，是擺脫了必死事物的輕鬆。在簡妮心裡，那在房間當中大大攤開的行李箱，很像當時醫院太平間推到病房裡來的接屍床。然後，她就到媽媽爲她準備好的房間裡去了。她將門從裡面插上。那把插銷還是原來的，黑色洋鐵皮上，螺絲都鏽黃了。而門上原來的鎖，早已鏽死，鑰匙也丟了，大大的鑰匙孔裡，塞了一小團紙，防止外面的人從鑰匙孔裡看進來。從范妮房間的窗前，她看到院子裡廣玉蘭樹上淡褐色的大朵殘花，她從來沒注意到，那碩大的殘花竟然那樣不堪入目。

在申和挪頓合資公司的大門口，正對大門的地方，豎立著一塊大標語牌，它是這個院子裡最顯眼的中心，標語牌前，還有一個小花壇，裡面種著矮矮的一串紅，修剪過的冬青樹，通常還有一棵雪松，種在小花壇的邊上，襯托著標語牌上的畫像，表達著冷酷而鏗鏘的革命情調。這種公共建築的布局，遍布中國的大小城市與鄉村，簡妮在沒有去美國以前，幾乎對此熟識無睹。在踏進公司大門的時候，她突然發現，自己又重新踏進一個有著巨大標語牌的院落，她感受到那標語牌和小花壇散發出來的肅殺之氣，她心裡咯噔一沉。她想起，在新疆和上海的兩所中學裡，都有同樣的洋鐵皮標語牌迎門而立。新疆的學校門口，畫的是毛主席去安源。爸爸對媽媽悄悄說過，那張像將毛主席畫得太矮胖了，爸爸每次去接簡妮，都覺得它醜。媽媽制止爸爸，媽媽說：「你想當反革命啊？」爸爸說，將毛主席畫成這種樣子，應該他們畫的人當反革命。「還要豎在那裡天天給小孩子看。」就是因爲那張畫像，爸爸特地教了簡妮，什麼是黃金分割。上海的高中，迎門的地方也有這樣一塊尺寸差不多的標語牌。上面畫的是鄧小平微笑著招手的宣傳畫，標語是「奔向四個現代化」。如今，在公司門口的大標語牌上，畫著一張很像亞歐混血兒的女人面孔，她以農婦的爽朗微笑著。簡妮想，大概這樣的混血面孔是暗示這裡是個合資企業。在宣傳畫通常放標語的地方，寫著一行有力的紅字：「攜手奔向美好明天」。簡妮想，大概這句話，是對這家公司的期望。她斷定，這塊牌子是中方製作的，因爲她發現，除了臉不同，標語牌上的毛澤東，鄧小平和這個歐亞混血女人，他們的身體都有著非人的健壯與平整，那石膏像般的身體散發著強權的氣息。

簡妮心裡像席地而起的冷風那樣，掠過不快。這種不快，將她離開家時終於解脫了的輕鬆心情吹得無影無蹤。再次陷落到過去，對簡妮來說，有著幾乎不能忍受的痛苦和恐懼。她在美國時，小看了自己將要禁受的痛苦，她以爲自己眞能像那些爲了公司提供的百分之十五的艱難驚喜萬分的美國年輕同事一樣，對中國的工作躍躍欲試。離開家，並打定主意要住到前任祕書騰空的宿舍裡去，她以爲自己脫離了家庭環境後，也可以當一個單純的美國祕書。她沒想到自己會來到一個已經被美國回憶層層掩埋的中國院落裡，還沒有進門，就被洋鐵皮的標語牌以及開滿了一串紅的禁錮小花壇擊潰。

這個標語牌和小花壇比家裡的房子和氣氛更讓簡妮心中不安，那種進入了監獄般的驚懼讓她覺得自己渾身的皮膚都緊著，臉頰上的寒毛層層直立，肚子裡的心肝肚肺，都像麻雀一樣驚慌而機警地跳躍著。簡妮用力往裡走，找到自己的辦公室。在樓道上，她聞到了熟悉的中國廁所氣味：冰涼的水氣和淡淡的尿臊，水箱永遠響亮地漏著水。她想，不知道挪頓公司給自己的那份 Hardship 裡面，是不是也包括了對她內心巨大的沮喪補償，對其他美國同事來說，它包括了文化不同、氣候不同、食物不同和人際關係方式的不同給派駐海外貧困地區的美國商人的補償，人事部沒有說其他的。

簡妮辦公的祕書辦公室，是一間兩個祕書與一個內勤合用的大房間，總經理和副總經理各自的獨立辦公室，是套在祕書的大房間裡面的隔間，美方總經理和中方的副總經理的祕書兼翻譯，就坐在各自服務的老闆門外。中方總經理的祕書是個年輕男人，簡妮進去的時候，正好看到他在右手玩著轉筆，就像交大教室裡的同學一樣。總經理 Tim Muller 的前任祕書勞拉正等著與簡妮交接。

勞拉說了一口又土又快的紐約英文，簡妮爲此渾身一振，她甚至微笑了一下。勞拉簡短而清晰地將存檔的文件一一清點給簡妮，她的動作迅疾準確，令簡妮想起麥當勞餐館裡那些服務生。然後，她拿出一個文件夾，領簡妮走進 Tim 的辦公室。勞拉靠在 Tim Muller 的桌邊，長長地伸過手去，在簡妮身後將門「乒」地一聲關上。在那裡，她交給簡妮兩份備忘錄，作爲樣本。那是每星期一例會以後，祕書要整理的紀要，一個星期裡最基本的工作，以後，她也得按照這個備忘錄去幫 Tim 跟進備忘錄裡工作的落實。「Check、Push、Remind，都是你的責任。」勞拉說，「當然，也是你作爲一個祕書高出其他部門經理的微妙之處。有一點人所周知的僭越。」勞拉輕笑一聲，噘起下嘴唇，去吹額頭前的碎髮，說，「感覺不錯。」

隨後，她告訴簡妮電腦的密碼，並交給簡妮一個老闆常用的通訊錄，告訴簡妮，美國總部的人喜歡住虹橋的威斯汀太平洋酒店，因爲能感受到一點美國式的服務，就像到了沙漠，居然能住在綠洲裡。老闆在中國大陸出差時，要盡量避免買地方航空的飛機票，矮子裡面拔長子，老闆不得不選擇加州的飛機，他們的服務極差，食物不能下嚥，但他們的機長在降落的時候技術高超，幾乎沒有一點顛簸。老闆的太太只喝法國進口的礦泉水，只買錦江樓下的超級市場的衛生紙，就像美國公司到印度去工作的人不得不自己到處帶著水一樣。如此等等。勞拉說得尖酸刻薄，但妙趣橫生。

最後，勞拉指了指門，說：「你永遠要記得，Tim辦公室的門，一定要在你身後關嚴。這裡不是美國總部，是在你們的共產國家，你永遠得睜著一隻眼。」

簡妮被冷不丁刺痛，「共產國家」是她簡妮的嗎？她惱怒地看了勞拉一眼，捉到勞拉眼睛裡的不甘。她想到，面試時曾經誇口過，自己對上海人以馬克思主義的政治經濟學爲基礎的思想理解，自己在中國成長的背景，對溝通中國人的幫助。簡妮現在理解了，當時武教授教她要突出自己的這個背景，就是針對勞拉的弱處。面對勞拉的怨恨，她切實體會到「共產國家」背景在競爭中的力量。但同時，這對簡妮也是一個打擊。它暗示簡妮，她在與勞拉競爭中的長處，不是英文，不是精明強幹，做事可以像麥當勞的售貨員一樣利落，而是她在共產國家生活與學習的背景。而這一點，正是簡妮努力抹殺的。

「我會做好的。」簡妮也用又土又快的紐約英文回答勞拉。她將勞拉交給自己的東西歸好，整整齊齊抱在自己胸前，直視著勞拉。

勞拉也看出了簡妮的不甘。在台灣人裡面，流傳著厲害的大陸女孩的故事，她們聰明漂亮，加上沒有廉恥，又肯吃苦，還有社會關係，一心往上爬，像餓極了的豹子。在富裕社會長大的女孩，根本不是她們的對手。勞拉特意多次提到老闆的太太，因爲老闆的太太從前對她，就像台灣人看待大陸女孩那樣。

Tim和一個中年男子一起回辦公室來，在上海與Tim再見，簡妮覺得十分親切。他介紹那個男人給簡妮，他就是中方副總經理許宏。「他是個很精明強幹的上海人，我們的合作夥伴，簡妮。」Tim說。

他原來是申牌花露水的生產廠長，一開始就不願意拿申牌花露水出來與美國人合資。他覺得靠自己的力量，可以將花露水做得很好，沒必要再要美國人的幫助。與美國人合資以後，他常常不支援美國人的方案，特別爲花露水掙利益。他是個不順從的合作者。後來，挪頓公司曾經願意爲他付生活費和學費，送他和當時的中方財務總監一起到哥倫比亞大學商學院進修，爲了讓他們離開現在的職位。所謂調虎離山。財務總監接受了這在絕大多數中國人可望不可即的機會，但許宏謝絕了。簡妮當時記住了許宏，不是因爲他是中方的副總經理，而是因爲他竟然拒絕了去哥倫比亞大學商學院的機會。

簡妮打量著許宏，他有一張江南人白淨瘦長的臉，也許他也是寧波人，他的鼻子也是尖尖地高聳在臉上，透著寧波人的精明強硬。簡妮有點驚奇，她以爲自己會見到一個戴著布鴨舌帽的王進喜，但她卻見到了一張寧波商人精刮的臉。

「幸會。」簡妮說，「我是Tim的祕書。」她不由自主地壓低嗓音，發出像勞拉那樣職業化的聲音。

他的手很有力，「我學的是俄文，你的話我能聽懂，但嘴笨，說不出來。」他用上海話回答簡妮說。他臉上淡淡笑著，有種被困的表情。挪頓公司在合資的時候，一定要許宏來公司做中方代表，一方面是看中許宏掌握的銷售網路和他鋪貨的能力，挪頓要用他。另一方面，挪頓公司也不想將他留在合資公司外面，讓自己多一個可能的競爭對手。在合資公司裡，由挪頓公司控股，他無法阻止美國香水的推廣。要是他不爲公司服務，也不願意去商學院進修，接受美國式的商業理念，就只能被圍困。簡妮對他眞的好奇，她不能理解他爲什麼拒絕那些走向世界的機會。

他的祕書過來爲他做翻譯。他叫克利斯朵夫。「你知道羅曼羅蘭的《約翰·克利斯朵夫》嗎？我的名字就來源於那部名著。」他說。

簡妮知道那本書，在維尼叔叔的竹子書架上見到過。她依稀記得那是藍色的封面，一共有四本。她在上海讀書的時候翻過，那克利斯朵夫的激情，總是讓她想起革命。所以她對這套書沒有好感，很快就放下了。「我不知道這部書。」她說著聳了聳肩膀。

「啊，對的，我想起來了，你是美國人。」克利斯朵夫還留著青春期痤瘡疤痕的臉上浮出了一個譏諷的笑，「我們都聽說了。你 was 中國人。」

「你聽說過，或者讀過羅曼羅蘭的著作嗎？這位先生在說他英文名字的出典，很有文化淵源。」簡妮避開他的鋒芒，對 Tim 解釋他們剛剛用中文說的話。

Tim 搖搖頭，笑著解嘲說：「我只是一個乏味的商人，知之甚少。」

簡妮也笑著搖頭：「我是一個經濟系剛畢業的學生，知之更少。克利斯朵夫，你贏了。」

看到克利斯朵夫臉上撲了個空的樣子，簡妮感到一陣快意。她知道爲什麼勞拉和同事不能很好相處了，她也無法與滿臉無產階級意氣的克利斯朵夫相處，他最耿耿於懷的，就是甄別你到底是美國人還是中國人。他看上去最仇恨的，就是簡妮和勞拉含混的身分。但簡妮覺得，要是給他一個如簡妮或者勞拉那樣的機會，他也未必不會變得像她們一樣，簡妮覺得他心裡橫豎不舒服的，其實是妒忌。

她衝克利斯朵夫微微一笑，表示自己心知肚明。她看到他的臉漲紅起來，他到底也是聰明的，懂得她微笑的意思，而且惱了。

看著他有點紫漲的臉色，簡妮後悔了，她並不想惹惱同事，不想步勞拉的後塵，像克利斯朵夫這樣的人，這種嫉妒和憎恨，對簡妮來說，是與生俱來的，一向她都在父母的教導下，不去理睬。她有點奇怪，自己爲什麼偏偏現在就不能忍耐了。還當著 Tim 的面。

於是，她笑著對 Tim 說：「克利斯朵夫的英文，是很好的英國英文啊，皇后英文的，在上海，學這樣的英文，比學美國口音要更地道。」她讓克利斯朵夫聽見，卻並不看他，也不對他直接說。但她能感到，他的心悻悻然地歡喜起來。此時，她轉過頭去，滿面笑容地看他，看到了他在滿臉不以爲然裡閃閃發光的舒服。她拿出像光線那樣眞摯的神色，說：「眞的。」但她心裡，鄙夷他流露的不以爲然和舒服，她只是不動聲色，滿臉含笑，就像爸爸媽媽在新疆對付山東校長那樣。不過，簡妮恨自己仍舊不能痛快地做人。

「是的，他的英文很有教養。不過，他聽不懂上海方言。」Tim說。

簡妮看到克利斯朵夫的臉「騰」地紅了。她很熟悉他那後腦勺異常平坦的結實，在新疆，那些家裡是山東人的同學，都有這樣的腦袋。她想，他就是一個外地人，那種在大學裡具有競爭力的外地學生，也許還是學生黨員之類的，畢業就留在上海工作了。一般北方人，說英文的時候免不了有生硬的口音，但他眞的沒有什麼口音，簡妮想，他也算是在英文上用了大功的人。她來辦公室的時候，勞拉就是不爲他們互相介紹，又在她們倆進房間的時候重重關上門，簡妮猜想，勞拉和他是交惡了的。甚至，勞拉的被炒魷魚，與善於挑釁的克利斯朵夫也會有關係。在國際市場營銷學裡，多次明確過，與當地人建立良好的溝通，是第一要素，甚至比商品的本身更重要。在格林教授的書裡，那時的買辦的價值，首先便是「溝通東西的橋梁」。簡妮希望與中國人保持良好的關係，但並不希望成爲「東西的橋梁」這樣居於中間的，功能性的人物，她希望自己是一個眞正的美國商人，一個文化上、職業上、觀念上徹頭徹尾的香蕉人。

「外地人是一時很難聽懂上海話。」簡妮說。她知道自己可能會再次惹惱腦袋像一個新鮮馬鈴薯的中方祕書，范妮當時就是這樣挑剔別人的上海話，她將人分成有資格說上海話和沒資格說上海話的兩種，沒資格的，永遠是「大興貨色」。但她忍不住，她不想讓他太快活了。

「是的。」許宏在一邊點頭同意，「上海話與普通話的距離，差不多等於是英文與俄文的距離。」

「眞的！」Tim 輕輕驚呼一聲。簡妮知道他心裡並不相信克利斯朵夫眞的聽不懂上海話，也不相信他是因爲聽不懂而不爲美國人翻譯，但他熟練地耍了個美國式禮貌的花槍，他說，「也許我們可以一起學一學上海話。簡妮可以教我們的。」

第一次作爲祕書，坐到 Tim 身邊，參加公司的周一例會，簡妮穿了在美國去挪頓公司面試穿的那套衣裙，皮鞋已經十分合腳了，爲了預防，她還是在腳後跟貼了一片OK繃。簡妮帶了好幾枝削好的鉛筆，準備做 To、From、CC 式的簡報。她還事先從勞拉做的 Memo 上將專業辭彙抄下來，在心裡背熟了。

雖然是合資公司，人員的劃分按照部門，並不按照國籍，但中國人還是習慣坐在一排，美國人則坐在他們的對面。中國人大都穿的是深藍色的西裝，連式樣都是一律的，聽說，是公司統一訂做的。簡妮想起小時候看過的電影裡，那些與外國列強談判的清朝官員，他們的朝服也是深藍色的，還有拂動的紅珠子，帽上的紅纓。

她看到中國人的深色西裝領子上，有些細碎的白色頭皮屑。簡妮並沒有接觸過多少中國成年男人，此刻，她回想起中學的班主任老師，他們肩膀上也常年落著雪片般的頭皮屑。那時她並不覺得有什麼奇怪，但現在再次看到，在美國同事們的香水氣息裡，她竟覺得十分羞愧，好像自己也很髒一樣。甚至連特立獨行的許宏，他肩膀上也有一片細碎的白色。簡妮不理解，自己爲什麼會爲中方人員肩膀上的頭皮屑，覺得那麼難堪。她看了看自己這一邊的美國同事，他們整潔親切，帶著美國人興高采烈的風度，後脖子挺得直直的，微笑時露出精心保養的牙齒，他們才是簡妮認同的。簡妮慶幸自己坐在他們這一邊。但她還是對那些深色西裝領口上的厚厚頭屑不能原諒，她忿忿地看著那些小東西，甚至在許宏的肩膀上還發現了一根沾著頭皮屑的落髮，她臉上浮起了冷笑。她將手搭在自己的肩膀上，裝作不經意，偷偷摸索。雖說早上仔細刷過領子，簡妮還是非常擔心自己領子上也落著像他們一樣的頭皮屑。

簡妮的心情有點糟糕。

Tim向在座的市場部、銷售部、生產部，和人事部的總監、副總監，簡短地介紹了簡妮。簡妮對大家笑著說，「嗨。」她盡量咧開嘴笑，目光閃閃，精力旺盛，興高采烈的，像個地道的美國人。好幾個中國人也用英文回應她，但銷售部的副總監王建衛卻用上海話問候她，「儂好，王小姐。」他說，「大家都是上海人嘛，說上海話方便點。」他長了一張七十年代式的濃眉大眼，四方臉，很像那時電影裡的英雄人物。他說話的樣子也像。簡妮正好討厭這樣的臉，也討厭他說話的樣子。小時候在宣傳畫上看到的，將地富反壞右和資產階級踩在腳下，讓他們永世不得翻身的人，就長著這樣端正粗壯的臉，帶著這樣洶洶的草莽之氣。她臉上保持著原來的笑容，對他的建議不置可否，只回答了一句，「儂好。」

畢卡迪先生深棕色的臉從美國同事中間探了出來，他問：「嘿，簡妮，他們對你說了什麼？」他是銷售部總監，王建衛的老闆，看到他的時候，簡妮想起了國際市場營銷學課上，提到過的越來越國際化的市場和越來越國際化的隊伍。按照課本上的觀點，高度國際化的隊伍是趨勢，但簡妮心裡還是有點遺憾。她更希望自己是在一支純粹白人的隊伍裡工作。

她反感畢卡迪先生直呼她的名字，不夠英文的禮貌。她覺得這印度人應該叫她「王小姐」，而不是「簡妮」。還反感他將一半的笑藏在上唇鬍子裡的那種樣子，他靈活精明的棕色眼睛緊盯著人時，好像在警告別人最好誠實。簡妮在那表情裡看到了不信任和警惕。他突然非常準確地將她從美國人的隊伍裡剔除出來，將她推到中國人的隊伍裡，就因爲她回答了一句上海話。這句話，本來是因爲要顯示自己的能力才說的，簡妮本來就不願意說。此刻，她覺得，他簡直有點將她看作內奸的意思。「Tim 還沒說什麼，你一個印度阿三，倒管得寬。」她心裡想，覺得很窩囊。

簡妮垂下眼睛，淡淡答道：「Just like a hello.」

這時 Tim 微笑地說：「對啊，我也學過。下次，儂好。很好聽。儂，儂，有點像說法文似的。」桌上的人都笑了。簡妮飛了畢卡迪先生一眼，他也笑了，而且笑得很甜蜜，薄而發亮的棕色眼皮，像印度佛陀似沉醉地蓋了下來。「眞的，絕對像。」他嘟囔著，輕輕搖晃著腦袋。簡妮心裡暗說，到底是窮殖民地國家的出身，就那麼勢利。

簡妮負責美國人的翻譯，克利斯朵夫負責中國人的翻譯。Tim 特別提醒她，有時中方會說著說著，就變成了上海話，特別是當兩個上海人在一起說什麼的時候，克利斯朵夫常常不肯翻譯過來，他推說自己也不怎麼懂上海話，但 Tim 不這麼看。當時勞拉也使不上勁。現在，要是遇到克利斯朵夫不翻譯的時候，簡妮就應該將中方說的上海話及時翻譯過來，讓美國人知道最準確的資訊，消除自己被蒙在鼓裡的不良感覺。

「我會努力做到最好。」簡妮低聲答應，她猜想，這也許也是畢卡迪先生一聽到上海話就緊張的原因吧。這麼想，她覺得自己心裡舒服了點。

會議一開始，由銷售部開始報一星期的銷售完成情況，She 牌香水的數字再次超過了申牌花露水的銷售數字，月中的時候，She 牌香水已經完成了百分之七十的月銷售目標，而申牌花露水則完成了百分之三十八。市場部報出 She 牌香水的推廣計劃和外包裝的改進情況，設計部的總監是香港人，將新包裝的樣子用幻燈打出來以後，用一枝紅色的雷射筆點住改進的部分，這時，他突然說不出完整的普通話來了。他看看簡妮，請求她爲他翻譯，然後開始說英文。他說的是有廣東話口音的英文，簡妮幾乎聽不懂。好歹翻譯完他的話，自己出了一身汗。生產部報出 She 牌香水原料進口在海關遇到的問題，還有申牌花露水的玻璃瓶裡有灰，要送衛生防疫站消毒，這樣，工廠的包裝就要受影響。儲運部報了八千二百箱花露水的退貨情況。簡妮依稀想起，自己小時候用的花露水就是從上海帶回新疆的，綠色的玻璃瓶，要是被小蟲咬或者蚊子咬了，媽媽就給她搽上一點。但是，她很快就擺脫了回憶的干擾，因爲她發現會議的氣氛開始緊張起來。

她還沒有弄明白是怎麼回事，畢卡迪先生就開始辯解起來。他的英文也不那麼好懂，但他還是說得飛快。簡妮緊張地辨別著，她不想因爲漏聽了什麼，而不得不再次詢問畢卡迪先生，簡妮害怕如果問他，他的小鬍子裡面不知道還會漏下什麼樣的微笑來。他在解釋爲什麼銷售部總是賣不動花露水：「市場不需要它，他們不買！我已經說過許多次了，甚至鄧路普做的中國市場調查也可以證明我的說法，花露水的香型眞的已經過時了，那裡面有股肥皂味，它根本就不是眞正意義上的香水。中國市場在封閉的時候，消費者不得不買這樣的香水代用品，但現在市場上有了眞正國際香型的香水，消費者可以不買他們不喜歡的香型，這是很正常的。我不能把著他們的手，強迫他們買，這是自由市場，不是專制的。要是不按照市場的需要生產，我無法賣掉超過需要的那部分，我只是無法做到。積壓和退貨來自於生產過量，不是因爲銷售的問題。」

「那麼，還是老問題，爲什麼我們沒有合資以前，花露水從來沒出現過這樣的情況呢？現在退貨的，都是原來要貨最穩定的地區，都是城市。」和畢卡迪先生爭論的，是銷售部的副總監王建衛，畢卡迪先生的下屬。他努力說著字正腔圓的普通話，避免上海方言的出現，「按照你們市場經濟的邏輯，是要貨少了，就應該生產得少一些。但按照 She 牌香水的經驗，市場一瓶也不要的時候，花大錢做廣告是很必要的手段。爲香水投放廣告的時候，你們就是這麼說的。讓大家了解它，被它迷住，然後，銷售量就來了。事實是，效果的確不錯，花了大錢，銷路也打開了。但爲什麼不給我們的申牌花露水投放一些廣告呢？花露水到現在從來沒有過廣告！我看到的情況，就是我們所說的姊妹產品，She 牌香水和申牌花露水，一個一天天好起來，一個一天天爛下去了。」

「廣告的問題，我們已經有過結論了，王。」Tim 說，「我們合資的時候，看中申牌花露水，因爲它在中國名氣最大，資格最老，市場份額最多。你一直強調它過去悠久的歷史和巨大的市場，這都是眞實的。它已經生活在中國人的心裡了，所以，不合適再對它像對一個新生兒那樣推廣。廣告是爲了讓消費者知道他們可以選擇的產品，花露水早已經家喻戶曉，不需要廣告，這是顯而易見的常識。而 She 牌香水，一個新的國際品牌，正好是這個範圍裡面的。就像一個人生了病，醫生要針對他的病，給他不同的藥。」

「那花露水需要什麼樣的藥呢？既然你們有豐富的經驗，來幫助我們的四個現代化建設，想必一定知道該怎麼幫助這個中國最老的品牌，而不是見死不救，只顧發展自己的品牌吧？」王建衛問。他筆直地看著 Tim，目光炯炯的。簡妮想起了《創業》裡的那些濃眉大眼的工人們，有著米開朗基羅式的肌肉和造型。簡妮想，大概王建衛下意識地在模仿電影裡的那些人吧，他不必要特別注意普通話的標準，還有臉上那嚴正的表情。他是原來的銷售科長，他家從他父親開始，就在花露水廠裡工作，對花露水的一再減產耿耿於懷。

「中國人喜歡 She 牌香水的香型，它更加國際化，更加現代，符合如今人們喜歡外國貨的本性，符合你們的改革開放。」畢卡迪先生根本不理會王建衛說的，自顧自說。簡妮因爲實在聽不懂他的英文，不得不向他詢問。他回答簡妮的時候很耐心，但簡妮覺得他耐心得過了頭，像個小學老師。簡妮心裡覺得奇怪，爲什麼勞拉說得再怪，自己也能句句懂得，而畢卡迪先生的英文，她卻眞的聽不懂。

「中國人沒你說的那麼崇洋媚外。」王建衛生了氣，大聲說。

「我說什麼並不重要，我們相信市場的選擇，相信市場調查，這是科學。」畢卡迪先生的聲音格外循循善誘，但也格外冰冷。

簡妮在翻譯時，不斷想起自己學過的東西，王建衛連最基本的市場原則都不懂，在簡妮看來，他簡直就是在無理取鬧。她一眼就看懂了他那種王進喜式的仇恨和警惕，在國際市場營銷學課上，美國人強調文化的不同，強調美國企業理解不同文化價值觀的重要，在簡妮看來，在中國，歷史的仇恨似乎起著更重要的作用。她並沒有發言的機會，所以，她在翻譯的時候，用自己的嘴將美國同事們的話向桌子對面的人投擲過去，也覺得過癮。簡妮雖然不喜歡畢卡迪先生，但他說的話卻是最對路，最過癮，最能堵住王建衛的嘴的，使簡妮不得不喜歡翻譯他的話，有時，他眞的準確地說出了簡妮心裡所想的，用準確而凌厲的方式。簡妮在記錄紙的邊緣，記下她特別欣賞的那些詞，就像海爾曼教授上課的時候，她也常常這樣記那些特別能表現的單詞。其實，這時的畢卡迪先生，仍舊帶著他那種防小偷似的風格，但簡妮這時卻覺得那是王建衛應該領受的臉色。

「申牌花露水是好的，但是它老了，它不合適現在追求國際化的消費者了。過去，它賣得好，是因爲沒有比較，現在有了比較，消費者的群體就開始細分，這再正常不過的了。我們所做的市場調查也證明了這一點。甚至新來公司的大學畢業生們。」這時，市場部的總監說話了，她是個墨西哥人，叫瑪利亞露意莎。她原先在墨西哥做營銷，因爲在新興市場工作業績出色，所以美國總部將她特地派往亞洲市場。先在香港公司工作，參加了上海合資公司的談判以後，就留在了上海。她的聲音很柔和，態度也親切，與畢卡迪先生不同。「尼娜告訴我的，她去招大學生，來的人絕大多數都說，是因爲看了 She 牌香水的廣告，才了解我們的公司，才對它有好感，才願意爲它服務的。這說明了一個問題，就是現在中國香水消費者的愛好。你也不能把你的同胞的喜好，簡單地理解爲崇洋，這樣對他們是不公平的。」

人事部的尼娜是個中國人，她點頭表示同意，然後她也向自己的中國同事點頭，表示這些話都是自己說過的，都是事實。「喔唷，這些學生，面試的時候，都說喜歡 She 的廣告。」尼娜說。

「那些大學生，都是通過自己的經歷，喜歡上 She 牌香水的。也許他們小時候也用過花露水，但是，他們現在不用了。中國的大門開了，他們現在有了更多選擇的自由。」畢卡迪先生說，「追求時髦，追求主流的生活方式，這是人的本性，也是中國人的本性。我敢說，要是我們的香水不用金髮碧眼的盎格魯薩克遜模特，效果就不會這麼好。我甚至聽說過，中國的香精工廠，在一九四九年以前，也雇用歐洲人推廣自己調配的香精，因爲他們的臉，在當時的中國人看來，就代表了時髦。」

簡妮在翻譯的時候，不由得用了更重的詞。她看到對面的克利斯朵夫抬起眼睛來，剜了自己一眼。他是聽得懂的，也聽懂了簡妮藏在不動聲色的翻譯裡面的傾向。簡妮也聽懂了他在翻譯中選擇的那些加重的詞，簡妮不翻他的白眼，而是瞪大眼睛，做出恍然大悟的樣子。他們使雙方的談話變得更加強硬和不容商量。

「花露水的問題也總是要解決的吧。」王建衛堅持說，「這是我們民族的品牌，凝聚了幾代人的努力，不能讓它毀在我們這個合資廠裡。」

「市場會幫助我們的。」Tim 說，「我們最好開始討論具體問題，要不然，我們的會一天也開不完。」

「但是，有什麼問題比花露水無休止的下滑更具體，更緊急的呢？」一直沒有說話的許宏說話了，「看起來，都是可以用市場規律解釋的，自從我們的花露水和你們的香水一起上櫃檯，就像一個本地人帶著外地人進入自己的圈子，哪裡有我們的花露水，哪裡就有你們的香水，我們的確是與你們攜手的，我們本著向你們學習的精神，和你們一起工作。然後，我們迎來的，就是花露水不停地下滑和香水不停地增長。花露水的市場份額一點點被香水吞掉。要是按照你們說的市場規律，因爲需求少了，我們就應該生產得更少。這樣下去，花露水就會漸漸退出市場。要是你也覺得花露水是公司的一個重要部分，你就應該把重點放在這裡討論，直到討論和設計出一個符合花露水的市場規律來。」

「我們只能建議董事會討論這樣重要的問題。」Tim 客氣而堅決地說，「現在，我們要首先解決火燒眉毛的現實問題。」

「什麼問題？」許宏問。

「比如花露水瓶子被污染的問題，這個問題就已經火燒眉毛了，不是嗎？」Tim 機靈地將會議引回到具體的問題上。

因爲有八千兩百箱的退貨，申牌花露水要相應減產，防止庫存增加。而夏季雖然還沒過去，但還是要根據冬季的嗅覺，改進出一款新的 She 牌香水，這是年初市場部就已經制定好了的年度產品開發流程，現在內材已經在中試和試產的階段，外材式樣也已經確認了，產品準備做試銷和調研，銷售部要開始準備上市。爲了推廣新品，銷售部要求招募更多的銷售人員。人事部雖然提出時間太緊，來不及準備，但是總經理還是支援銷售部的要求，讓人事部馬上落實。物資供應部必須馬上落實新品生產的原料進口問題。總經理要求各部門都緊密配合，這是合資公司成立以來第一種根據中國市場改進的新品，有著重大的意義。

「這對挪頓公司來說，是重要的，因爲這意味著挪頓在上海有了更新的能力，本土化可以進一步提高競爭力，是這樣的吧。」許宏說。

王建衛一定覺得許宏的話不夠分量，所以他又說：「我沒看到公司爲花露水做一丁點努力，這是中國的土地，花露水是中國最好的品牌，是我們民族工業的驕傲。也許美國人對它沒感情，但我們是要捍衛它的。」

「花露水對挪頓申牌合資公司當然也是重要的，與 She 一樣的重要。我們是雙方的合資，所以公司的增長，就是大家的增長，公司的利益，是按照我們雙方的投資比例來分配的，並沒有全進挪頓一家的帳號。」Tim 說，「我們從來就把 She 的增長，看成是中美雙方的利益。在我們心裡，沒有美國和中國之分，只有商品和市場之分。面對市場，我們彼此才是眞正的夥伴。」

簡妮在翻譯這些話時，體會到 Tim 漂亮的外交姿態，採取了委婉的語氣。簡妮已經看明白了，She 的確是在一步步有效地吃掉花露水，按照市場規律。這是 Marketing 第一章就介紹過的基本市場規律。美國公司當然不會同時幫助花露水的增長，他不會費力去培植一個本土的對手，這就是挪頓公司要將許宏歸入旗下的原因。簡妮在會議桌上，體會到 Marketing 書中所謂「戰略」的含義。她看出來，許宏居然天眞得不能相信眼前的事實，而王建衛則義憤塡膺地糾纏在民族鬥爭的思維裡，對美國公司居然不幫助中國企業做大耿耿於懷。她想，他們都應該去美國讀書，建立起眞正的商業思維。許宏居然拒絕去哥倫比亞大學的商學院讀書，眞是不能理喻。

畢卡迪先生還在反駁王建衛的指責：「我們當然也爲花露水做努力。從前大號花露水瓶頸上的錫紙容易破損，我們的市場部拿出過不止一個改善方法。但事實是，它的整個包裝都老套了，要改進不那麼容易，它本身的活力不夠了，就像一個老人從不容易打扮得漂亮，而一個少女，則完全不同。」

會議就像在跳狐步舞那樣，進兩步，退一步地進行著，但總算是被 Tim 控制著。當大部分實際問題都落實到了各個部門，接近了尾聲，王建衛突然對許宏說了一句上海話：「就這麼算了？」

本來，大家都鬆了一口氣，聽到這句上海話，美方同事全將臉迅速轉向簡妮。本來，中方的話應該由克利斯朵夫翻譯過來，但他閉著嘴在記錄的本子上轉筆玩，好像沒聽到那句話。於是，簡妮迅速爲美國同事翻譯道：「王先生說，是不是就這樣罷手了。」簡妮等到說出「罷手」以後，才覺得自己選擇這個詞太重了。然後，她看到中方的同事全都瞪著自己，他們的目光，讓簡妮在滿腦子香水和花露水之爭裡面，突然泛起了新疆初中時的情形。初中的歷史課上，說到了中國近代史上的買辦和鴉片戰爭，那時，全班同學也紛紛轉過頭來，默默地、冷冷地看住她，那是種抽刀斷水般的神情。

簡妮默默在速記本上輕輕一畫，表示這一段翻譯結束。然後，她抬起頭來，筆直地看著桌子對面的中國人，她想，他們的臉色，就是電影裡中國人看漢奸的臉色。但她並沒有迴避，她用 Ray 那種美國式自信和單純的樣子迎著他們，滿臉遍布質疑的神情。簡妮準備好回應中國人的指責，那些指責在他們的目光裡隆隆有聲地向她滾來。她會清晰而冰冷地說：「我是美國雇員，履行我的職責，有什麼不妥嗎？」說實在的，簡妮並不害怕這個局面，甚至對此有點興奮。她只是提醒自己不要失了分寸，犯勞拉的錯誤。但是，中國人並沒有像電影裡拍的那樣發作，王建衛也沒有像王孝和那樣說話，他們到底知道，他們心裡的指責是不能拿到檯面上來的。

「美國人是控股方，我們可以建議，但他們可以否決。」許宏用上海話回答王建衛。

簡妮馬上就將他的話翻譯給美方的同事。她根本不等克利斯多夫的動靜。

「他是對的。」Tim 輕聲而清晰地肯定。簡妮看看克利斯朵夫，他有點賭氣地看著她，那神情像是高中考試時，被簡妮超過的原尖子生。簡妮並不理會他，她對許宏說：「你是對的。」

Tim「啪」地合上自己手裡的本子，他突然用普通話對桌子對面的中國同事說：「許先生是對的。謝謝你。」他對許宏點了點頭。

畢卡迪先生領先鼓起掌來：「Good Chinese.」他驚呼。

Tim笑著說：「我喜歡有一天能說中文。」

在Tim友好的小插曲中，大家紛紛站起身來，會就這樣散了。

「Good job.」美國同事紛紛誇獎簡妮。畢卡迪先生也過來誇簡妮，他拍了一下簡妮的肩膀，簡妮不由地將肩膀讓了讓，她受不了他拍她肩膀時的那種鬼鬼祟祟。畢卡迪先生讓簡妮想起了早年在上海音樂廳門口倒賣黑市票的黃牛，那種做非法交易的樣子，讓簡妮渾身不舒服。在簡妮看來，一切都可以在陽光下攤開，是非的立場都是黑白分明的。她雖然佩服他，但就是不喜歡他的作風。甚至簡妮都不由自主地想到「走狗」這個詞。

他手上強烈的香水氣味，好像他往手上倒了整整一瓶香水。

「你可眞香，」簡妮忍不住說，「香得太厲害了。」

「氣味不錯吧？」畢卡迪先生說，他豎起一個手指，「我有一個問題。爲什麼我們說了很多，但你將它們翻譯成中文的時候，就變短了呢？從前勞拉在的時候，好像沒有這種情況。你們的翻譯方法有什麼不同嗎？」

Tim也回頭來，詢問似地看著簡妮。

簡妮的臉騰地一下紅了起來：「我基本是逐字逐句翻譯。有的地方，英文的語法和中文的不同，需要重新組織。」她申辯道。

「你不要以爲我在質詢你的工作，不是的，我只是好奇。我在印度、墨西哥和泰國的挪頓分公司先後工作了二十七年。我的第一份工作也是美方總經理祕書兼翻譯。我的工作經驗是，在落後國家工作，常常容易發生誤會，因爲落後國家的人，常常神經特別敏感。這時候，翻譯的忠實是最重要的。雖然有很多誤會來自於不可調和的意識形態，但更多的誤會，是來自於翻譯用詞的不當。我只是提醒你。不希望這樣的情形再次發生。你也看到了，我們的工作環境是這樣的，這裡不是美國。」畢卡迪先生態度非常誠懇地說。

「畢卡迪先生絕對是經驗之談，簡妮。」Tim說。他將手搭在畢卡迪先生的肩膀上，對簡妮說，「你們的家族經歷有點相似呢，畢卡迪先生的家族也是印度最早的買辦，爲英國的東印度公司工作的。你們都來自於世代與西方合作的商人家族。」

簡妮看著畢卡迪先生，在格林教授書中長達幾十頁的附錄裡，她看到過對東印度公司的介紹，那是最早將鴉片賣到東方，開拓東西商路的英國公司。在中國，它因爲鴉片戰爭的關係而臭名昭著，在英國，卻被稱爲開拓東方市場的先鋒。那麼說，他們兩個人的祖先不光都是Comprador，而且是販賣過鴉片的那種Comprador。現在，他們又都爲西方的海外公司工作。

畢卡迪先生也看看簡妮，他再次將自己黧黑的手伸出來，與簡妮握了握，「幸會。」他說。

也許，他們的祖先，在一次鴉片交接的過程中也見過面，也握過手呢。簡妮握住他柔軟的手，心想。她的手上，馬上沾滿了畢卡迪先生的香水氣味。格林教授的書裡說，當年美國公司也從東印度公司批發鴉片到中國。東方的買辦們用的都是同樣一種洋涇浜英語溝通，一般會英文的人聽不懂他們的話。一般人也不會去學，甚至接觸不到這樣的語言。自己祖先的那口洋涇浜英文是從穆炳元那裡學來的，那，他祖先的洋涇浜英文又是從誰那裡學來呢？如今，他們的後代再次相會，不再說那種從東方發展出來的特殊英文。他有口音，帶著倫敦風格，她也有口音，帶著美國東部風格，他們的英文如今已經無可挑剔。

「幸會。」簡妮說，「真的是幸會。」

他們互相打量對方，簡妮還是在他滿面真正的笑容裡找到了曖昧，那種不能堂堂正正的表情像米飯裡的小沙子一樣。她想，等自己若干年以後，像畢卡迪先生現在這樣，做到了海外公司的高級雇員，不管經歷多少事，都一定不要沾上他這樣的表情。她暗中在裙子上擦著自己手上的香水氣味。

「你會習慣的，也會做得好，要是你心裡還真的流動著你祖先勇敢的血。」畢卡迪先生微微搖動著腦袋，簡妮想起來，總是在學校餐廳的櫃檯裡勤工儉學的印度同學，在讚美什麼的時候，也總這樣微微搖晃自己的腦袋，她想，這一定是印度人的習慣。

他將自己祖先的血稱爲「勇敢的血」，簡妮第一次聽到這樣的讚美，這個詞讓她一震。格林教授書本裡，王家那是非紛紜的歷史從她心裡流水似地淌過去，祖先留在最早的照片上魔術般的面容，那種她開始認爲是強悍的神情，如今被這個印度人點破，簡妮認識到，也許那就是一種無恥的，或者是無畏的勇敢。格林教授在書上對東方買辦們有一個總結，他說：「他們先得使自己成爲一個世界主義者，他們不爲民族工作，而是爲先進的文明工作。然後，他們才能成爲堅強的買辦，在封閉而驕傲的東方文明中生存，並發家致富，而且推動古老的國家走向西方世界。」也許，這種勇敢，是一個世界主義者的勇敢。簡妮想，經歷過獨立運動的畢卡迪先生的家族，和經歷過解放運動的王家一樣，都有難以啓齒的往事。畢卡迪先生一定也經歷過煎熬，在煎熬裡，他體會到了祖先的勇敢，也體會到了自己身上對祖先的那份勇敢的繼承。他的話打動了簡妮，使她暫時放棄對他的討厭。

「你是勇敢的嗎？」簡妮問。

畢卡迪先生用力搖晃著他的頭：「我嗎？我有令人厭惡的勇敢。」

簡妮不好意思地笑了，他像蛇一樣，聰明到令人恐懼。

回到辦公室，簡妮學著勞拉的利落，處理手裡的工作。心裡卻一直在琢磨畢卡迪先生說的話。格林教授在書裡說過，東方的買辦們，在東西方的溝通中，就像一道在從高處向低處的大河上的水閘，控制著高處的西方文明向低處的東方流動的速度。沒有他們，西方就無法走向東方。他們不屬於西方，也不屬於東方，他們處於中間地帶，起著控制、選擇、幫助和抵制的作用，在他們的心目中，沒有種族和政治的禁忌，只謀求商業上的發展與成功。簡妮想，也許就是因爲他們誰也不屬於，孤獨無傍總是免不了的，所以，血液裡得有特別的勇敢。簡妮想起在美國時對自己身上商人天賦覺醒的飄飄欲仙，這時，她才意識到，事情遠沒有這麼單純。她並不能肯定，自己是不是眞的也有畢卡迪先生說的那種勇敢。Tim 曾說過，有他們這樣家族背景和經驗的人，就是海外公司的寶貝。這是簡妮聽到過的最受鼓舞的話。她適時地提到格林教授的書，答應將那本書帶來給他們看。

她看到克利斯朵夫拿了文件，將他裹在牛仔褲裡頎長的腿伸直了，穿了耐吉球鞋的大腳輕輕一勾，身下的椅子便輕盈地向電腦檯滑去。簡妮想，他是不會體會到自己面臨的這種複雜局面的，他的血太單一了。

察覺到簡妮的目光，克利斯朵夫冷冷地看了她一眼。他不喜歡她，就像不喜歡勞拉一樣。勞拉常常表達出對大陸人的嫉恨，讓他想起國民黨和共產黨的宿怨。勞拉到了共產黨的地盤上，仗著是總經理祕書，一味地挑三揀四，像《紅樓夢》裡面的小老婆們，他氣不過。簡妮明明是前幾年才出國的上海人，卻做出一副美國人的樣子，輕易不多講一句中文，要是說中文，也只說上海話，一副洋奴樣子，更讓他厭惡。他自己學英文出身，自認爲並不老土，也不古板，甚至在私心裡，他也是個喜歡西方文化和生活方式的人，當時他也是尼娜說的那些因爲廣告而投靠這家公司的大學生之一，他也希望自己能在一個國際化的地方開始自己的人生，他也是那些肯用自己幾個月的工資買一雙全進口的新式耐吉球鞋的青年，可他就是見不得勞拉和簡妮那種挾洋自重的樣子。也許，與勞拉相比，他更討厭簡妮，她身上還有上海女孩的那種離心離德的勁，「I was Chinese.」那是什麼屁話。

王建衛聽說有一個上海女孩來頂替勞拉時，還打算統戰一下，在美國人那裡安一個眼線。一聽到她和勞拉像說暗號似地說英文，克利斯朵夫就知道沒戲。他打電話告訴王建衛說：「走了一個蔣介石，來了一個李鴻章。」

克利斯朵夫沒想到，中國人民都已經站起來幾十年了，還有簡妮這種人。他想起自己很小的時候，看過一個動畫片，裡面有句話，實在很合適簡妮：「階級敵人就像屋檐下的洋蔥，根焦葉爛心不死。」

他其實也很想工作一兩年以後，去美國深造，但他想，自己有一天在美國學有所成，當錢學森，當詹天佑，哪怕當容閎，也絕不當她王簡妮，在會議桌上，他就看出來，她以當買辦爲榮，她的是非觀與美國人一致，她也覺得香水和花露水之爭，是市場之爭，而不是民族之爭。克利斯朵夫不覺得自己是被社會主義意識形態洗了腦的人，他覺得自己就是一個有尊嚴的中國人。而簡妮則是沒有中國人尊嚴的人。比起眞正的美國人來，他更討厭簡妮這樣的假洋鬼子。那厭惡裡帶著鄙視，那是一種類似嫉妒的恨意。但克利斯朵夫絕不承認那是嫉妒，他怎麼可能嫉妒她，他鄙視她。爲她的立場悻悻然。

他決定，下次要找個機會，將魯迅的小說集借給簡妮看。

在他冷冷的眼色裡，簡妮提醒自己，要盡量防止勞拉的故事發生在自己身上。她突然想，格林教授的書裡，對王筱亭隻身來往在義和團出沒的地方，建立內地的經銷點和倉庫那個時期，只有短短的一句：「他成功地沿著河道，建立了經銷鴉片，收集茶葉、桐油和蠶絲的貨棧，甚至自己的錢莊，保證能夠按時向洋行交回貨款。」簡妮想，這絕不是容易的事。也許如今只能找到，他是怎樣的成功，卻找不到他經歷了怎樣的困難。

住在上海讓簡妮痛苦。她對四周有不可思議的抗拒。她是帶著理想來到上海的，她以爲經過美國大學，她已被訓練成一個新人，一個接受過國際市場學訓練的，野心勃勃的美國青年，來上海掘她的第一桶金。但上海卻像流滿了黑色石油的阿拉伯海灘，將她緊緊黏住，舉步維艱。在海灣戰爭的時候，被傾瀉到海水裡的石油曾經污染了許多海灘。不得不停在海灘上的海鳥，一落地，就被黏住，很快就奄奄一息。電視新聞裡，那些變成黑色的海鳥在遍布油污的海邊蹣跚而行，徒勞地在黏著的黑油裡拔自己的爪子，撲打已經不能用了的翅膀。簡妮一直記得那令人絕望的情形，那時她正被不斷地拒簽，身心俱焚，她覺得，自己就是那些黑色的海鳥中的一隻。

但如今她回到上海，心裡卻再次湧出了阿拉伯海鳥的感覺。她不想被公司裡任何人提醒自己是個中國人，Tim，或者是畢卡迪先生，還有洋鐵皮的標語牌和克利斯朵夫，他們大家像印地安螃蟹一樣，在她將要逃脫的時候，合力將她拉回到原來那個可怕的位置上，並死死地壓著她，讓她不得不接受。她永遠都記得，Tim 在聽說她說「I was Chinese」時，臉突然往下一掛的樣子，還有公司裡的中國同事聳著鼻子冷眼看她的樣子，她風聞他們叫她「買辦王」，用畢卡迪先生帶著印度口音的語氣，用英文的結構，將她的姓放在後面，嘲諷和憎惡地。

她也不想被家裡的任何人提醒自己是個上海人，成長的過程中處處充滿美國消毒藥水的氣味，背景裡充滿了像海灘上的石油那樣又黑又重又黏稠的苦難。她控制不住地恨家裡人，恨爸爸媽媽的臉和聲音，恨爺爺，恨那間小客廳裡的陳設。上海就是她的瀉滿石油的海灘，到處都是痛苦。那天她已經走到人民公園門口了，透過修剪得像牆一樣的冬青樹，她又看到那裡的林蔭道，還有路邊的綠色木條長椅，簡妮以為自己會感慨，但她心裡湧出的，卻是強烈的抗拒。她不想回想起自己在寒冷的空氣中站在英語角與人搭訕的情形，還有那一次次被拒簽後一片死寂的心。這個上海，到處散落著細小的繩索，一不小心，就拉出一段讓簡妮痛苦的往事，或者事實，瓦解她從美國帶回來的美夢。

感到自己在美國建立起來的認同在被上海瓦解，簡妮心裡非常恐懼。她沒想到，范妮在美國遇到的事，她回到中國來時遇到了。她們是那麼不同，但她們卻橫豎就是當不成一個朝氣蓬勃，欣欣向榮、自由自在的美國人。簡妮每天的每個時刻都不高興，她雖然堅持從家裡搬到公司為她租的公寓裡，但爸爸媽媽幾乎每天都給她打電話，在她的答錄機裡留言，每天晚上回家，答錄機上的小紅燈都令她咬牙切齒地閃著。在上班的路上，她討厭被人碰到身體，討厭看到二十六路公交車，到了公司，她走進辦公室之前，心怦怦地跳，害怕遇到迎頭一棒。她常常想起第一次進辦公室，看到勞拉的情形，她從自己現在用的灰色寫字桌後慢慢站起來，她怕自己將要變成勞拉第二。和美國同事在一起時，她常常不高興，要是有人向她學一句上海話，或者問起，為什麼上海的男人穿睡衣在街上走。和中國同事在一起時，她也常常不高興，因為她不得不說上海話，和他們一樣的語言。和中國同事與美國同事一起時，她為中國人的不修邊幅更不高興，他們沒有每天洗頭，他們喝湯時發出響聲，他們站著的時候不挺拔，他們坐下的時候擰著腰身，他們嘴裡有香菸氣味，女同事的襪子不合身，她不知道自己為什麼心裡為他們那麼羞恥，那種不忍目睹的羞恥簡直遠遠超過了憎恨。有一次，簡妮陪 Tim 請日本人在希爾頓吃川菜，席間，也有日本人喝湯霍霍地響，但簡妮覺得，自己和那聲音一點也沒關係。

在上海，簡妮覺得自己就像生活在地獄裡。

簡妮決定自救。

她不敢，也不能在辦公室裡做什麼，所以，她從家裡開刀。

勞拉走後，簡妮就搬到勞拉在龍柏的小公寓裡，離開了那條灰色的弄堂，和父母。她藉口說，合資公司要求她住到前任祕書的公寓裡去，外事部門不願意美方雇員住在上海人中間。這是個光彩的理由，爸爸當時說：「中國人將你當成美國人管了，你小心祕密警察。」但他的神情，很有點得意。聽說簡妮住在龍柏的外國人公寓裡，爸爸媽媽很有點孩子成龍成鳳的驕傲。他們不知道，那裡只是在上海的外國公司低階雇員的公寓，高級雇員都住在虹橋和波特曼右邊的外國人公寓裡。簡妮的房子，不過是一間臥室加一個小客廳，小客廳裡只有一張沙發、一個茶几，還有一只空的玻璃花瓶，臥室裡也不過一個大衣櫃、一張床、一張桌子而已。與家裡的房間相比，這裡充滿三星旅館式的寂寥，但簡妮卻喜歡它與上海沒有干係的漂泊感。她的廚房窗對著門外的走廊，常能聽到鄰居們經過時的說話聲，有人說英文，有人說德文和法文，還有一些日本人，讓簡妮覺得舒服。公寓裡有種咖啡與加了檸檬香料的洗滌劑混合在一起的氣味，與美國公寓裡的氣味十分相似，它讓簡妮感到安心，每次回到公寓的樓道裡，簡妮都長長地舒一大口氣。

廚房幾乎是空的，吊櫥裡只有勞拉當時剩下的半包咖啡，一些煮咖啡用的過濾紙，還有一些通心粉、半瓶橄欖油和幾小盒番茄醬，做義大利麵條用的。還有一包香菸。簡妮看到那上面的小貼條，發現那些東西都是在 K-Mart 買的，想必是勞拉從美國帶來的。簡妮有時在廚房裡用勞拉剩下的東西，爲自己做一杯咖啡，或者一盆蔬菜沙拉吃。

謝天謝地，公寓裡有有線電視，可以看到CNN。簡妮一回家，第一件事，就是將電視打開，讓房間裡有CNN的聲音。看到新聞裡常常一晃而過的紐約，簡妮的心就會「嘩」地跳一下。有時在做事，聽到電視裡面說紐約，簡妮也忍不住吊著兩隻濕手，從廚房裡奔過來看。常常一過來，紐約的鏡頭卻已經一晃而過。

從家裡搬出來時，簡妮帶著自己的全部行李，包括從美國飛機上帶下來的那個 muffin，它乾得像塊石頭一樣。她將它放在廚房的架子上，用一個玻璃啤酒杯罩著。

簡妮總算找到了屬於自己的角落，她在廚房裡唯一的椅子上坐著，喝一杯勞拉在 K-Mart 買的咖啡，經過六月的梅雨季節，咖啡受了潮，香味悶悶的，帶著陳宿的氣味，完全不像當時魯留下來的咖啡那樣香。但它總是咖啡，是美國的咖啡，比上海的咖啡要好，比和平飯店的咖啡要正宗。有時，簡妮像在美國一樣，做夾起司的美式三明治當晚飯，起司還是 Muller 太太每個月到香港買東西，美國同事集體託老闆太太代買生活日用品，簡妮請老闆太太代買的。整個上海都買不到一片起司。簡妮在美國跟 Ray 學會吃起司，那時更多的是爲了營養和方便，她沒想到自己在上海，會這樣瘋狂地想念加在麵包裡的那一片薄薄的起司，找遍上海，都買不到一片起司。Muller 太太是個很親切的美國人，她瞪大眼睛說：「是啊，我最受不了的也是買不到起司。還有比較硬的黑麵包。」簡妮的小三洋冰箱裡，裝的都是香港帶回來的起司片，還有吃熱狗用的芥末醬，在錦江飯店裡的小超級市場裡，有時可以買到熱狗和酸黃瓜，那時，簡妮就爲自己做一個眞正的紐約熱狗，用張餐巾紙包著，就著可口可樂吃。脫離了家的簡妮，終於過上了與住公寓的大多數外國人一樣的生活。

讓簡妮心煩的，就是爸爸媽媽狂轟爛炸的電話，他們要簡妮休息天回家去吃飯，他們要來簡妮的公寓，幫簡妮洗衣服、曬被子、送雞湯，他們要和簡妮在一起。

但是簡妮不要。

簡妮在家也開著電話的答錄機，電話響了也不接，要聽到留言的不是爸爸，她才搶過一步去，接起電話。要是爸爸，她就用答錄機堵他。爸爸充分表現出了新疆知青那種堅強的神經和百折不撓，他就是能一晚上不停地往簡妮的電話上打，一遍遍地留言，不和簡妮說上話，就誓不甘休。

簡妮常常就這樣被爸爸逼回家去吃飯，換來他們不再威脅要到公寓來看她。簡妮不願意看到他們，不願意自己與他們有什麼關係。在柚木餐桌上，看到爸爸因爲骨折過，總是向右側傾斜的背脊，她厭惡得要發瘋。即使是嘴裡含著滿滿一口飯菜，也不能嚥下去。每次被逼得走投無路回家一次，簡妮對家的厭惡就加深一層，她自己都對心裡那勢不可當的厭惡害怕起來，她不知如何收拾。望著因爲她回家而心滿意足的父母，簡妮磨牙霍霍地想，迴避他們，是對他們最體貼的方式，他們卻不懂，一定要弄到魚死網破。但，魚如何死，網怎麼破，簡妮卻不敢想。

她漸漸在公寓裡交了幾個朋友，一個德國女孩，一個荷蘭女孩，她們以爲簡妮是美國的ＡＢＣ，家在紐約的格林威治村住。周末時，她們常常約好了一起去上海的酒吧玩，她們三個人，都喜歡去一個開在地下室裡的酒吧，因爲那裡比和平飯店和希爾頓都更合年輕人的胃口，還可以吃到比較合歐洲人口味的義大利麵條、德國冷肉丸，和加橄欖油和義大利甜醋的沙拉。那裡原來是防空洞，被一個上海女孩租下來，她的男朋友是希爾頓的德國廚師，他們合夥開了這個酒吧，牆上掛著飛鏢，喇叭裡播放的是從德國帶回來的歐洲音樂，吧檯上掛著成串的辣椒、大蒜和玉米，黑板上用眞正外國人寫的那種又圓又大的字體寫著簡單的 MENU，那是簡妮覺得最親近的地方，和她大學裡的食堂黑板上的字跡驚人地相似，菜單也相似，每日的例湯總是有蔬菜湯、奶油蘑菇湯和牛肉古拉須濃湯，和學校食堂的一樣。那酒吧在外國人裡面很出名，所以晚上放眼一望，被桌上的燭光照亮的，大都是形形色色的外國人的臉，聽到的，也大都是各種口音的英文，坐在那裡，簡妮總是想到一句奇怪的話：「一個蘿蔔一個坑。」哪一天，能躲過爸爸的追擊，在防空洞裡消磨整整一晚上，簡妮的心就覺得很舒展，像緊縮的茶葉在滾水裡漸漸舒展開來，還原成一片完整的樹葉，並散發出芳香。那時，簡妮輕輕地談笑，與那些在上海寂寞得發瘋的外國人，當說到每個月從香港買起司回來吃，大家都笑出來，大家都是這樣幹的。燭光照亮了圍桌而坐的人們，空氣中蕩漾著融化的起司臭臭的香味，簡妮感到一種有些甜蜜的惆悵在心裡流淌，她驚奇地想，這難道是鄉愁嗎？對所有的外國人來說，它一定是鄉愁，但她，上海實際上是她的家鄉呀。她的心，竟然也流連在鄉愁裡面，懷念著在世貿中心地鐵站的通道裡，靜默而迅疾的人們，男人下襬微微掀起的米色風衣。

這個星期，從星期四開始，爸爸就開始打電話來，要簡妮回家。開始，簡妮像從前那樣不接電話，企圖躲過去。她抱著胳膊，在電話邊站著，聽爸爸的聲音一遍遍地從答錄機裡傳出來，就是不接電話。但爸爸無休無止，不屈不撓，在簡妮看來近乎無賴。他將簡妮煩得，將手裡的書一把摔在地上。她想過，索性將電話線拔了，讓他的聲音傳不進來，但她知道不能這麼做，這樣，爸爸馬上就會發現她在家。所以，她只能一遍遍被爸爸的留言折磨著。

總算，簡妮發現爸爸的聲音不同尋常，他很鎮定，說得很慢，很堅決，這表示他真的有事要說。簡妮回想起來，爸爸到了要說什麼重大的事情時，才用這種聲音說話。這時，他聲音裡因爲受教育不多而不能剔除的粗魯和毛躁變成了堅決。

簡妮心頭一跳，她猜想，他們終於被自己的態度激怒了。家裡人的臉一一浮現在她面前的黑暗裡，爺爺好像將自己緊緊關在殼裡的蛤蜊，他什麼都當沒看見，回想起來，要是簡妮不跟他說話，他從來不主動與簡妮說話。其實爸爸也是這樣，隨便你怎麼躲著他，他都照樣一團火似地圍著你，洋溢著消毒水氣味。他的感覺好像關在貝殼裡了一樣，只剩下沒有休止的熱情和自豪。簡妮想起來，自己偶爾捉到過爸爸偷眼看自己的眼神，他臉上放著笑，但是已經勉強，眼睛飛快地，幾乎是驚慌地一輪，向她飛來。自己的父親被逼得偷眼看自己，讓簡妮心裡難過。但她看不起這樣的眼神，簡直就是討厭。

但她意識到家裡人已心知肚明，而且就要向她攤牌時，簡妮又有些驚慌。她不敢接爸爸的電話，因爲不知道怎麼面對。到午夜了，爸爸不再往這裡打電話，簡妮去消除答錄機上的留言，看到他已經留了六個同樣的話，就是通知簡妮這個周末一定要回家。

星期六晚上，簡妮索性下班就躲到防空洞的酒吧去了。防空洞的空氣，總有點悶，有種隔宿的潮濕的怪味道。在那裡，她吃了一份義大利蔬菜湯，還有兩片蒜茸麵包，然後要了一杯葡萄酒，準備慢慢消磨。酒吧裡有不少人戴著橘黃色的帽子在喝啤酒，他們在等人，看到有同樣戴橘黃色帽子的人進來，他們便大聲歡呼。簡妮問了過來送酒的酒保，才知道今晚有歐洲的足球聯賽，德國人和荷蘭人比賽，那些戴橘黃色帽子的人，是荷蘭的球迷，他們在這裡集合，準備到附近的錦江飯店看衛星轉播的球賽。

等那夥荷蘭人糾集齊了，走了，酒吧裡突然安靜下來。那安靜裡有種落寞，好像平白無故地，就被人撇下了。簡妮聽到濾咖啡的漏斗在垃圾桶上咚咚地敲著，那是酒保倒掉咖啡渣。

這時，簡妮突然發現，勞拉獨自在一張桌上坐著。那瘦削強硬的樣子，就是勞拉。

「勞拉？」簡妮走過去招呼她。

勞拉居然沒有像她說的那樣，離職後回紐約去，她見了一家獵頭公司的人，他們正好在爲通用汽車找有上海工作經驗的，受美國教育的，能說中文的人，見到勞拉，他們高興極了，立刻就將勞拉推薦給了通用，通用馬上就給了勞拉一個位置，還給了勞拉比挪頓更好的條件，勞拉現在住在波特曼邊上的雙峰公寓，在純粹的美國公司工作，與中國人的麻煩也減輕了。「我跌倒在地，卻在地上看到一個金蘋果。」勞拉說。

「眞好。」簡妮由衷地說。

「你看上海，到處蓋房子，做高架路，做捷運，酒吧裡處處能見到賣笑的漂亮女孩，與當時台灣經濟起飛時候一樣。我接觸了獵頭公司的人，才知道，不少跨國公司都準備進來插一隻腳，我們這樣的人，會越來越搶手。」勞拉說，「只怕這裡比在美國的機會還要多。」勞拉很是有點意氣風發的樣子，她還是一口英文，說得又土又快。

「這麼說，來上海，眞來對了。」簡妮說。

「是的。也許我們抓到了一個大機會。」勞拉說，「只是，要小心捧著飯碗才好。」

簡妮看了她一眼，她明白勞拉的意思。

「我知道自己從前太意氣用事呢，其實大可不必。」勞拉說，「你看 Tim Muller，只管將生意做大，他才是眞正的美國商人。我一個小祕書，卻管了那麼多政治形態，我那時好蠢。」

那天晚上，她們將桌子併在一起，喝了不少葡萄酒。那個晚上，是簡妮回上海後最痛快的一個晚上。在勞拉身上，她看到了希望。

晚上回家，答錄機裡存著一遍又一遍爸爸的留言。

簡妮不得不打電話回家。

爸爸追問她爲什麼不回電，簡妮隨口說，跟老闆去蘇州出差，剛到家，「我的答錄機裡全是你的聲音，像追魂一樣。」

「禮拜天一定回家來一次。」爸爸說。

「要看我加不加班。我們老闆——」簡妮說。

「用不了多少時間的，你不來吃飯也可以，最多一個小時。」爸爸很強硬。

簡妮横下一條心來，準備撕破臉皮。

簡妮沒想到，她一回家，爸爸就直接將她領到范妮的房間裡。二樓走廊裡一個人也沒有，但從那幾扇虛掩著，或者打開著的房門那裡，簡妮能感覺到那些凝神諦聽的耳朵。她知道，他們全都商量好了，讓爸爸出面和自己攤牌。就像范妮在上海的那個下午，也是全家都統一了意見，爸爸和維尼叔叔去和范妮談的。她自己當時就和媽媽在虛掩的房門邊，聽著他們的聲音，還有范妮的哭聲。維尼叔叔房間裡永遠不會消失的靡靡之音，此刻也安靜了，就像他們與范妮談話的那個下午。家裡充滿了不同尋常的寂靜，彷彿一種靜靜逼來的壓力。簡妮再次告誡自己，千萬不能像范妮那樣就範。

爸爸和簡妮分別落了座，爸爸張嘴就說：「我就是想告訴你，我們對你的希望。」

果然，他是準備好了的。

簡妮直視著爸爸，準備爸爸一停下嘴，馬上就接著說：「我不能按照你們的希望做。」她知道，第一句話是最困難的，所以一定要開門見山，也不給自己留退路。她有點高興爸爸的開頭這麼自私。這讓事情變得好辦多了。

「我們對你的希望，不是要你爲王家光宗耀祖，也不指望你將我們全弄到美國去，當美國人。我們對你的希望，是希望你有自己的新生活。是你能當一個美國人。哪一天，你不需要這個家，不需要我們，我們眞的只有高興，沒有怨言。我們只要知道，你再也不會被人打翻在地，再踏上一隻腳，永世不得翻身，就可以了。」

簡妮看著爸爸，不能相信自己聽到的，竟是眞的。

「我要當面告訴你，就是怕你會有精神負擔，以爲自己良心過不去。不要這樣想，你要知道，你做的，也就是我們希望你做的。」

『我們』，還有誰？」簡妮問。

「我們全家人。」爸爸說，用手指向走廊那裡的房門畫了個圈，「我們不是你想像的那麼小家子氣。我們都是眞正識大體的。」

「那麼媽媽呢？」話已到嘴邊，可簡妮終於沒有問出來。要是媽媽眞的和爸爸一致，她應該和爸爸一起對簡妮說。可是，要是媽媽與爸爸的想法不一致，簡妮一定要問個明白，又能怎樣？又能做什麼呢？簡妮看了爸爸一眼，輕輕點了點頭，什麼也沒問。只是說了一聲：「謝謝。」

她看到爸爸的臉上亂雲飛渡，就像從前在格林威治村，她帶范妮去看病前，到爸爸房門前去告別時，他臉上的樣子。簡妮這時強烈地感受到，爸爸心裡的另一種更爲眞實的渴望。它在他的心裡湧動，簡直就要噴薄而出。但簡妮決心忽略它。她鎭定地看著爸爸說：「你是知道的，我想要做的，一定能做到。」

簡妮看到爸爸的臉色一暗，但他也馬上鎭定下來。他的下巴微微向外突出，臉上出現了擔當的勇敢。這樣子讓簡妮想起了大學軍訓時打槍的靶子。在那上面，清楚地指明了將要被打擊的位置，準備好了要被打得百孔千瘡。簡妮不知道，在范妮回上海的時候，也曾在爺爺的臉上看到過同樣的神情。在范妮的心裡，當時也有過同樣關於靶子的聯想。她們姊妹在心裡的驚痛和厭煩，都是一樣的。

簡妮迅速地離開了家。

她又來到防空洞酒吧。星期天晚上，是酒吧最寥落的時候。和勞拉一起喝過酒的桌子空著，和公寓裡那些女孩一起吃飯的桌子也空著，簡妮坐到吧檯的高凳上。那裡很陌生，高高地吊著，她心裡有種迷路似的感覺。但她喜歡那裡明亮的燈光，能看到酒保在杯盞間忙碌，蒸汽機赫赫地響，有點暖意。要了一杯葡萄酒，將酒在嘴裡涮過，滿嘴都是千邑清洌的酸澀，好像黏膜都縮起來了。簡妮感到自己像是一個假裝飛鳥的小孩，自己以爲可以往天上飛，所以從高台上縱情躍下，但實際上，卻重重落到事先已經鋪好了的一厚疊棉被上，軟軟地陷在棉被溫暖的浮塵氣味中。

這時，簡妮感到有一隻手搭在自己的膝蓋上，一隻毛茸茸的大手，帶著男用的香水氣味。是老闆香水的氣味，和武教授的那一款相同。

她順著那隻手向旁邊看去，是一個白人，他也看著她。他的眼睛在吧檯的燭光裡藍得像兩滴水，簡妮想起了挪頓公司窗下的哈德遜河。

簡妮不知道這是怎麼回事，她以爲是自己的幻覺。

他說了句什麼，但是簡妮聽不懂他的話。於是，他又慢慢地重複了一遍，原來他說的是漢語，「小姐漂亮。」

「小姐漂亮。」他說。

簡妮這才反應過來，這個白人將自己看成是上海酒吧裡專門釣外國人的上海小姐了。

「馬上拿開你的手。」簡妮低聲喝道。

他大吃一驚，馬上將手抽回去：「抱歉，我不知道你是美國人。非常抱歉。」他說。

簡妮看著他不說話。她沒想到，自己居然沒有請他吃耳光。他也是美國東部的口音。簡妮覺得十分親切。還有更親切的，是他馬上斷定，簡妮是個美國人。

簡妮聳了聳肩膀，說：「好吧，不算什麼。」

「有時候太寂寞了啊，所以只好在酒吧裡認識女孩子。」他自嘲地笑笑。

「你在這裡做什麼？」簡妮問。

「我是勞思萊斯精細化工公司的上海首席代表。」他說，「這眞是個寂寞的城市啊，一到下午六點，天就黑了，城市也黑了下來。人們都消失了，好像灑到地上的水銀一樣。而且，這也是個奇怪的城市，不像美國，也不像中國。你住久了才會知道，這個城市眞的奇怪。」

「眞的？」簡妮說，「我覺得它不是美國，就是中國，非常中國。」

「那是你住得不夠久，女孩。」他極其自信地說，「你來這裡做什麼？」

「我在挪頓兄弟公司工作。」

「你住在哪裡？我指在美國。」

「紐約的格林威治村。」

「太巧了，我就住在紐約的布朗克斯。當然，我的街區沒你的好。你是富人區裡的。」

「富的是我家，不是我。」簡妮說，她想起從前 Ray 這樣說過。

他笑了，愉快地看著簡妮，說：「你眞是一個地道的美國女孩。」

「我叫邁克。」

「我叫簡妮。」

他們握了手，正式認識了。邁克突然笑了笑。

「爲什麼笑？」簡妮問。

「你看，邁克和簡妮，再地道不過的美國名字。」

「我就這麼像上海小姐嗎？」簡妮問。

「不，不像。你一說話，就一點也不像中國女孩了。」邁克說。

「聽上去，你好像並不喜歡上海。」簡妮問，「那你爲什麼不回美國去？」

「為了錢。」邁克誠實地說，「眞的就是爲了錢。我在中國，拿到的錢比美國多太多，支出的卻十分有限。我可以雇女傭，住大房子，受到人們羨慕的注目，漂亮女孩子的垂青，有時候簡直像好萊塢的明星，周末去東南亞或者香港，生活得很奢侈。你知道，在美國，這樣的生活不能想像，我不習慣上海，但不捨得我在上海的生活。」

「啊，所以你會說中國話的『小姐漂亮』。」簡妮搖著頭笑。

「請原諒我。」邁克的額頭和眼皮都紅了。

你的襪子都抽絲了

美國挪頓總公司的大老闆到香港的亞洲總部視察，將東南亞地區各個挪頓分公司經理都招到香港開會。

Tim Muller讓簡妮爲他準備開會的材料，這次，簡妮算是眞正體會到Check、Push、Remind的不易。叫她「買辦王」的那些人，連一根迴紋針都不會幫她夾。原先，簡妮大部分工作是案頭的，與美國總部聯繫，照顧Tim的日常工作和約會。除了平時的翻譯，與中國同事的接觸，大都是他們通過簡妮和Tim談話，遞交需要簽字蓋章的文件。簡妮從不和中國同事們多話，她膩煩他們，覺得他們臉上，無論如何都有種卑微的氣質，在那樣的氣質裡，能感到仇恨、動盪、貧窮、乏味、算計、提防、諂媚、痛苦，種種可怕的生活留下來的痕跡。她很少正面看中國同事的臉，生怕自己變回到他們的樣子。她總是垂著眼皮。她不像勞拉那麼尖銳和外露，而是像牙痛那樣悶悶的。有時，看到王建衛在她桌子前等Tim的簽字，被她的臉色逼得坐立不安，寧可在走廊裡等，簡妮心裡還覺得解氣。

這次爲 Tim 準備開會的材料，簡妮才知道了厲害。勞拉當初告訴她總經理祕書這個位置，在公司裡微妙的地位，她是個低階的職員，但又可能是老闆的心腹，她能像老闆一樣幫人，也可以像老闆一樣害人。「你可以當天使，也可以當妖精。」勞拉說過。但是，簡妮學到一個祕書對各部門負責人的依賴。她是可以給別人臉色看的，但別人也可以難爲她，使她在需要合作的時候寸步難行。簡妮永遠不能按時得到報表，無法找到準確的統計數字，簡直讓 Tim 懷疑她的辦事能力。Tim 兩句重話一說，簡妮覺得自己的地位立刻瓦解。她像失寵的小妾一樣，處處能看到幸災樂禍的眼神。連保潔的阿姨都來欺負她，居然面對面告誡她，最好把廢紙扔進廢紙簍裡，不要團在地板上。連管文具的內勤祕書都敢讓她自己去拿快遞的專用信封，不給她送過來。

在簡妮看來，那些只能羨慕她的人，如今竟爭當她的對頭，這可眞把簡妮氣瘋了。

好容易爲 Tim 準備齊了，他去了香港。大老闆認爲香水在中國地區的增長還是太慢，照美國的推算，中國那麼巨大的人口，每一千個人中，至少會有一個人買一瓶香水。而現在的銷量，與市場預期相比，簡直太小了。She 牌香水在菲律賓市場的銷售情況，都比中國市場好，這讓 Tim 很尷尬。兩個星期以後，大老闆要親自到上海來。

從香港回來，Tim 將一只紙盒交給簡妮，那是他給參加每周例會的中國同事的禮物：「教會他們每個人使用方法。告訴他們，我再不想看到哪怕一片頭皮屑。」他將食指豎起來，用力在脖子那兒橫著一劃，「告訴他們，下個星期一開會時，他們的領子必須是乾淨的。」

盒裡是一些橢圓形的塑膠刷子，專門用來刷領子上的落髮和頭皮屑，它的刷毛斜斜地排在刷柄上，一刷而過，就能將衣領上的頭皮屑完全吸進刷子深處。

簡妮知道 Tim 終於忍不下去了。他要是在香港得了誇獎，大概還能將那些頭皮屑忽略不記。要是大老闆不來，Tim也許也能再容忍一陣子。甚至，要是身上帶著頭皮屑的中國人在每周的例會上不那麼糾纏不清，Tim都會繼續鍛鍊耐心。他曾好幾次對簡妮說過，他不能去教一個成年人如何保持個人衛生，這樣太唐突了。「我知道因爲政治和意識形態，還有文化背景方面的原因，我們的關係已經很複雜了。我得很小心，很小心。」Tim說過。簡妮那時也表示不能忍受那些沾在肩膀和領子上的頭皮屑，也不能忍受抽菸的人嘴裡熱烘烘的菸臭，比如王建衛。「我不知道他們用什麼牌子的洗髮精洗頭，能將自己的頭洗成這樣。」Tim說。簡妮想起，在新疆時爸爸媽媽都用肥皂粉洗頭。但她說：「我也很好奇，只是不能直接問這樣的問題。」當時，Tim還說：「那當然，那樣太不禮貌了。」現在Tim終於忍無可忍。送刷子，總不像上次送M&M巧克力豆那樣令人愉快，多少有些難堪，所以，這次他讓簡妮出面。

簡妮捧著盒子，從Tim的辦公室退出來，回到自己座位上。她數著那些刷子，算著應該送的人：許宏、王建衛、克利斯朵夫，還有財務部的人，人事部的尼娜，以及生產部門的人，送給許宏有點不忍，他是個要面子的人，但他身上能看到多年工廠生活給他帶來的邋遢。至於其他人，簡妮心裡一一浮現出他們的樣子，帶著借刀殺人般祕而不宣的快意。他們像窄一號的高跟鞋的後鞋幫那樣讓她舉步維艱，她就會讓他們不得不自慚形穢。

教會他們怎麼將自己的衣服領子刷乾淨，就像教他們怎麼使用牙刷一樣。這是帶有侮辱性的。簡妮雙手按著盒子，就像準備付錢的人將自己的雙手按在錢包上那樣，她知道自己可以而且應該將錢付出去，但心裡還是有所忐忑。簡妮第一天開始工作時，Tim就已經告誡過她，他希望簡妮能成爲美方和中方之間的橋梁，使雙方能盡可能準確無誤地理解對方的意思，減少誤會。後來畢卡迪先生也告訴過簡妮，她應該對挪頓公司絕對忠誠，能將困難的工作利用自己的背景不打折扣地完成，但也能充分理解中方意圖，並將他們的意圖一絲不漏地傳達給美方，「沒有你，岸兩邊的人就什麼也做不成。讓他們離不開你，特別是要過河的那一方。」畢卡迪先生像無錫大頭泥娃娃那樣微微地，不間斷地在脖子上晃動他的頭，「這才是所謂橋梁。」簡妮雖然不喜歡他，卻不得不看重他。她知道，他說的都是金玉良言。她要做的，就是 Tim 覺得困難的。

簡妮的心情有點複雜。她知道自己橫豎都是要完成這件事的，她私心裡也極願意看到他們出醜，她從美國回來，成爲美國雇員，一洗倒楣蛋的晦氣，滿臉美式的自信與燦爛，他們還是不買帳，還想隨便爬到她頭上，再踏上一隻腳，讓她還是不能翻身。簡妮爲擺脫過去，離開了家，得罪了親人，做了內心鮮血淋漓的努力，但這些中國同事卻也像印地安螃蟹那樣，將她緊緊拉回到中國。他們還是用原來對她家的態度對待她，他們想讓她萬劫不復。簡妮不能甘心，不能服氣，不能罷休。在沒去美國之前，她知道自己是一定要去美國的，對中國很淡漠。現在，她知道自己是恨中國的，它是她生活中的百慕達，只要接近它，它就會將她吸進無盡的黑暗之中。她感覺到自己與勞拉在精神上的某種相同之處，Tim 認爲，她和勞拉都有 Culture Fit 的臉，應該可以減少當地人的敵意和陌生感。但簡妮與生俱來地知道，比起恨外國人來，中國人更嫉恨買辦和漢奸。所以，她一直記著勞拉在挪頓的下場。她感覺到，自己比 Tim Muller 更應該藏起自己的鄙夷。那是見不得人的。

她想到格林教授寫的王家歷史。從前的寧波人，有很重的鄉土觀念，死後一定要在故鄉入土。所以，在上海生活的寧波人，可以半生住在上海，死後卻一定要將棺木運回寧波才下葬。在玄祖父的時候，王家曾經是上海寧波人同鄉會的重要角色，每年捐錢，送在上海的寧波人棺木返鄉安葬。那時等待回鄉的棺木，就停在四明公所裡。當時法國租界的管理機構認爲，在市區久停死人棺木不衛生，夏天時，棺木裡時時流出屍體腐爛的膿血，招來蚊蠅肆虐，會造成疫病流行。法國人要搬走寧波人的簡易墳場。但遭到寧波人的一致反對。寧波人認爲那是外國人要占四明公所的土地，要挖自己的祖墳。法國人的決定遇到了中國人堅決的抵抗。四明公所事件，在中國人認爲，是上海人民族尊嚴覺醒的重要標誌性事件。當時，許多寧波籍的資本家和買辦都加入抗議的隊伍，參加罷市，支援罷工。但王家卻沒有參加，甚至王家的店鋪都沒有在統一罷市時關門。因爲他們認爲，寧波人在四明公所的簡易墳山的確是不衛生的。他們的態度，被同鄉會譴責爲忘記祖宗。從此，王家脫離四明公所，不再參與寧波人同鄉會的事務。而另一個寧波買辦虞洽卿長袖善舞，他在寧波人那裡當爲寧波人出頭，與法國人爭土地的領袖，在法國人那裡，借自己在寧波人那裡的威望，成爲調停矛盾，保全法國人面子的重要人物，在寧波人和法國人兩頭都占盡風光。他成爲四明公所事件的最大贏家。格林教授認爲，王家的第一代王筱亭，主動脫離與李鴻章洋務派的瓜葛，只與洋人來往。第二代、第三代，王崇山和王佩良，又主動脫離寧波同鄉會，他們的家族就這樣逐漸形成更世界主義的世界觀。他們看世界的標準，更接近全球化的標準。這是他們作爲一個買辦世家的生存基礎。

在紐澤西讀格林教授的書時，簡妮只是覺得有趣，她認爲，玄祖和曾祖很開明，而虞洽卿是聰明。此刻，簡妮找到了他們身上的傲氣。那種傲氣，讓簡妮心裡一熱。她爲他們感到自豪。她雖然連家都不願意回，但一遇到問題，她的參考對象，卻沒有離開過自己的家和家庭的歷史。每一次，她都能在那裡找到一點東西，那東西，就像是使X軸和Y軸相交的那個O。找到了那個O，她往往就能找到能支援自己的理由。這次，她找到了比報復更正當和理智的理由。要求與挪頓合作的中國管理人員注意儀表，這是來自文明世界光明正大的要求。

Tim匆匆從辦公室出來，到小會議室裡去，他找畢卡迪先生和瑪利亞露依莎開會，準備大老闆來上海的會議。經過簡妮桌子的時候，他看了她一眼。也許他是無意的，但簡妮在他像鷹一樣的濃眉下看到了一閃而過的驚疑，好像很奇怪她還有時間坐在桌前發呆。她覺得老闆是在責備她，準備材料搞不定，連發禮物也搞不定，這不是個廢物麼。他一定連想都想不到簡妮心裡有那麼多曲裡拐彎的隱衷。他邁著紐約人的大步，嘩嘩向前走，毫不在乎簡妮面臨的夾縫。

簡妮慌忙站起來，拉平身上的裙子。

她決定從許宏開始。許宏是個君子，可以小試牛刀。而且，她對許宏，也很好奇。她聽說，他已提出辭職。他要去一家南匯的鄉鎮化妝品廠做總經理，中國同事風傳他出身在上海的肥皂廠老闆家庭，是民族資本家家庭的小開，終於不甘心被美國人壓著，要自己做老闆。聽到這樣的傳說，簡妮對許宏是有點刮目相看的意思，但同時心裡也更覺得他短視，他放棄哥倫比亞大學的學習機會，卻是要在一個鄉下暴發戶手下當總經理，自己將路越走越窄，越來越邊緣，而且，越來越危險。她想，也許他家是紅色資本家，像榮家那樣，就算家產全被充公了，比太平洋戰爭的時候還糟糕，但共產黨也總算保全了他們的面子。

簡妮知道，這件事不能由克利斯朵夫先通報，她得先避開這個炸藥引子。所以她將盒子放在腳邊，先整理 Tim 要的報表，一邊等機會。

克利斯朵夫一離開，簡妮馬上去敲許宏的門。許宏一抬頭，她馬上就開門進去，並迅速在身後關上辦公室的門。她說：「對不起，許總，我沒有通報就來找你。」

許宏把手裡的紙放下，詢問地看著簡妮。

「聽說你要離開了。」簡妮不忍馬上開口。

「是的。」許宏點點頭，他有點戒備，以爲簡妮是 Tim 派來打探的。

「我不知道怎麼說，這是我完全私人的想法。中國的資本家應該有很痛苦的歷史，你還沒有怕啊。馬克思主義的歷史觀怎麼說，歷史總是螺旋形的上升。」簡妮說。

「你馬克思主義的歷史觀還學得眞不錯。」許宏笑著搖頭。

「我只是非常好奇，而且，我很感謝你對我的包容。」簡妮說，「還有幫助。」她婉轉地提到了在她爲Tim準備材料時，許宏幫她從市場部要報表的事。這是簡妮深以爲恥的事情，突然提起，簡妮的心像被燒了一下，不得不掩飾，「我還記得，我第一次去食堂吃飯的時候，還是你幫我找到的位子，而且我們是在一起吃的飯，你吃雙份炸豬排。」簡妮微笑著。

「是的，吃一塊不過癮。」許宏笑了一下。然後，他點點簡妮手裡的盒子，「那是什麼新式武器？」他看出來簡妮還有正事。

「是Tim的禮物。」簡妮說，「Tim這次回來，爲各位中國同事帶了小禮物。」說著，簡妮拿出那柄刷子，「是專門清潔西裝上落髮和頭皮屑用的刷子，很好用的。」簡妮點了點許宏的肩膀，「Tim說，我們是合資企業，會有很多中國人和美國人來我們這裡訪問，大家都要注意維護公司形象。」

許宏的臉漲了一下，他趕快側過頭去，看看自己的肩膀，並馬上伸手拍打那裡的頭皮屑。細小的頭皮屑彈起一下，又沾回到他的肩上。

簡妮趕快說了聲：「May I……」她走上一步，用刷子在許宏肩上一刷，頭皮屑立刻被刷子吸了進去，深藍色的衣領上留下一道乾淨的刷痕。

簡妮輕輕驚呼道：「哎呀，這刷子眞好用！到底是日本新產品。」

許宏側過頭來看了看，也說：「眞的。」

簡妮就勢將那柄刷子遞到許宏手裡，說：「你試試，很方便的。」

看到許宏自己用刷子刷掉領子上的頭皮屑，簡妮鬆了口氣。

許宏將刷子在手裡掂了掂，又看看簡妮。他淡淡笑了聲：「這裡面，也有挪頓的美國總部要來人的關係吧。就像我們市府領導來視察合資企業時，我們也要大掃除一樣。」他說。

簡妮說：「Tim 是好心，看到香港有新產品，買來送給大家。」

「但他只送給中國人，對嗎？」許宏說。

「我們身上沒有頭皮屑。」簡妮說。許宏責備地看了她一眼，什麼也沒說。

離開許宏的辦公室，簡妮定了定心，她發現自己沒有想像中那樣自得，倒滿心都是不知舒暢還是鬱悶的奇怪感受。她抱著那盒刷子，在辦公室裡站了站，她聽到外面在颳大風，將院子裡的標語牌搖得「空空」直響，和她小時候聽到的聲音一模一樣。簡妮沒想到，許宏責備的眼神那麼讓人不舒服。她覺得自己什麼地方錯了，在正確無疑的前提下。她想起自己十六歲離開阿克蘇時的情形。一切都準備好了，她最後一天晚上與父母一起在團部中學的操場上乘涼。深藍色的夜空裡，擠滿了明亮的星星。她很容易就找到了銀河，她們家的人管它叫牛奶方法。戈壁邊涼爽的夏夜，媽媽身上淡淡地散發著花露水的香味，風穿過白樺林，發出她熟悉的，充滿了回憶的聲音，她驚奇地發現了自己心裡的不捨。

簡妮不肯讓心裡的猶疑侵蝕自己的勇氣，於是決定馬上去各辦公室發刷子。經過克利斯朵夫的桌上時，她突然在克利斯朵夫沒關嚴實的抽屜裡，瞥到一本封面十分熟悉的書。簡妮馬上想起來，那本書，是《托福考試應試技巧》，專門教考生在沒聽懂的情況下，怎麼蒙題。自己在上海時，也仔細研究過這本投機取巧的書。

簡妮心裡冷笑一聲：「什麼叫既要做婊子，又要立牌坊？」她心裡憤憤地說。那憤怒，給了她動力。

爲了防止自己再說出一個「我們」這個把柄來，簡妮只開口閉口將 Tim 掛在前面。有的人像許宏一樣，馬上就看自己肩膀上是不是有頭皮屑留著，有的人不知所措地看著簡妮，好像奇怪她怎麼會說出這種話來。還有的人，馬上就拉下臉來，王建衛就是這樣。簡妮料想到他會是最難纏的，所以最後再到他的辦公室。她想，Tim 找了市場部的美國總監去開會，沒有叫王建衛，簡妮想，他也許會爲此生氣。

他將西裝披在肩上，將兩隻手插在毛背心裡，欠著下巴看著簡妮。他的樣子，讓簡妮一下子就想起了蘇聯電影裡的列寧。簡妮一直都厭煩他時時事事都是國際鬥爭的風格，討厭他粗鄙的英文發音，記恨他在報表上刁難簡妮，笑嘻嘻的，用眉毛罩著眼睛。簡妮將刷子輕輕放在他桌上，多看了一眼他的肩膀，她忍不住加了一句：「現在你是在合資公司工作，Tim 請你多注意個人衛生。」

簡妮沒忍住，有意想讓他尷尬。

王建衛顴骨寬大的臉漲得通紅，手從背心裡伸出來，拉扯住背心，那是一雙寬大結實的手，能看出來它們做過許多力氣活。他受了奇恥大辱的樣子，讓簡妮心裡一抖，覺得自己做得過火了。她剛想要補救，但王建衛卻已經緩過氣來，他提起鼻子，在臉上拉出一個笑容，笑嘻嘻地橫了她一眼，對簡妮說起浦東鄉下話：「王小姐，大概老早舊中國時候的洋買辦，都是這麼做的噢，主子發個話，買辦就跳上跳下。這種做法，是有傳統的。」

他那一口愚鈍裡夾著狡黠的鄉下話，像滑稽戲，逗得一辦公室的人都笑了。這笑聲正是他想要的，王建衛在由他引起的笑聲中得到了鼓勵和支援，他飛快地看了大家一眼，臉上的恥辱被必勝的笑容遮住，漸漸充滿了嘻笑怒罵的勇猛和兇狠。簡妮心裡怦地跳了一下，血湧到臉上，漲得血管乒乒地跳。她心裡跳動的是驚慌和仇恨，她說：「是啊，是爲美帝國主義服務的走狗囉。」

「呀！」他像唱滑稽戲的人那樣，「刷」地瞪大眼睛，揚起眉毛，「我還以爲簡妮王小姐是原封阿美利加，不懂中國的名詞術語呢。原來王小姐眞的是我們上海人，只是包裝得好，讓人看不出。你說得不錯，說得不錯呀！」他說。

「你拿美國公司的工資，怕是也擺脫不了走狗的干係。」按照簡妮的想法，拿誰的錢，就要爲誰服務，就是誰的人，這是天經地義的事。她知道中國人在合資的時候，堅決要求中方和美方的人員同工同酬，但，中方人員實際上還是只拿國內的工資，他們工資中高出國內工資的那一大部分，都被存入了一個固定帳號，收歸國有。中方人員對這樣的做法也有微詞，包括王建衛。她要點一點中國人的痛處，讓王建衛有苦說不出。

王建衛又「呀」了一聲，再次揚起眉毛，嘖嘖地吧嗒著嘴，看著簡妮搖頭，「我倒沒有想到，王小姐以爲我們這裡眞的資本主義復辟了，人人都像你一樣了呢。老早我們說，某種人是屋檐下的洋蔥，根焦葉爛心不死。到底還是有道理。王小姐啊，我倒要向你說明一下我們中國的情況了，你在海外多年，不了解哦。」王建衛點點地，又指指天，「我們此地，是中華人民共和國，是人民當家作主的社會主義國家，帝國主義老早就被我們趕走了，買辦也老早被打翻在地了。你想在這裡討生活，就要把眼睛擦擦亮。」

「Tim讓我轉告，因爲說明書是英文的，所以讓我一定教會你刷子的用法。」簡妮打斷越戰越勇的王建衛。他開始說到勞拉，這正是簡妮的痛處，她體會到王建衛話裡威脅的意思，合資企業裡中國人的感受，也可以決定一個美國祕書的命運，這是令簡妮覺得最不安全的地方，她最怕看到，自己即使是變成了孫悟空，能一個跟頭翻出去十萬八千里，但還是逃不出如來的手心。這種逃不出去的恐懼，與要逃離的願望，像一個人和他的影子一樣，從小就跟著簡妮，清醒時是她做一切的動力，睡著時是她的噩夢。她看著王建衛那張紅色宣傳畫上方方正正的領導階級的臉，又恨又怕。在王建衛鏗鏘的聲音裡，簡妮緊緊握住刷子，自顧自對王建衛說，「你看，刷子的毛是斜的，很容易將掃起的頭皮屑吸進刷子深處。」然後，再將刷子放回到他桌上，向他推過去，「你這麼能幹，一定一聽就懂的。那就照著總經理的吩咐做吧，我的任務完成了。」簡妮抬起下巴，對王建衛笑了笑，拿起盒子，快步離開他的辦公室。

到了走廊裡，簡妮才覺出自己兩個膝蓋簌簌地抖著，手心裡全是冷汗。她不能相信剛剛發生的事，不能相信自己竟然被人辱罵和威脅。在國際市場營銷學的實戰練習時，她穿的就是身上這套衣裙，她爭取到了小組主講的機會，她的小組爲要進入南美市場的 Tang 做戰略計畫。他們都很有激情，去說服對 Tang 陌生的、冷漠的當地人，心裡懷著征服的豪情。那是在美國課堂裡開花結果的天眞和奮勇，簡妮想，那時自己的屋頂上，飄揚著的，是星條旗。她的心裡閃過爸爸歪斜的身體，甚至爺爺的臉，她想，他們拚死爭取的，就是要跳出如來的手心吧。

王建衛的辦公室開著門，想必他們剛剛爭吵的聲音，別的辦公室也聽得到。經過別的辦公室時，簡妮看到其他辦公室裡的人，都從他們的桌子上默默看著她。她提起一口氣，緊緊吸著小腹，想要控制身體的顫抖，一邊挾著盒子，像挾著一本書，保持莊重的樣子。她覺得自己的臉很繃，下巴抬著，表示不屈，眞的有點像勞拉的樣子。

長長的走廊，盡頭是她的辦公室。她看到自己辦公室裡，克利斯朵夫正半坐在桌子邊，他那平扁的後腦勺，與所有外國孩子的鼓後腦勺都不一樣，簡直有世界觀上的差異。那個又平坦又結實，橫著一根倔強枕骨的後腦勺，簡直就像電影裡拿著鬼頭大刀的義和團。他和王建衛不同，並不僅僅政治化。他太年輕了，對不喜歡的東西，一定要置之死地，而且他有足夠的精力和熱情。簡妮的心又是一抖，這盒子裡的最後一把刷子，就是屬於他的。

她一拐，走進走廊上的衛生間，一屁股坐在馬桶上。

鎖了的衛生間是世界上最安全的地方，只有中國廁所裡淡淡的尿臊味，正在漏水的水箱，襯托著這窄小空間裡的寧靜。簡妮用手握著兩個膝蓋，不讓它顫抖。然後，又將整個身體壓了上去。她看到馬桶前面的馬賽克地上，有一小塊尿鹼的污漬。在簡妮的記憶裡，這是中國廁所裡熟悉的痕跡。那種不知是振奮還是鬱悶的感覺又出來了。

「我應該這麼做嗎？」她問自己。

「我不得不這麼做。」她回答自己。

她又問自己：「我做得聰明嗎？」

「不聰明。」她又回答，她想起虞洽卿的故事。他是多麼沒有原則，那時，就是他已經發家了，可骨子裡還是個一心往上爬的窮光蛋，他心裡還來不及建立尊嚴和原則。而王家不同，王家的上一代已經富了，玄祖和曾祖心裡多了驕傲。到了自己身上，不光有驕傲在心裡戳著，還有一股雪恥的惡氣。

這時，簡妮想起了在Gap店裡看到的，在射燈明亮而柔和的光束下，鮮豔、柔軟而且暖意融融的紅色毛衣，它吸引著人走近它，想要伸手觸摸它，人們以爲自己想要摸摸它，其實，是一種引誘人心裡欲望的營銷戰略，征服是在溫文爾雅中，不知不覺，而且心甘情願地完成。然後，簡妮想到She牌香水的廣告，一個穿工裝褲的純情女孩，在香水的作用下脫胎成穿夜禮服的雍容夫人。這廣告裡，那種潛在的對自由與享樂的暗示，煽動著人們拘謹價值觀下的欲望。要是這個廣告放在美國，簡妮會覺得它太幼稚，但放在中國，卻有著要星火燎原般的意義。簡妮想，自己可能應該按照美國式營銷戰略的方式，好好動腦子，而不要動感情。

膝蓋不發抖了，身上有點軟綿綿的，簡妮將自己的身體放鬆，向後靠去，將後背抵在冰涼的陶瓷水箱上。

「能做得更好嗎？」簡妮問自己。

「一定能。」她回答。簡妮想，要是勞拉像生鐵一樣硬的話，那她就要像鋼一樣，硬而堅韌。

簡妮把擱在膝蓋上的盒子抱好，站起來，整理了自己的衣服，開門走了出去。

克利斯朵夫正在電腦前工作，他穿著藍色的拉鍊粗毛衣、牛仔褲、耐吉的籃球鞋，就像那些大學裡熱中於美國籃球的中國男生，而且，他在抽屜裡收著一本托福聽力考試技巧。

「Hey.」她招呼他，「剛剛 Tim 要給你刷子，是他出差送大家的小禮物。他們美國人和日本人一樣，最喜歡用這種新鮮的小東西，你正好不在辦公室。」簡妮說，「是個新產品，Tim 本來是送總監一級的，但特別也送給你，他說年輕人會喜歡這種設計聰明的小東西。」說著，簡妮聳起肩膀來，說，「他喜歡你。」

克利斯朵夫有點尷尬地笑了笑，他沒想到簡妮會對他說這些。一時，他不知道該怎麼應付這局面。他說：「我沒看出來，這個美國人對誰都挺好。」

「刷子的毛是斜的，我還是第一次看到這樣的刷子。」簡妮說，她看了他的頭髮一眼，他的頭髮油耗耗的，但謝天謝地，沒有頭皮屑。

「那是爲了讓頭皮屑和落髮更容易刷乾淨。」克利斯朵夫看了看說明書，他說著，伸手將自己半開的抽屜關嚴。

「一種物理原理吧?」簡妮問。

「這是物理的基本原理。」克利斯朵夫回答。

簡妮鬆了一口氣。看來，這克利斯朵夫第一喜歡那些新鮮的舶來品，第二喜歡Tim的認同。簡妮想，當他們不能得到世界的時候，他們是民族主義的，當世界向他們敞開的時候，他們就變成是世界主義的了。大概，他將來得不到美國簽證，就會立刻成爲一個愛國者，但要是他在美國學有所成，也會與簡妮競爭這個美國公司海外雇員的位置。簡妮想，他比起自己，遊刃有餘多了。簡直就像是虞洽卿與王崇山。

簡妮回到自己座位上，盡量做出平靜如常的樣子。「這心裡的，到底是舒暢還是鬱悶呢?」簡妮不能肯定。

Tim回辦公室，臉色不怎麼好看，路過簡妮時，他敲敲簡妮的桌子，讓她跟他到辦公室。簡妮隨手抓了速記本，就跟他走進去，順手關上門。

「這是什麼時候，你怎麼能跟中國人衝突!」Tim兩眼緊盯住簡妮，好像要將她吃了一樣，「你怎麼能這樣做。那是禮物，你難道不會送禮物嗎?」

簡妮驚呆了。她一直認爲自己是Tim的心腹，她適當地表達了Tim的不滿。她以爲Tim一定會站在自己一邊，她那滿腹的委屈，都可以靠在Tim肩膀上哭。

「我眞不能理解你們中國人爲什麼不能與自己的同胞好好相處。我以爲勞拉是台灣人，與大陸的政治形態有衝突。我沒想到你也不行。要是在工作上有衝突，我能理解。但我了解，你們的衝突都是莫名其妙的，跟工作沒有關係的原因。是不是這樣?你們將私人感情帶到工作中來，把我們與中國人之間的關係弄得更加複雜。」Tim根本沒意識到，簡妮還有滿肚子想法，他接著說，「我不知道爲什麼你們中國人總是仇恨彼此。」

他也提到勞拉！他將勞拉和自己歸在一類裡，將她們與中國人歸在一類裡。而他，是另一邊。這樣殘酷的劃分，簡妮認爲是她有生以來的第一次。從前，所有的人，都鼓勵她成爲一個眞正的美國人，甚至海爾曼教授。他不給她分數，都眞的是爲了她好，都眞的要幫她像美國孩子一樣思考問題。而 Tim 卻一刀砍斷了她的命脈，就像當初魯對范妮那樣。簡妮緊握著手裡的小本子，不相信自己的遭遇竟是眞的。她恍惚地想：也許等一下就醒來了，發現是個噩夢而已。簡妮想，就是自己的噩夢，都從來沒夢到過如此情形。

「你和他們搞好關係，和諧相處，這用得到我來教嗎？」Tim 還不肯罷休。

「是的，不用。」簡妮低聲說。

她看到 Tim 臉上一震，好像被頂撞了一樣。簡妮心裡一驚，她突然吃不準，接 Tim 這句反問句，應該先用 Yes，還是應該先用 No。這個句型與漢語的思維正好相反，初學英語的人，最容易搞錯，將 Yes 和 No 用反了，那句話的意思就正好反了。簡妮的本意，是 Tim 不用教她怎麼與中國人相處。要是用反了，就變成她要 Tim 來教她怎麼與中國人相處，就變成了賭氣的意思。看 Tim 滿臉都是餓鷹撲食的樣子，簡妮驚恐地意識到，自己一定眞的把意思說反了。她簡直不能相信，自己會犯這麼低級的語法錯誤，她不明白自己怎麼就像開春時的雪人那樣，在 Tim 的責備中，不可阻擋地化爲一攤髒水。

看著 Tim 又驚又怒的臉，簡妮心裡亂成一團。她既不能承認自己的英文會有這麼低級的錯誤，又不能讓老闆認爲，她眞的有心衝撞他，要他一個美國人教自己怎麼與中國人相處，這簡直就是破罐子破摔的意思。簡妮心裡是急的，但不知所措。見 Tim 一味盯著她看，要看出究竟的樣子，簡妮急昏了，竟對 Tim 笑了一下。可那個笑，卻像對王建衛的一樣，抬著點下巴，帶著點挑釁和無賴的樣子。

Tim 也驚呆了。勞拉還懂得當祕書就得吃委屈的基本分寸，而簡妮居然連這點都不懂。「Those Chinese.」他心裡哀歎一句。

「你先出去吧。」Tim 對簡妮揮揮手。

簡妮滿心都是慌亂和絕望以及委屈，她想辯解，想流淚，想挽回，想申訴，想請求諒解，但她的身體卻倔強地、筆直地轉向門，沉默地離開 Tim 的辦公室。

簡妮心裡明白，工作不順利時，老闆對祕書光火，很正常。要是這時候祕書又做了與老闆的想法正好擰了的事，被罵也是天經地義，她已經猜到，Tim 不想讓他的上司看到自己搞不定中方合作者，他希望讓上司看到歌舞昇平。從理智上，她認爲 Tim 沒對她做錯什麼。但她實在不能接受 Tim 的態度，他的態度，對簡妮的心來說，是一記響亮的耳光。她這時才意識到，自己心裡對這平生第一個美國老闆，有著赤誠的信賴與忠實，那種感情，簡直就像孩子時候對自己父母無條件的愛和認同。她覺得 Tim 就像自己小時候的父母一樣重要，一樣可以依靠。這感情十分自然，在簡妮心裡生長，支撐她包容對上海所有的不適，它像一個美夢，但被驚醒了。

這時，她理解了自己爲什麼不喜歡 Muller 太太。有一次公司聚會，Tim 帶了太太一起來，她是典型的美國婦女，爽氣，單純，帶著一點米妮老鼠的那種小女人的甜。她跟在高大的 Tim 身邊，由 Tim 一一介紹給大家。輪到簡妮時，她並沒對簡妮表現得格外親熱，她臉上堆著笑，是那種美國女人對陌生人禮貌的、甜蜜的、小心翼翼的笑，簡妮討厭那樣的笑。Tim 對太太很親熱，很照顧，平時開會，去工廠裡看望工人，見客人，都是簡妮跟在 Tim 旁邊，他的辦公室，即使是畢卡迪先生想要進去，也得先通過簡妮這一關，但這時，Tim 遠遠地離開了她，高高興興地陪他的藍眼睛太太。那時，簡妮還暗暗猜想，自己心裡的不痛快，也許是嫉妒。她聽說過，祕書與太太之間的關係，總會有微妙的敵意。簡妮也曾以爲自己暗地裡喜歡 Tim，那種女祕書對男老闆的傾心，所以要對他太太雞蛋裡挑骨頭。現在她才知道，自己的感情沒那麼符合邏輯。

她的感情深得不可思議，卻無關風月。她想起第一次在美國過七月四日的時候，校園裡有焰火晚會，那個傍晚，草地上坐滿了人，學生、教授，和學校員工的家人，還有小鎮上的居民，舞台上有搖滾樂隊演出，橡樹下茂密的草叢裡，螢火蟲白色的螢光在起伏閃爍。當焰火表演開始前，大家在搖滾樂隊的帶領下齊唱美國國歌時，簡妮看著他們將右手按在心上，突然落下淚來。那時，Ray 伸手將她攬進懷裡，他還以爲她是觸景生情，想家了。她將頭靠在 Ray 的肩上說，可惜自己不會唱美國國歌。

她照常工作，原來叫他 Tim，現在改口叫 Mr. Muller。原來她喜歡說話時直視 Tim 的眼睛，現在她只能垂著眼皮，不論如何，也無法正視他的蔚藍眼睛。從她沉默地離開 Tim 的辦公室以後，他們之間就無法再如以前那樣自然地相處了。

簡妮受到了重創。不過，她心裡明白，是因爲自己有非分之想，才會弄出這種尷尬局面。就像在海灘上造沙堡，轟然倒塌是必然的，誰也怪不到。簡妮也知道不能怪罪 Tim，其實，她心裡也並沒眞正怪罪他，她只是需要時間和勇氣收拾被 Tim 打破的幻象。她不知道要將被 Tim 剔除的自己安頓到哪裡去，才是自己也能認同的。簡妮面臨著別人無法理解的危機，那是身分的危機。回到上海的那一刻，在登機橋上呼吸到第一口上海的潮濕空氣時，這危機就像電郵裡的病毒被啓動了一樣，在她的生活中了無痕跡地肆意蔓延。沒去美國時，她肯定自己是未來的美國人。但在美國脫胎換骨後，她反而不能肯定自己是誰，不曉得怎麼與美國人以及中國人相處了。

簡妮避開 Tim，是因爲想要找到一個方法，讓自己就像一個單純的祕書那樣與老闆相處，但 Tim 卻認爲，簡妮竟然愚蠢到想對老闆耍富家女孩的小性子。Tim 是個正派人，不喜歡與女祕書糾纏不清，他認爲女祕書要是對老闆有超出工作關係的表示，肯定就是那種好萊塢式的蛇蠍美人。他雄心勃勃，最警惕的，就是這種人。他對簡妮吩咐什麼事，簡妮總是避開與他對視，他的笑臉幾次在簡妮那裡碰了壁，他以爲簡妮是逼他去哄她，於是，他開始減少與簡妮打交道，能自己做的事，他寧可自己動手，也不吩咐簡妮。

大老闆就要來上海，Tim 要準備開會的材料，比去香港的那份，還要詳細。其實，這時簡妮的事情最多，但 Tim 卻將會議的準備工作交給畢卡迪先生，說起來，因爲這次主要要討論進一步開拓超越花露水之外的新市場，培養眞正的香水消費者，畢卡迪先生的市場部工作是主角，畢卡迪先生參與進來很順手。但簡妮心裡總是彆扭的，她感覺到 Tim 對自己的迴避。總經理迴避祕書，這是什麼意思？

很多事情，都由畢卡迪先生來吩咐簡妮，簡妮一僕二主。畢卡迪先生有種防賊似的機警和狐疑，他吩咐簡妮做事，從來不將整個事情完整地教給她，讓她了解自己在做什麼，應該怎樣做，他總是把一件事分割成好幾段，讓簡妮搞不清自己在做什麼。她只能當他的工具，而摸不到他的脈絡，學不到他的本領，搶不了他的功勞。他會路過簡妮桌子時，走到她的電腦前檢查她在電腦上寫什麼，是不是偷懶。簡妮心裡窩火，但她不敢發作，甚至不敢表達出不滿，她生怕自己再生事，更將 Tim 推遠了。她並不想破罐子破摔，她第一不是破罐子，第二根本摔不起。她看畢卡迪先生將她零碎準備好的東西巧妙地拼裝成完整的報告，直接送到 Tim 的辦公桌上，將她晾在外面，看他將從電腦上發給自己的指導無一例外的 CC 給 Tim 一份，讓老闆看到他是如何指導和幫助簡妮，多麼有親和力，貶低她的智力，簡妮恨得心裡罵他是天生的、祖傳的狗腿子相，洋奴相，但她到底不敢表示出不滿，她怕自己被完全孤立。

自從王建衛和簡妮吵架以後，人前背後叫簡妮「買辦王」的人多了起來，簡妮能感到他們的敵意。就連管文具的前檯小姐都敢糾正她的英文，她去要便條紙，一時說了句：「要個 sticker。」她都會抓住簡妮的把柄，絆她一下：「我這裡只有 Post-it，沒有 sticker。」

簡妮對這突如其來的眾叛親離很困惑，她不知道，這是因爲她得罪了王建衛，還是因爲她得罪了 Tim。看著事情像氾濫的洪水一樣，越來越不能收拾，簡妮眞是又害怕，又傷心，束手無策。她第一次沒了底氣，從前即使擔心自己被家庭出身拖累，被外地人身分影響，都沒有過這種心虛，她覺得自己兩手空空，一無所有。簡妮開始害怕到辦公室上班了。她開始抽勞拉剩下來的那包美國香菸。她能想像得出，勞拉在挪頓的痛苦，甚至能想像出勞拉在小公寓的窗前，獨自抽菸的心情。勞拉心裡也充滿了自己一樣不好的預感吧，以及陰溝裡翻船的不甘、噁心，前途茫茫的害怕和孤獨。勞拉打過一個電話給簡妮，留言在電話答錄機裡，但簡妮卻沒有回電話。勞拉從來沒打電話過來給簡妮，也許她不願意用這個曾經是自己的號碼。這是簡妮非常理解的心情，她想，要是自己，恐怕也會這樣的。所以，勞拉的聲音出現在小客廳裡時，簡妮吃了一驚。她猜想勞拉知道了自己的處境，才打電話來的。不論勞拉說什麼，她都不願意聽到。簡妮當時就將勞拉留下手提電話號碼的留言消除了，然後，獨自喝了勞拉留下的咖啡，抽了勞拉留下的菸。有一天開會時，她突然聞到自己嘴裡也有了菸臭，與 Tim 討厭的中國司機嘴裡的味道很接近。但中國同事肩膀上的頭皮屑，卻眞的日見乾淨起來。

大老闆帶來了他的助理，一個留著一排重重劉海的中國女孩。她保留了自己的中國名字，叫倪鷹。簡妮想起來，勞拉曾經告訴過她，每次大老闆到上海，對 Tim 的祕書來說，都是一次災難，因爲 Tim 彙報的文件和資料必須非常仔細。「那個助理，簡直是個雷達。」勞拉說過。當時對簡妮來說，挪頓的亞太大老闆和他的助理，太遙遠了。她只記住了勞拉說的話，還有在勞拉臉上出現的又怕又恨的服帖表情。大老闆和他的助理一到上海，就開始開會。整整十個小時，不吃東西，光一瓶瓶地喝水、喝咖啡。桌子上每個美國人，都滿臉正色，不敢怠慢。會議中，簡妮記錄下來的重點，幾乎都是這位倪小姐指出的。她處理問題十分乾脆利落，而且一針見血。像助理要做的那樣，許多醜話都由她說出來。她的英文裡有很重的湖南口音，她發不好「r」這個音，但她總是能將那些醜話說得既準確，又直接，而且說得充滿了邏輯性，讓人不得不痛苦地接受。她雖然是個長相和打扮都很平常的年輕女人，但她身上洋溢的自信和一往無前的銳氣，她與勞拉不同的地方，在於她的銳氣是建立在沉著和合作的態度上，而不是挑剔和嚴厲。

簡妮聽說，倪小姐將要從總公司外放到香港分公司去做銷售總監，香港是整個東南亞的軸心，所以，這個銷售總監可以說比 Tim 的位置還要重要。畢卡迪先生猜測，這是因爲她一直以中國通的身分自居。倪鷹對中國的經濟前景很謹慎，她認爲中國是個平均主義的國家，所以它的經濟起飛裡有極大的風險，很可能會引發窮人的革命。所以，不能像在美國市場上那樣做天長地久的打算。她似乎有不少在中國大陸要害部門工作的舊同學，總是能得到中國最新的情況。當大家都對那些政策一竅不通的時候，她已經可以分析它們的原委和將要產生的影響了。她還有一些哈佛商學院的同學在香港其他美國大公司的亞洲總部工作，她的人脈很廣，左右逢源。掌管整個東南亞地區的大老闆十分器重她，願意聽她的意見，她是挪頓公司海外市場升遷得最快的中國人。簡妮想起了格林教授的書裡對東方買辦在東西方交流上的「水閘」作用的說法。倪鷹有美國人的方法，還有中國本土的背景，她就是現成的水閘和橋梁，她就這樣走向成功。她英文口音的好壞與這相比，根本不足道。

簡妮覺得，這個倪小姐，簡直就是爲了與自己對比而來上海的。她的成功，處處映照著自己的失敗，她的得寵，對比著自己的失意，她的自如，對比著自己的藏乖出醜，甚至她那個大大方方從嘴裡吐出的「r」，也對比出自己一口標準美語的刻意和雕琢。她時時處處從美國同事那裡贏得的尊敬和友好，對比著簡妮埋了滿心的委屈。她一直想要的，就是這個倪小姐和美國同事之間的親熱和信任。她努力說服自己承認，是自己要得過了分，而不是美國人做錯了什麼，她努力相信這一點，但此刻，卻在倪小姐身上，看到了自己的理想。簡妮從小到大，一直努力，一直上進，一直認定，只要自己努力，就會有成功。她這是第一次，黯然望著桌子那一頭容光煥發的倪鷹，想起「病樹前頭萬木春」的詩句，她第一次體會出這詩句裡除了意氣飛揚，還有被同類比了下去的失敗巨痛。這是她第一次，從心裡肯定自己輸了。

等長會終於開完，工作告一段落，Tim讓簡妮安排公司中美雙方高層管理人員到靜安賓館吃中餐，同時宴請中方的上級公司分管官員。

Tim親自吩咐她，讓簡妮心裡一熱。她馬上趕到靜安賓館，問清了特色菜，安排好房間，她再三叮囑餐館，要新鮮的蝦仁做水晶蝦仁，要新鮮的肉做揚州獅子頭。要餐館爲每個人同時準備一副刀叉，這樣中國人可以用筷子，美國人也可以不必與筷子鬥爭。甚至，她還預定了所有的酒和飲料，礦泉水用法國伊雲的，她將菜單看了一遍又一遍，生怕漏下什麼。

事先準備下的刀叉幫了美國同事不少忙，連大老闆都用它們吃蝦仁。簡妮鬆了一口氣。

但倪鷹卻特意指點大老闆用筷子，她說：「你眞應該試試這個，吃中國菜，要用筷子才眞正美味。就像用吃魚的刀吃牛排，怎麼也不舒服一樣道理。」

她的話，說得滿桌上的人都笑了，美國人紛紛向侍應生要回剛剛撤下去的筷子，跟她學。她又特意教他們將筷子蘸松鼠黃魚的汁，然後送到舌間吸吮。「將筷子頭抵在門牙的齒尖嘬，那才眞的是人間美味。」她領著滿桌美國人嘬筷子頭，還解釋說，中國菜的美味全都留在那木頭做的筷子頭上，就像美國人喜歡用手抓東西吃，吃完以後，喜歡嘬手指尖那樣。「怎麼能不用筷子吃中國餐！那才是地道的享受。」她朗朗地說。

當大老闆終於用筷子夾起了一根生菜，中國人和美國人，都對他熱烈鼓掌，連王建衛都遠遠地笑了。

「Tim 吩咐，要照顧好你們，所以我特意讓餐館準備刀叉，怕大家吃得不順手。」簡妮對倪鷹解釋。她沒想到，一雙筷子能讓滿桌的氣氛都熱烈起來，使倪鷹再次成爲明星。簡妮想起照片上自己家的祖先個個在有外國人的場合，都一絲不苟地穿長袍馬褂，傳說中自己家過春節，洋行大班來拜年，照樣行中國大禮。她想，倪鷹的做法，也許與自己家的祖先異曲同工吧，反躬自省，簡妮覺得自己反而做得太老實敦厚。倪鷹與自己相比，到底又高出一頭。滿桌的美國人都努力用筷子，而自己手裡卻握著刀叉，簡妮多少有點尷尬。

「你不用太遷就他們美國人，他們都像孩子似的，讓他們多試試中國本土的東西，對他們有好處，對公司的業務其實也有好處。」倪鷹說完拍拍簡妮的手背，微笑了一下，「我們都是中國人，可以說說普通話。不像在香港，中國人和中國人之間，也不得不說英文。」

「是的。」簡妮點頭。但是，她一時卻不知道要說什麼。

「你是上海人？」倪鷹問。

「是的。」簡妮回答。

「你們上海人最愛與外國人打交道，最喜歡外國商品。你們有這個傳統，原先這裡是租界嘛。」倪鷹說，「我在美國讀書的時候，同學裡有上海女孩，自己覺得比美國人還要美國人，優越得不行，語言學校還沒讀完，就嫁人了。」

「上海人一般來說比較崇洋，容易與外國人親近。」簡妮也說，「但是，也許，這種親近只是假象。」

「不管中國人、美國人，有本事做成生意就是能幹人。對不對？鄧小平的理論。」倪鷹笑著說。

席間，大老闆和倪鷹由 Tim 陪著，去跟中國同事敬酒。按理說，簡妮應該去陪 Tim。簡妮已經將腿上的餐巾拿開，從座位上欠起身來，但 Tim 卻沒招呼她，甚至沒看她一眼。他端著酒杯，爲倪鷹拉開椅子，然後，逕自陪大老闆和倪鷹去了王建衛他們那張桌子。簡妮只好又坐回自己的座位。

她看到 Tim 特意與王建衛碰了碰杯，簡妮心裡「咯噔」一下，在酒杯輕輕相碰晶瑩的聲音裡，簡妮聽出將她出賣的意思。然後，Tim 表演了自己用筷子的技術。他夾了一塊烤麩，引起一陣掌聲和笑聲。她想，Tim 還想繼續在大老闆面前表現他與中國人的良好關係。那邊的桌子上歡聲笑語，因爲大老闆也表演了怎麼使用筷子。

簡妮用手邊的叉子，穩穩地將蝦仁送進自己嘴裡，她用門牙夾住叉子上的蝦仁，將叉子向外面輕輕一拉，蝦仁便落在舌間，它很美味，只是有點涼了。簡妮特意將叉子留在舌尖與門牙那兒，吮了一下。那金屬的細條涼涼的，她覺得，它才眞正令她口腔舒服。

簡妮感覺到有目光停留在自己身上。

是畢卡迪先生，他那印度人微微突出的大眼睛狡猾地看著她，他的黑眼圈裏，明亮的棕色眼睛好像看穿了她的五臟六腑一樣。「你這是在和誰賭氣呀?」他右手像猴子那樣靈巧而無知地握著筷子，輕輕問簡妮。

猴子那樣靈巧而無知地握著筷子，輕輕問簡妮。

「什麼?」簡妮嚇了一跳。

「我想，你不會與自己的 Reference 賭氣吧?」畢卡迪先生沒有理會簡妮的迴避，繼續問。

「我的 Reference?」簡妮再問。

「要是你離開一家公司，到另一家公司去工作，你就需要原來老闆給你的 Reference，它是你的工作經歷，是你的履歷，是你的新敲門磚。雖然當你離開的時候，老闆們通常都會給你一份推薦信，說些好話，那是禮貌。但人事部門能看出來，什麼樣的推薦信是有眞實感情的，什麼樣的推薦信是應邀寫的，裡面盡是客套話。挪頓公司是家大公司，它的推薦信會是強有力的支援，是你的榮譽。」雖然他輕描淡寫，用的又全都是虛擬語態，但在簡妮聽來，聲聲都是驚堂木，震耳欲聾。

「你認爲我需要準備一份 Reference 嗎?」簡妮索性橫下心來。當她問出這句話來時，心裡一陣疼痛，好像被撕裂開來一樣。

「我離開的第一家美國公司，是GM。是個好公司啊，是個大公司。那時我年輕，不會做事。當不得不離開的時候，我的身體像被撕裂開來一樣疼。是我老闆那份完美的 Reference 救了我，還有我同事給我的一張名片，上面是一個在獵頭公司工作的人。這已經是二十多年前的事了。」畢卡迪先生說。

「是啊，你現在比狐狸精還靈敏。」簡妮說。

「有朝一日你也會的。」畢卡迪先生並不動氣，他小心地夾起一塊咕咾肉來，放到嘴裡。然後將筷子頭蘸了蘸咕咾肉的茄汁，送到舌尖「梭梭」地嘬。

「你怎麼能看出來？也許以後我根本不做這個工作，去大學做個教授，教兒童心理學。」簡妮說。

畢卡迪先生光搖著頭笑，不說話。

簡妮也不說什麼，她用叉將面前骨盆裡的水晶蝦仁一個一個送進嘴裡，細細地嚼碎，嚥下去。但她心裡一團漆黑。那種黑和沉寂，也許像當年和爸爸一起去美國領事館簽證，爸爸簽出來了，而她拒簽那時一樣，也許更加黑，更加沉寂，猶如死亡。

從此，簡妮表面一切如常，但心裡懷著一團無聲無息的漆黑。晚上回家，看到黑暗的客廳裡，電話答錄機的紅燈默默地亮著，再也沒勞拉的消息，她才發現自己犯了大錯。爲勞拉找到新公司的那家獵頭公司，也許會是自己的救星。但她早已將勞拉的電話消除了。她無論如何沒想到，自己也許會被挪頓公司解雇。

聖誕節漸漸近了，挪頓公司的美國雇員陸續回美國過節，在他們臉上，簡妮看到了從前爸爸媽媽要回上海過年時那種逃亡般的快樂。簡妮的試用合同也快要到期了，但 Tim 一直沒對簡妮提起合同的事。最後一個星期，Tim 也將回家休假，他將簡妮叫進自己的辦公室。辦公室的地毯上，堆著他到城隍廟附近的骨董市場去買了一大堆假骨董，簡妮去希爾頓酒店旁邊的小禮品店裡爲他訂做了一批錦盒，將那些便宜的假骨董打扮起來，看上去很貴重，很稀罕。簡妮看了一眼 Tim 帶回國的聖誕禮物，她知道這將是受人歡迎的聖誕禮物。然後，簡妮看到 Tim 鄭重的笑臉。幾乎是立刻，簡妮猜到了 Tim 要說的話，他要解雇自己。

簡妮心裡「嗡」了一聲。雖然早已有所準備，可她還是渾身都軟了一下。無論如何，她還是不能相信這事會降臨在自己身上。她與生俱來的邏輯裡，美國人解雇美國人，是合乎情理的，美國人解雇中國人，也合乎情理，但美國人解雇她，簡直不可思議，就像爸爸媽媽有一天突然說，自己竟然不是他們親生的。

她在 Tim 桌前的椅子上坐下，突然想起在世貿中心的小會議室裡，他們第一次見面時，她的整個腳後跟都腫了，流著血。那次，Tim 問她有什麼優勢，她說自己有忠誠。

「我很高興能有機會與你一起工作，你幫了我這麼多，要是沒有你，我眞的會工作得很辛苦。」Tim 誠懇地說。這次，簡妮終於久久地看著老闆的臉，她再次驚異地發現，他的眼睛很藍，在某一種光線裡。他眼睫毛和眉毛的顏色在冬天會比夏天淡一些，變得金黃的，而不是棕色。他的臉，越仔細看，越陌生，簡直不像人的臉。

「你是一個很有能力的人，要是積累了更多在海外公司工作的技巧，你會成爲很出色的管理人員。你有這樣的潛力。」Tim 繼續誇著簡妮，他幾乎將簡妮弄胡塗了，既然她做得這樣好，也許他要給她正式合同了？

「但是，我需要一個更有溝通技巧的，單純的祕書。」Tim 終於給了她答案。

「我明白了。」簡妮打斷 Tim，她不想聽得更直接，好像被人剝光了衣服，她覺得羞恥，憤怒和慚愧，「我已經明白了。」她說。

「那好吧。」Tim 點點頭，「新年假期後，新祕書才到任，你可以在新年假期前的最後一天離開。我很樂意爲你寫推薦信，如果你需要的話。公司還有一間公寓空著，所以，你可以在決定回美國的時間後，再將你的公寓鑰匙交回。」

「是的。」簡妮說。

她站起來，告辭出去。離開 Tim 辦公室時，反手輕輕將門關嚴。她想起勞拉告訴她的話：「你要記住，這裡不是美國總部，而是你們共產國家。」的確，自己和勞拉都不是美國人需要的那種背景單純的人。簡妮想。她並不反感 Tim 解雇她的理由，她是缺少與中國人的溝通技巧，Tim 並不要求她從心裡接受和喜愛中國人，但要求她有技巧和他們相處，推動他們爲公司服務，這並沒錯。「技巧。」簡妮心裡暗暗念道，她從來沒朝這方面想過。她想，Tim 說過，他買的那些中國東西，都是送那些喜歡異國情調的人的。投人所好，這是送人禮物的眞諦，這也算是一種技巧吧。

她發現自己桌子的玻璃板下，多了一張名片。那張名片屬於一個叫 Nancy Collins 的人，她在美國一家諮詢公司，是 HR Consulting Manager。那上面有個上海的電話，還有地址，就在波特曼酒店。簡妮猜想，這張名片，一定是畢卡迪先生給自己的。這樣，那個 HR，就應該是人力資源的意思。他這麼快就知道她馬上需要這種名片，那種無所不在的精明，讓簡妮很不舒服，但卻不得不感激。簡妮將那張名片從玻璃板下抽出來，夾進自己的皮夾裡，剛剛的羞恥、憤怒和慚愧，在心裡變成了惱羞之怒。「Bitch.」她心裡恨恨地罵。然後，又想，人家給你的是救命稻草，你還要罵人，這不是更 Bitch？

許宏已經徹底離開公司，新的中方代表要到元旦以後才來上班，克利斯朵夫在電話上忙著與人商議怎麼過聖誕節，在哪裡碰頭，到哪裡去吃涮羊肉。聽上去，好像那是克利斯朵夫畢業以後第一個聖誕節，班上留在上海的同學要在一起聚會。克利斯朵夫在接電話的時候，總是先壓低嗓子，報出自己英文的名字，顯示出自己的職業化。

簡妮想起范妮。上海人剛恢復過聖誕節習慣時，聖誕前夜常常有家庭舞會。那時，家裡的電話都是找范妮的，都是商量穿什麼裙子，帶什麼禮物，像克利斯朵夫現在一樣。范妮總要花好久打扮自己，她總是將候選的衣服攤了一床，一套套地試，久久不能決定。寒冷潮濕的上海隆冬，范妮常常就穿九月初秋穿的棉布衣裙去過聖誕夜，因爲外國人從來不穿太厚的衣服。室內太冷了，所以，她把爺爺房間裡的咖啡色煤油取暖爐搬到她們房間來，那個暖爐並不能讓整個房間裡都暖起來，反而散發出一股煤油的刺鼻氣味。范妮總是在那微弱的暖意裡，微微哆嗦著換衣服。在她爲不同顏色的裙子配不同顏色的長絲襪時，簡妮看到她大腿上被凍得青一塊，紫一塊的。最後，總算定當了，范妮就沖一個熱水袋抱著，披著大衣。范妮的大衣是黑色的呢斗篷，很大，很長。她裹著它站在窗前，讓簡妮想起來《法國中尉的女人》裡面，那個背叛整個社會的女人就裹著式樣一樣的黑斗篷，站在英格蘭狂風怒吼的海邊。簡妮猜想，范妮的大衣就是按照那個樣子，找裁縫做的。她從來就喜歡按照外國電影裡的式樣做衣服。

簡妮想，她就是這樣可以捨得一身剮，得到的，也僅僅是一身剮的巨痛。而克利斯朵夫他們，倒心安理得地安排自己的聖誕節。

簡妮不是一個放縱自己感情的人，尤其不肯讓自己沉湎於幽怨。她打斷了自己，站起來，開始整理文件，文件櫃裡有紙張和油墨的氣味，一排排塑膠格子裡，放著不同的報表、會議紀錄、新產品開發流程、總結。簡妮突然感到，自己眞的不捨得這個工作，不是面子上的、感情上的問題，而是眞的喜歡躋身於一個外國商品在中國一點一滴的成長。冬天是香水的淡季，但 She 新開發的溫暖的麝香香型，在北京和上海以及東北，都有不俗的銷量。簡妮認爲，這也是自己的成長。

簡妮悄悄照名片上的電話打過去，那個 Nancy Collins 已回家過節，要到新年假期以後才回上海。等掛斷電話，萬念俱灰時，簡妮明白自己不想馬上回美國去，在一家美國海外公司工作，這痛苦居然吸引她，誘惑她，讓她不甘心。

這天下班，簡妮經過走廊裡的那個散發輕微臭氣的廁所，它正大開著門，從裡面傳來水箱漏水的潺潺水聲。經過在風中「哐哐」作響的洋鐵皮標語牌，此刻，再看到那上面雄壯的美術字：攜手奔向美好明天，簡妮覺得它們充滿了中國式的假大空，以及恬不知恥。然後，她看到了Tim的白色林肯車，像一隻大鳥一樣匍匐在標語牌的陰影裡。Tim今晚還要處理一些文件，他明天就要離開了。等他回來，就是和另一個祕書相處了。簡妮跨出公司大門的那一刻，覺得自己像被丟出來的一樣，她的身體不由地往前衝了衝。

傍晚的街道上，空氣中流動著白天殘留著的陽光的暖氣，西伯利亞的寒流正在南下，在寒流將至的前夜，上海總會格外暖和，就像迴光返照。西邊的天空中，布滿魚鱗般金紅色的晚霞。在美國通常纏在聖誕樹上的彩燈，被對面的酒店纏在自家門前的梧桐樹上，當是聖誕樹的意思。明亮的麵包店裡傳來聖誕歌聲，地攤上堆著一疊疊廉價的聖誕卡，那是盜版的。四周的一切都像往常一樣，沒人理會到簡妮生活中發生的大事。簡妮站在街沿上，就像絕大多數整天在空調房間裡伏案的白領那樣，拎著黑色的電腦提包，默默呼吸街頭的新鮮空氣，帶著剛剛從工作中脫身出來的茫然，心裡盤算要到那裡去消磨這個晚上。她站著，看到梧桐樹下有亮著紅色空車燈的計程車緩緩向她靠近，計程車司機以爲她在等車吧。突然，悲痛在她心中爆炸，裡面夾雜著的恐懼、失望、無助、慚愧、怨憤和自責。它們在她心裡如同彈片那樣四處飛濺，到處留下血肉模糊的可怕傷口。簡妮突然想，也許范妮在知道魯不和她結婚，也不要她肚子裡的孩子的時候，也經歷過這種疼痛難忍的悲痛吧。她們從來不是好姊妹，但她們卻仍舊一脈相通，分享共同的宿命。

這時，簡妮決定去精神病醫院探望姊姊范妮。她去淮海中路上的上海食品商店買了一盒義大利金沙巧克力，到希爾頓斜對面的花店裡買了正牌的美國聖誕卡，又買了一束聖誕紅，然後去龍華的精神病醫院。

因爲她帶著非同一般的禮物，又說明自己是美國回來的，精神病醫院的看門人沒爲難簡妮，他從掛在牆上的病人登記卡上，查到了范妮的病床號，將吊在范妮名下的細竹籤遞給簡妮，將簡妮放進鐵門裡去。

簡妮來到了一個寂靜而寒冷的園子。滿園松樹、柏樹和冬青，在白色的路燈和樓房的燈影裡有著肅殺而古怪的氣氛。那些病室刷著暗紅色改良漆的鐵窗裡，見不到一個人影。遠遠看去，窗上一條條的，好像是些鐵柵欄，讓人想到監獄的窗。簡妮想到范妮那潔白的裸體，蓮蓬頭裡的水正沖擊著它，因爲早上的微風，它起了一層密密的粟。簡妮覺得自己面頰兩邊的皮膚，也起了一層粟。爸爸告訴過簡妮，當年，將范妮一送進病房，醫生就立刻將她收進需要一級護理的病房裡，那是收重病人的地方。那裡，每個人有自己單獨一間小病房，像壁櫥大小的屋子。被關進去時，范妮默默掙脫護士的手，要出來。護士抓著她的胳膊，勸她進去，像勸一個小孩吃藥。但范妮什麼話也不說，只是掙脫著往外走。最後，被護士抱住了。爸爸說，她一定被綁在床上過。因爲後來去看她的時候，發現她的手腕上有些瘀青。

接近病房時，簡妮發現那些病室的窗上並沒有裝鐵柵欄，但它的鐵窗，將每扇窗子的鉸鏈都裝在中間，所以，每扇窗子都很窄小，即使完全打開，也只是一掌之寬，從裡面不能伸出頭來。簡妮想，這樣的窗子一定是爲了防止病人自殺，或者逃跑。爸爸說過，范妮再次發病時，就是懷疑有人要害她，她無處可逃，只好自殺。那樣的窗子比監獄的鐵柵欄，更讓她感到冷酷和可怕。寒氣不斷從她大衣下襬往身體裡鑽，裡面單薄的裙子漸漸變得冰涼。簡妮知道，這重重寒意裡，有自己心裡的恐懼。她想起范妮在格林威治村的街道上，穿著白襯衣和藍色塔夫高腰裙的樣子。

遠遠地，聽到鐵門「咣噹」一聲響，小徑後面的鐵柵欄門被推開了，暮靄重重，路燈暗淡，簡妮看到護士領著一隊穿了紫紅色棉袍的病人走進園來。他們都是男人，老老小小，還有一個人，看上去只是初中生，在精神病人的詭異神色中還能看到一團稚氣。他們每個人都抱著一個塑膠臉盆，裡面放著一塊毛巾、一瓶洗髮水、一塊肥皂，有的還有一雙海綿拖鞋。每個人都一樣，默默抱著自己的臉盆。他們的隊伍足足有幾十個人，最後壓陣的，也是一個護士，他進來以後，轉身將鐵柵欄門鎖上。這一隊人默默無聲地列隊走過花園，他們微微搖晃著身體，呆板脆弱，搖搖欲墜，但簡妮覺得他們的身上其實有種奇怪的機警和寂靜，像一個已經點燃導火線的鞭炮。

簡妮讓到一邊，看著他們，感到十分悲傷，幾乎要滴下淚來。她看到隊伍裡有個高高的，滿頭白髮的人。他的臉，像一個泡在水裡的饅頭一樣虛浮蒼白。他比周圍的人都高，又白，在隊伍裡像一個驚歎號。當他經過她時，簡妮看到他臉盆裡，放著一管用鋁皮包裝的沐浴乳，它十分眼熟，是Banana Republic 的。底部插著一根鑰匙似的不鏽鋼，轉動那根鑰匙柄，鋁皮就像牙膏皮一樣摺起來，可以很方便從裡面將沐浴乳擠出來。魯當年就用過它，就將用到一半的它留在浴缸的架子上。她簡直不能相信在這裡再見它，它被放在一張瘋人院的劣質的寶藍色再生塑膠盆裡。她目瞪口呆地看著那個人，他的手修長好看，但指甲縫裡黑黑的，很像維尼叔叔的畫畫的手。

「啊，是聖誕紅。」那人經過簡妮身邊時，突然輕輕說，「又要過聖誕節了。」

簡妮不敢和他說話。

「紅房子西餐館還在哇?」那人又輕輕問。

簡妮還是不敢說。但她聞到他身上有 Banana Republic 的香味。

他們魚貫地向病房敞開的玻璃門走去，裡面的木柵欄門被打開，燈光照亮了走廊裡綠色的牆壁，那裡散發著被禁錮，被剝奪，被強制的暴烈而頹唐的氣息。他們像一道無聲的水一樣流了進去。他跨進門去的時候，突然壓輕聲音，對簡妮飛快地說：「快逃吧，趕快逃。」他嘴裡噴出一股濃重的酸腐氣味，「不要拿花，會被別人發現的。」然後，他伸手推了簡妮一把，消失在門裡。

簡妮被嚇得往旁邊一跳，幾乎摔倒在冬青樹上。她感到自己的絲襪被樹杈勾住，然後窸窸窣窣地，從小腿一直到大腿，她知道，那是襪子抽絲了。

范妮的病房在樓上。探視室的長條桌兩邊坐滿了病人和病人家屬。探視室裡蕩漾著各種各樣的食物氣味，與病室裡的消毒水氣味混淆在一起，溫暖和渾濁。

值班醫生走過來打量簡妮：「你是王范妮的妹妹？」

「是的。」簡妮說。

「從美國回來的？」醫生又問。

「是的。」簡妮想，一定又是家裡人告訴醫生的，就像當初伯公的病房裡，人人都知道家裡有人要從美國回來看他。「我姊姊她情況還好嗎？在美國時，醫生說是抑鬱症，怎麼回到上海以後，就成了精神分裂症呢？」

「也許，她的確在美國有過產後抑鬱症，被控制住了。但回國以後，又發生精神分裂症，她來我們醫院的時候，是很典型的精神分裂症。」醫生說。

「這兩種是遞進的病嗎？」簡妮問。

「不是。是不同的病。」醫生說，「這次她是應激性的精神病。」

醫生的說法讓簡妮吃驚，讓范妮陷於精神分裂的，竟然不是美國那一段，而是她上海的這一段。這出乎她的想像。摧毀范妮的創傷，原來是在上海發生的。「我不了解她在上海出了什麼事。家裡從來沒對我說過。」簡妮說。

「王范妮當時回國的時候，在學校辦了休學，她的護照上還有有效的簽證，可以再回美國，是這樣嗎？」醫生說，「你們家的人一直動員她在簽證過期以前回美國去。這對她是受不了的壓力。出國對別人來說，是求之不得，但對王范妮這樣已經在精神上有創傷，個性上又有缺陷的人來說，就不是好事。」

簡妮緊捏著聖誕紅的枝，她想，她們兩姊妹總是將自己的路越走越窄，直到無法容身。或者說，是上海這地方，這個家，這些人將她們漸漸逼到死胡同裡。本來，范妮可以在上海好好做一個刻薄的小市民，自己也可以在美國好好地做一個普通職員，嫁一個可靠的白人，住一棟分期付款的 town house，開一輛日本車。在上海，在美國，多少女孩都這樣平靜地生活下來了，但她們就不行。

醫生領著簡妮穿過病人的活動室，與探視室相比，這裡冷清多了，只有一個病人默默坐在桌前，一動不動地看著桌面。然後他們穿過病室，那是一間像教室那麼大的房間，裡面像輪船統艙那樣放滿了單人鐵床，中間只留下可以側身而過的走道。床上有草綠色的粗毛毯，讓簡妮想起電影裡的猶太人集中營。「病人很多，我們沒有這麼多病房。」醫生對簡妮解釋說。

他們來到病室盡頭，那裡還有一扇木柵欄門，將走廊攔開。裡面是另外一段走廊，走廊的兩邊，都是禁閉著的房門，門上有像一本書大小的窗子。醫生對簡妮說：「你的姊姊在裡面，她這段時間情況有反覆，處在狂躁期裡。你剛剛在我們的活動室裡看到的那個病人，她處在抑鬱期裡，所以她不說話，不吃飯。你姊姊正好相反。」

「那是怎樣？」簡妮問。

「她想逃出去。」醫生說。她看看簡妮手裡的東西，問，「你要是不怕，可以進來看看她。」

醫生拿出鑰匙打開門，走進去，簡妮跟了進去。門在她身後「乓」的一聲關上時，她覺得心在肚子裡抖了一下，想起那個白髮人的耳語，他說：「快逃吧，趕快逃。」簡妮意識到，自己進這個醫院以後，心裡越來越不舒服，越來越緊張，是因爲自己怕那無處不在的，被禁閉起來的暗示。這種恐懼，從小就在心裡生龍活虎。所以，她看窗子，像監獄，看病室，像集中營。每次關門的聲音，都讓她發抖。她相信，范妮也一定是伴隨這種恐懼長大的。如今，范妮就深陷於柵欄門的最深處。

她聽到有人輕輕地，不停地，鋼琴節拍器似地拍著門。醫生告訴簡妮：「那就是你姊姊在敲。」范妮的臉正撲在小窗子上，簡妮猛地看到范妮的臉，嚇得叫起來。她的臉潦倒、狡猾、怨憤，簡直像個惡毒的老女人，但眼睛卻是賊亮的。簡妮猜想到，范妮也許會腫，那是因爲藥物裡的激素，也許會蒼白，那是因爲沒機會在戶外，也許會呆，會髒，像那些印象裡的精神病人一樣，但她沒想到，范妮會變得這樣醜。她的醜，是從心裡出來的。就像一滴水反射出太陽的光芒那樣，她的臉，是從心裡醜出來的。

「簡妮，你也進來了？」范妮驚喜地問。

「不，不，不，不是的，我來看看你。」簡妮連忙將手裡的聖誕紅舉起來，「聖誕節就要到了。」在這氣氛詭異的重病房裡，紅色的花漂亮得像個諷刺。

范妮果然對花視而不見，她的目光繞過大朵的紅花，看著簡妮追問：「你爲什麼也回來了？」她打量著簡妮的身體，目光像手一樣在簡妮的腹部按了一下，「還穿得那麼漂亮，又不是在美國。」

「我回來工作，在美國的一家香水公司工作。」簡妮心裡抗拒范妮說的那個「也」，范妮想將簡妮與自己混爲一談。於是，簡妮將挪頓公司抬了出來。

「你畢業了？」范妮不相信地問。

「畢業了，開始工作了，公司爲我辦了J-1的簽證，我才回中國來的。」簡妮說。

「讓我出去，醫生。」范妮興趣索然地放下簡妮，轉向醫生，要求說。

「你好好配合醫生，病好了就可以出去。」醫生說。

「讓我出去。」范妮說。

「你要出去幹什麼？」醫生問。

「我爲什麼要在這裡面？」范妮惱怒地反問。

「你家裡人送你來的呀，你要是沒病，就要證明給我們看，我就放你出去，我也不願意關你在這裡呀，我和你是一條心的。」醫生說，「你爸爸總不會害你啊。」

「那不一定。將我關在裡面，他們就可以對別人說我回美國去了，他們兩個孩子都已經在美國了。可惜，他們的兩個孩子現在都不在美國，氣死這兩個新疆人。」范妮說。

「你的意思說你爸爸害你？」醫生說。

「我沒有這樣說。」范妮說。她飛快瞥了簡妮一眼，「我沒這麼說過。聖誕節都到了，我還不能出去嗎？」她理直氣壯地叫，「聖誕紅都開了。」

「爲什麼聖誕節到了就得讓你出去？」醫生問。

「是聖誕節啊！」范妮責備地看了醫生一眼，「叫我怎麼說你呢。講起來，你還是個醫生，也算有教養的人。」

簡妮心裡的感傷很快就被厭煩代替，范妮的弱勢並沒有使她可愛，像想像的那樣。她的弱勢，將本來的驕傲變得可笑而且可憎。簡妮默默看著姊姊在日光燈下浮腫的臉，看她與醫生糾纏不休，虛張著小姐的聲勢，她的下巴還是那樣微微向上揚著，殘留著從前的精明與矜持，這樣子如今讓她變得討厭。在簡妮看來，她不配再有這樣的做派了，她是失敗者，只配善良和可憐，不配保持原來的秉性。簡妮心裡一股股地往外冒著對范妮的反感，聽醫生的口氣，好像家裡人也不常來看她，簡妮猜想，家裡人也受不了范妮這樣的惡毒。聖誕卡和巧克力都放在紙袋裡，簡妮用手壓著，她實在不想把它們拿出來給范妮。她恨她，一點也不想讓她聖誕快樂。不管自己這樣，是不是勢利，是不是刻薄，她就是覺得，范妮現在不配有快樂的聖誕。

范妮手指上結了些血痂，簡妮猜想，那是她不停地敲門弄破的。范妮緊扒著窗，將手上的痂都掙裂了，自己也不知道。倒是簡妮看不下去那血淋淋的樣子，將眼睛移開。

在這狹小的恐怖的走廊裡，簡妮明白，像她們這樣的人，是不可以當弱者的，是不可以失敗的，就像亞麻布的裙子不可以水洗一樣，一見水，好端端的樣子，立刻面目全非。她們是特殊材料製成的人，她們只能像過河卒子那樣死命向前衝，或者像非洲大象一樣，躲到一個沒人找得到的地方去獨自死掉。簡妮想起了失蹤的奶奶，她想，上一代人，的確比自己這一代人要體面和聰明。

直到離開范妮病房，簡妮都沒有再跟范妮說一句話，她知道自己是永遠不會再來這裡的了。決定來看范妮時，簡妮心裡充滿絕望和虛弱，她本想用對別人的溫情來安慰自己。而在塗著令她恐懼的綠漆的病房裡，簡妮心裡卻漸漸聚集起抵死一拚的勇氣，她暗自發誓，絕不讓自己落到范妮這種地步。簡妮不甘心。

范妮也不甘心。簡妮離開時，她突然在她身後叫高一聲：「你襪子都抽絲了！」

簡妮在挪頓的最後一天，也是一九九三年的最後一天。這天，天氣寒冷而陰沉，天色早早就暗了下來。簡妮離開公司時，街上已經暮靄重重。在街上能聽到零零星星的鞭炮聲從弄堂深處響起，那是小孩在慶祝新年的到來。但在簡妮聽來，卻是格外地寥落。簡妮已經爲自己準備好了對付這一天到來的心力，就像用足夠的棉花和紫藥水緊緊按在皮膚的出血處，等它凝固。鞭炮常常驚起一群鴿子。簡妮並不喜歡上海的鴿子，牠們雖然在天上飛，卻也不過是在天上兜一個小圈子，而且，牠們一圈圈，越兜越小。遠遠看去，更像一堆正在搬糧食的灰色老鼠。簡妮在路上走著，心裡的蒼蒼茫茫裡，有種淡淡的，可以從頭開始的輕鬆。

她聽到有人叫她的名字，然後，看到許宏站在路邊的小菸紙店前向她微笑。菸紙店的牆上被人用紅色油漆寫了一個大大的「拆」字，外面，還畫了紅圈。

「Hey.」簡妮驚奇地笑了，「這麼巧。」

「我早就看到你了。」許宏說。他關心地看著她，眉毛長長地順在眼睛上，好像很抱歉。這體貼的神情輕輕搖動了簡妮的心，她想起來挪頓的中國人的幸災樂禍，挪頓的美國人的冷漠，她朝他笑笑，表示自己一切都好。破舊的小菸紙店裡的收音機，在播放保爾．莫利亞樂隊的輕音樂。國產收音機裡傳出的平扁聲音，並沒有妨礙保爾．莫利亞樂隊的抒情。簡妮覺得這氣氛太多愁善感了，於是，她開玩笑地探頭過去查看許宏的肩膀，那裡很乾淨。許宏也笑著斜過肩膀來讓簡妮檢查，本來有點尷尬的往事，突然變成了彼此的默契。簡妮突然覺得許宏是個親切的人。

「我聽說你這樣的人，現在是上海的緊俏物資。」許宏說。

簡妮感激地，半信半疑地看著許宏，問：「我這樣的人，是怎樣的人？」許宏是那種客氣聰明的上海人，喜歡把周圍的人都哄得高高興興的，她怕他的話不是眞的，但她又緊張他的話最終不是眞的，所以，她臉上笑笑的，眼睛卻緊緊盯著他的嘴，期待他的回答。

許宏正色解釋道：「你外語好，在美國受的教育，觀念與國際接軌，上海要發展，現在最需要這種人。你知道，連那些解放前與外國人做過生意的老人，現在都是做進出口的搶手貨了，那些人都一僕好幾主，還有一堆年輕人當徒弟，拚命幹活。」許宏說，「我也是辭職以後，剛剛領到的市面。」

簡妮「啊」了一聲。現在，中國人到底也知道需要這樣的人，才能與世界溝通。簡妮想，那時候卻恨不得趕盡殺絕，再踏上一隻腳。簡妮心裡既得意，又有些不屑，上海在努力恢復從前的經濟地位，在上海人心裡埋藏了幾十年的懷舊，像麻雀一樣在空中嘰嘰喳喳又機警萬狀地出現在街頭巷尾，到處都能感受到對西方文化和商品的喜愛和追求，這些簡妮都知道，即使是住在龍柏那低階外國人公寓裡的人，也都有著王子公主般的自我感覺。許宏的話，大大撫慰了簡妮的自尊心。

「聽說你是去一個鄉鎮企業做總經理。」簡妮不想讓許宏看出自己心裡的釋然。

「是呀。」許宏點頭，「我得把自己的鐵飯碗砸了，才能從美國人手裡跳出來。而且，現在上海可以做點事的地方，其實是在鄉下。」

「你想做點什麼事呢？跟美國人競爭嗎？」簡妮問。

「我來不及要好好做一次商人。」許宏直率地說，「我半輩子都不真正知道自己想做什麼，能做什麼。現在不做，什麼時候做？說來很奇怪，沒有來合資廠工作以前，我從來沒有想過我會對經商感興趣。你知道，我們那個年代出生的人，成長在社會主義計畫經濟的體制下，經商到底是怎麼回事，沒有概念。我還算是做過供銷科長的人，什麼是市場，我也不懂。那時，美國人一定要我來這裡當副總經理，一定要把我圈在他們的手裡，我心裡還好笑，我看不出來自己對他們會有什麼威脅，值得他們這麼緊張。」

「現在知道了？」簡妮問。

「現在知道了，所以只爭朝夕。」許宏點著頭笑，「四十歲知天命。」

從挪頓出來，許宏整個人都變得活潑起來。他們說著話，慢慢走到街口，前面就是淮海路的工地，簡妮想起自己半年以前從美國回來的時候，這裡的石庫門房頂上，有個赤膊的工人像雷電華電影公司的片頭那樣，高高揮舞榔頭。現在，高樓已經站起來了，骯髒的工地一片喧囂。「聽說，這裡是香港人投資的高檔百貨公司，專賣法國貨。」許宏在落滿潮濕水泥的路面上躲來躲去，他告訴簡妮。

「太髒了，美國人都說，這地方根本不是城市，而是工地。」簡妮小心翼翼地跟在許宏後面，「在美國，我的皮鞋幾星期都不用擦，現在一天擦好幾遍也不行。」簡妮的本意是有點抱怨的，但許宏卻根本沒聽出來她的抱怨，他說：「這說明上海眞的在爆炸式地發展呀！上海要是眞有機會發展，會馬上高速發展起來，它的底子都還在，不像蘇聯，革命的時間太長了。」簡妮看著許宏，他興高采烈地躲著地上的髒東西，她能感到他爲這城市高興的活潑的心情。她的心情也明朗了一點。上海好，不是對她也好嗎？更多的經濟發展，更多的外國公司進來，她的機會也就更多一點，難道不是嗎？簡妮對自己說。CNN也報導過上海的經濟起飛，將上海和曼谷、東京、漢城以及香港放在一起，那時候，自己心裡不也是高興的嗎？要是它能給你機會，你幹什麼恨它！伯婆的高跟鞋是細跟的，在被載重卡車破壞了的街道上，常常陷進縫隙裡，將鞋跟上的皮擦破，簡妮走得特別小心。

「我請你吃飯吧，我們這也是機會難得。」當他們終於走過工地，來到淮海路上，許宏對簡妮說，他想要領她去一家上海很出名的私人餐館吃飯。

簡妮說好。她本來計畫好，去防空洞的酒吧吃點東西的。她公寓裡的朋友雖然沒回家，但她卻不想讓她們看出來自己有什麼事不妥。她得熬，熬到那張名片上的人回到中國，從她那裡找到新工作。簡妮計畫自己獨自過這個晚上。但她心裡漸漸不喜歡那開在防空洞裡的酒吧了，那裡總是徘徊著飄零他鄉的惆悵，她不想縱容自己。那種懷鄉，是能安慰人的，也許還能在那裡遇見邁克，但那過後，會像根刺一樣扎在心裡。

「我也乘機請教點事，」許宏說，「眞要當個商人，我想，我有很多觀念需要調整。在挪頓吵的那些架，已經讓我意識到了，我們還不是眞正看得懂別人的商業計謀。我們得練習怎麼把人家不看成是白求恩，也不看成敵人，而僅僅看成一個在市場上競爭的對手。我和王建衛不同的地方在於，我不認爲這是美國人的經濟侵略，是階級鬥爭，這其實就是商場上的競爭。」

「這當然是商場上的競爭，而且用的都最基本明瞭的商業手段。」簡妮說，「經濟系的本科生都知道這種手法，管理學的第一課就學到了。只有中國人，才會將腦子轉到階級鬥爭上去。我還一直想問你，你爲什麼拒絕去美國讀商學院？我眞爲你可惜。美國的商業理論和理念，是世界上最先進的，而且是全世界都遵循的模式。你想當個商人，卻拒絕最好的機會。我眞恨不得代替你去上學。」

「那不是一個眞正的機會，是個糖衣砲彈。」許宏說，「我得讓美國人知道，不是每個人都吃他們的重磅糖衣砲彈的。」

「啊，你到底還是一個南京路上好八連。」簡妮瞪大眼睛笑。

「我就是那種不肯輕易就範的人。」許宏說，「不肯做那筆交易。我也想犟一犟，爲什麼一定要去讀美國的商學院？爲什麼全世界都要按照美國人的模式做生意？」

簡妮垂下頭，許宏語氣裡的中國腔震動了她，她醒悟到，許宏到底還是與自己不同。

「我敢說，你想有一天與挪頓一決雌雄的。」簡妮說。

許宏居然並不否認，他說：「要是政策允許的話，我總有一天會成爲挪頓在上海眞正的對手。你知道從前在上海，有些中國企業就是打敗了洋行。」

「我知道。」簡妮說。她心裡有什麼東西阻止她提到曾祖父的事，阻止她提到曾祖父的船隊怎樣用寧波人坐寧波人自己的船回鄉的口號，瓜分了原來這條航線上英商航運公司的客源，又用祖上做買辦時積累的社會關係，利用法利洋行已有的碼頭和貨棧，將節省下來的錢貼補到班輪的船票上，在票價上再次與英商競爭，最後將英商擠出局，並收購了英商的班船。王家的船隊就是在擠垮英商的基礎上發展起來的。用的策略，一是民族大義，二是利益驅動。在例會上，簡妮聽著中方與美方計較，心裡就想到過，要眞的救花露水的話，曾祖父的經歷是現成的教材，在例會上搞大批判有什麼用處！

簡妮在許宏臉上看到一閃而過的躊躇滿志。那是她在自己祖先的照片上看到過的神情。只是，他的躊躇滿志馬上就被狡黠的淺笑掩蓋起來，而自己祖先的躊躇滿志卻在寧波人寬大的臉上汪洋恣肆。簡妮想，這就是一九四九年以前的人與一九四九年以後的人的區別吧。

「你就不怕？」簡妮問。

「我爸爸開過一個肥皂廠，算是民族資本家。」許宏說，「我也算是屋檐下的洋蔥吧。」

他們一起笑了起來。笑聲朗朗，但裡面有種古怪的被掩飾著的緊張。

許宏領簡妮來到一棟舊房子的底層，餐館很小，只有一個開間。它門前暗淡的街燈下，三三兩兩站著些人，裡面還有幾個外國人，他們都是在等座位的食客。簡妮見到好幾個穿長羽絨衣的女人和穿短羽絨衣的男人，因爲辦公室裡有暖氣，很熱，女人常常需要穿裙子，但外面又很冷，所以他們拿羽絨衣當外套。簡妮想，他們也應該是在合資或者獨資企業裡工作的人。許宏告訴簡妮，這家餐館很有名，將街對面賓館裡的客人都搶過來了。人多，店面小，客人寧可在外面等座，也要在這裡吃飯。

女老闆開門出來招呼客人，那是細長利落的一個人，穿著一件米色的對襟毛衣，一條粗呢長褲。女老闆又客氣又熱絡，很是得體。她對大家打招呼：「今天大概店堂裡會有點吵，我們將樓上的房間也盤下來了，正在裝修。」

正在等座的那些人好像都認識她，都誇獎她的餐館生意好，她喜盈盈地說：「都是大家幫襯的。」對外國人，她也用簡單的英文寒暄兩句。

看到許宏，她笑著走過來，就叫「嘟嘟哥哥」。簡妮立刻想到，大概許宏在小時候是個白淨規矩的小男孩，像爸爸小時候的照片那樣，柔軟的頭髮，和著水，梳了一個三七開的小分頭。

許宏向簡妮介紹女老闆：「我小時候的鄰居，一起長大的。現在我是鄉下人，她是上海最好的餐館老闆，有家傳的。」

「我們不過做點小生意，禁不起你這種大話的。」女老闆笑著說。

許宏笑著打趣女老闆，「我不問你借錢，你不要緊張。」

正說著，樓上的電鑽突然大吼起來，突突突的，簡直像是機關槍在開火。女老闆笑著皺眉頭，說：「真沒辦法，房子老了，本來想只裝修一下，但牆皮也酥了，地板也爛了，又是日本人來的時候造的房子，不比三十年代初的房子，它本身質量不靈。」

他們一起看著樓上，燈光裡能看到工人們在批牆壁。許宏說：「你索性做大它，將一棟樓都吃下來。現在是個機會，等將來大家都醒過來了，生意就不會這麼好做。」

「我也是這麼想。後面馬路上那家兄弟倆，在汽車間裡開餐館的，他們也做得好，現在也將鄰居家都吃下來了，準備自己翻造房子。」女老闆說。

簡妮忍不住說：「等共產黨醒來了，連日子也過不下去了吶。」

許宏和女老闆都沒有接她的話茬。

一時，他們三個人都不說話了，靜聽那電鑽興致勃勃的尖厲叫聲。

簡妮曉得自己點到了他們的痛處，她不滿他們對此視而不見的逃避態度。也許他們能這樣做，而她不能，她也不敢。也許，她這句話，也點到了自己的痛處。她自己也冷不丁地在沉默中劈頭蓋臉地難過起來。

不一會，他們被招呼到餐館裡。一開間的小館子只有六對火車座，緊緊擠著。茶色玻璃的吊燈，照亮了桌子上紅白朝陽格的桌布，簡妮側著身體，坐進椅子裡，腳卻被桌子腳和椅子腳絆住。店面雖然局促，但這小館子裡的菜果然好吃，茄子煲、白蟹豆腐、紅燒划水、浦東鹹雞，樣樣都很清爽新鮮，馬上就比出國營大館子菜式的馬虎與粗魯。小店的空氣裡暖洋洋的食物氣味和殷勤的笑臉，讓人十分舒服。簡妮和許宏的心情漸漸舒展起來。

「為什麼你剛剛說她有家傳？」簡妮問。

「她家從前在靜安寺那裡開廣東餐館，老上海的人都知道。現在這個館子，是她家自己開出來的。她弟弟和她丈夫做大廚，她爹爹管櫃檯。到這個館子吃飯，有點到她家吃飯的意思。」許宏說，「這裡公道，又殷勤，又有質量，是規規矩矩、巴巴結結做生意的樣子。」

正說著，女老闆親自為他們送腳爪黃豆湯的砂鍋來，然後，她拿出一本黑色封面的小書，遞給許宏看：「你看，我們的店上了那個猶太人編的上海指南，聽說都是發給外國人的。那猶太人將我們店算是，在上海的外國人認為可以吃到上海家常菜的地方。」

簡妮要過那本小冊子來看，裡面都是在上海可以去什麼地方吃，可以找到怎樣的酒吧，可以到哪裡去買中國骨董，每個地方，都附送兩張折扣券，可以打到至少八折。看上去，那本書十分體貼，也有權威性。「真沒想到，上海也有了這樣的書，我在紐約見到過。」簡妮說。

「他是真正發了，我聽說他已經在虹橋買別墅了，就靠每年做這樣一本書。」女老闆說，「他剛到上海來的時候，連工作也沒有的，住在浦江飯店青年會大統間裡。他才叫聰明。」

「就是那個上次我在這裡碰見的猶太人？」許宏問，「連上海下流話都會說的那個人？」

「就是他。」女老闆遮著嘴唇笑，她的樣子讓簡妮突然想起了范妮，她也喜歡遮著嘴唇笑的。

「你曉得他姓什麼，居然他也姓沙遜。我猜他是騙人的，沙遜家根本沒後代。他想做大亨呢。」

又一桌客人要結帳，女老闆起身去照顧他們，然後，去招呼新的客人進門。

許宏搖著頭笑：「這店裡的生意，眞算是做出來了。」

簡妮說：「你將來也一定會這樣的。」她說這話的初衷，是爲了挽回自己剛剛的唐突。但說出來以後，她心裡就難過起來，簡妮想，這種沉悶的難過，大概是自己的嫉妒。她知道自己斷斷做不到像他們這樣。他們的潮頭已起，而她還擱淺在遠遠的沙灘上。這時，樓上突然響起了電鑽的聲音，強烈的聲浪蓋住了所有的說話聲，好像連這沿街面的老房子都在這聲音裡震動了，牆皮也在簌簌發抖。簡妮覺得，那簡直就是上海在長嘯。她閉上嘴，等待電鑽聲音過去。但她看到，別的桌子上的人，都提高了聲音，大聲喊著將話說完，並沒有停下來。電鑽突然停了，簡妮聽到一聲吼叫從後面的桌子上衝出：「我不會同意這樣低的折扣的！No！」

許宏也正對她喊：「你說什麼？」

簡妮說：「我說，你也會這樣的。」

「苟富貴，勿相忘。」許宏笑著拿起自己的杯子與簡妮的杯子碰了碰。簡妮在大學語文裡學到過這句話，那是陳勝吳廣起義時，一班草莽英雄的約定。

「你要是想做自己的事業，不是只爲人打工，也許上海的機會更好。上海人到底吃外國文憑。」許宏說，「你可以到我這裡來，你會大有作爲的。」

「我嗎？」簡妮嚇了一跳，連連搖頭。

這時，女老闆將客人領到他們桌邊，那是個胖胖的美國女人，她也跟著女老闆，叫許宏「嘟嘟哥哥」。

許宏將簡妮也介紹給了她：「我在公司的同事，簡妮。」

然後將那美國女人介紹給簡妮：「福特汽車的首席代表，凱西。她是這家飯店的老客人。」

「你已經下海了？」凱西笑著做了個游泳的姿勢，「去那個新的化妝品廠了？」

「是的。」許宏說。

「希望你成功。」凱西說。

「你的中文眞不錯。」簡妮說。

「哪裡哪裡，我是自學的，還不夠好。」凱西說，她連中國式的謙虛都懂得。她臉上的得意之色表示，她知道中國人認爲外國人根本不會懂，中國人會爲她的謙虛嚇一跳。簡妮笑了，「你在上海一定很久了。」簡妮說。

「在上海的老外裡面，我就算是元老。」凱西說，「上海很有意思，不捨得走。前幾天，我回美國出差，看電視裡播上海的紀錄片，叫《慢船去中國》，那是一首老爵士樂曲的名字，因爲他們拍了和平飯店的老年爵士樂隊的演奏，還有一個叫吉米彭的老先生，跳老式搖擺舞。聽說他是從前一個買辦的後代，那個買辦叫盛宣懷。上海的歷史很有意思。美國沒有這麼有意思的地方。」

「吉米彭是我的一個遠房親戚。」簡妮說。

「眞的？」凱西驚叫一聲，「他跳舞跳得太好了，簡直不可思議。」

「是的，我也聽說過。」簡妮說，「但我自己從來沒看到他跳過。」

「那個紀錄片眞的拍得不錯，他們採訪了好幾個老人。按照他們的看法，上海才是條正在蘇醒的巨龍。」

「你認爲他們說得對嗎?」許宏問。

「我希望是對的。我希望上海好。它好,我也好。」凱西直率地說。

這時,樓上的電鑽又排山倒海地響了起來。它簡直太響了,店堂裡的人不得不停止說話。玻璃在震動裡咯咯地響著,狹長的店堂,一時如同失控的、飛奔的火車一樣抖動著。

等再次安靜下來,許宏不甘心地問簡妮:「剛剛你爲什麼搖頭?你就這麼肯定?凱西他們不是也在上海工作?那猶太人還發了財。」他不相信簡妮爲了滿足虛榮心,才只在外國人手下工作。

簡妮只是笑著搖頭,畢卡迪先生在靜安賓館的餐桌前搖著頭笑的樣子浮現在她的眼前。

新年一過,簡妮便按照畢卡迪先生給的那張名片上的電話號碼,順利找到 Nancy Collins,約定了去送簡歷的時間。簡妮提前到了,於是,在錦江飯店的花園裡閒逛。

小禮堂門上的玻璃裡遮著白色窗紗,像上海人喜歡在汽車和門玻璃上做的那樣,在玻璃兩端安了固定的窗紗,遮擋外來的視線。美國人的禮堂,從來不會在玻璃裡遮這樣的東西,簡妮想,這就是地道的中國。但是,這地方卻是周恩來與季辛吉當年簽署中美聯合公報的地方,爸爸在報紙上看到這條消息,激動得臉都變了。簡妮能記得他那巨大的、擴張的鼻孔。他那是以爲,只要中美一解凍,他們全家都會馬上被奶奶接到美國去。媽媽爲此特意炸了豬排。那是唯一的一次,家裡爲報紙上公布的事情慶祝。簡妮慢慢經過小禮堂,無論如何,它還是讓她感到親切的。就像對周恩來的感情那樣。她看到玻璃上映照出的自己的臉,爲了怕別人看出自己的緊張局促,自己臉上竟是一副氣呼呼的倒楣樣子。簡妮趕快揉了揉自己的臉,讓肌肉活動起來。她知道,沒人要看這樣哭喪的臉,她也沒資格將這張臉帶到 Collins 的辦公室裡去。現在,她是自己留在上海最後的希望。

簡妮路過一間草地邊上的平房，那裡是外國航空公司的機票售票處。有些外國人在那裡進出，櫃檯裡的小姐都長得不錯，滿臉都是上海小姐溫柔的傲慢。在售票處的玻璃門上，貼著西北航空公司的廣告。她回美國的返程 open 票，也是西北航空公司的。揶頓給簡妮辦了一年的工作簽證，一年之內，她必須要回到美國本土，去延長工作簽證。簽證是簡妮最頭痛的事，要是不能找到工作，她就得馬上考慮在簽證有效期內回美國去，她聽說，美國移民局已經停止辦理將工作簽證轉爲學生簽證，這就意謂著，要是她不能找到工作，找到爲她申請新的工作簽證的公司，她就沒有美國的合法身分了。簡妮緊握著放在透明文件袋裡的簡歷和推薦信，經過西北航空公司的海報，她想起自己當時離開美國飛機時，手裡緊握的加有有效簽證的護照。

售票處的斜對面，就是一家賣進口食物的超市。一個高眺的金髮女人領著她的孩子在買東西，要不是她拖著個嘴裡塞了奶嘴的孩子，簡妮幾乎以爲自己遇到 Tim 的太太了，她家喝的所有的水，都是從這裡買的。簡妮本能地往邊上一閃，她不想讓 Tim 的太太看見自己，她覺得羞愧。發現那人並不是 Tim 的太太，簡妮鬆了口氣。她走進去，深深吸著那些外國日用品散發出來的氣味。在那氣息裡，她想到了「自由」這個詞。簡妮一向喜歡在超市的貨架間流連，喜歡看到世界各地五顏六色的東西整齊地排列在一起，日本的速食麵，韓國的泡菜，英國的紅茶，瑞士的巧克力，德國的水果茶，美國的麥片和薯片，美國的 Tang，美國的 Kit-Kat，紐西蘭的奶油，法國的尿布，法國的肥皀，它們在中國奇貨可居，貴得離譜。雖然它們的價錢讓簡妮不舒服，但她還是喜歡它們在昂貴裡傳達出來的優越。簡妮用外匯券買了一小袋哥倫比亞咖啡。付錢買東西，此刻，對簡妮來說，是種奇妙的放鬆。從皮夾裡抽出淡棕色的外匯券時，簡妮突然在心裡對自己喊，爲什麼就不相信 Collins 會帶來好運氣呢？事情還沒開始，倒自己將自己嚇瘋了！

站在錦江辦公樓的走廊裡，準備按 Collins 辦公室的電鈴前，簡妮不由自主地彎腰撫摩了一下自己的絲襪，檢查自己的襪子是否完好。這次，她穿了伯婆留下來的紅色旗袍裙、黑色上衣，她想留給 Collins 一個精通中國，並愛好中國文化的印象。但她也不想讓自己表現得太隆重，太想來開晚會，所以她只是解開大衣扣子，用大衣遮著。

Collins 是個棕色頭髮的美國女人，長著一張和善的臉。她爲簡妮拍了拍靠墊，說：「請坐。」然後，她馬上就將簡妮的簡歷拿過去，看起來。

屋子裡只有 Collins 翻紙的聲音，如同裂帛。心驚肉跳中，簡妮聽到自己的心跳聲，或者是自己耳朵上血管的聲音，她想起在挪頓面試的情形，簡妮想，自己當時真的是初生牛犢不怕虎呀。接著，她又想起挪頓公司那條長長的、天光暗淡的走廊，走廊的盡頭，是辦公室裡克利斯朵夫的桌子，他平扁結實的後腦勺，他白藍相間的耐吉球鞋，簡妮想，自己其實可以做得更職業化，而不是那樣感情用事的。她相信自己本來可以成爲一個好助理，在 Tim 爲她寫的 Reference 裡面，她看出來 Tim 的惋惜之情。Tim 花了不少筆墨來稱讚她的忠誠和能幹。她想起，剛剛到挪頓時，Tim 就曾告訴她，他希望她能當一座橋梁。現在，簡妮體會到了橋梁的含義。首先，她就得掩蓋起自己的感情。

這時，Collins 抬起頭來，簡妮永遠都會記得她臉上的笑容，那笑容深深地從她高聳的鼻翼兩邊展開，像船頭推開的波紋那樣美麗。她說：「我剛剛從美國帶回一張單，我想，他們要找的，就是你。」

簡妮瞪大眼睛，用力看著她，她知道自己不是在做夢，但她還是被嚇住了。

Collins 對簡妮笑著點頭：「我想你是合適的。」

那是一家想在上海建立合資工廠的美國化工公司。他們需要一個人做 Business Development

Manager，參加談判的翻譯工作，能將所有的文件翻譯成中文，或者英文，但這還算一般的工作，更重要的是，這個人要有與政府部門打交道的能力，也有與國營批發銷售渠道溝通的能力，能爲將來的市場建立關係。這個人，應該有經濟學方面的學業背景，有在上海的工作經驗，最好是在美國的合資公司工作過，但需要這個人在美國受的教育，接受美國的價值觀，忠實於美國公司的利益。但最重要的，是這個人有很好的上海背景，當地人並不把他看成外人。「你看起來幾乎符合他們所有的要求。」Collins 用手指輕輕彈了彈簡妮的簡歷和推薦信，「你離開上海不過才幾年，還不至於陌生。」她說，「我也面試過一個從挪頓出來的台灣人，台灣人的教育背景夠了，但對上海的認同程度幾乎沒有，這會給工作帶來麻煩的。」

簡妮很輕地點了點頭，好像怕驚動了什麼似的。

「你一定知道這家公司吧，Monsanto，很不錯的美國公司。」Collins 卻以爲簡妮在爲 Business Development Manager 這個職位猶豫。在成熟的市場中，這並不是一個規範的職位。它是外國公司在進中國市場初期，爲困難的前期工作特地設立的職位，類似高級助理。現在，有美國背景，又有上海經驗的人，在外國公司的人才市場上，一年比一年吃香。Collins 也正在爲百事可樂的上海公司挖人，她的對象是畢卡迪先生。但像簡妮這樣的人，有時比畢卡迪先生那樣的高級雇員更難找，中國出去的人，常常不願意回中國來工作，像從奧斯維辛出去的猶太人不願意回到波蘭一樣。她知道那些中國人心裡多少都有動盪時代留下的陰影，倒是眞正的外國人，高高興興地就來了。要找到一個有 Culture Fit，又能讓美國人信任的 Business Development Manager，幾乎像找高級管理人員一樣不容易。「他們的工資待遇，也會按照挪頓的給你，就是說，你也能算是美方雇員，享受百分之十五的 hardship。」Collins 說。

簡妮暗暗用手掐痛自己，來控制住眼淚，她知道不能流淚。她是那樣用力，以至於拉破了腿上的絲襪。窸窸窣窣的，她感到襪子在大腿上抽了絲。

她盡量平靜地說：「我相信自己會成爲溝通雙方的橋梁。我知道，這是這個工作最核心的部分。」

「你說得很對。」Collins 說。

王家花園的世界主義

上海一九九六年暮春的黃昏，薰風陣陣，那是沉重的暖風，又軟又重地打在身上，夾著上海那種躁動不寧又暗自感懷的氣味，梧桐樹上的懸鈴籽在隨風飛舞。十九世紀住在上海尚未擴張的窄小租界裡的外國人，海外英國人、猶太人、印度人、美國人、安南人、法國人，在休息天，集體爲租界種下法國的梧桐、荷蘭的鬱金香、英國的玫瑰，以美化他們在上海的住所。如今，只有梧桐樹在上海的大街小巷生了根，成爲上海的行道樹。每到暮春，懸鈴爆裂，那些如同金黃色小針的懸鈴籽隨風飛舞，在人行道和柏油路之間的下水道上堆積，如同日本四月的櫻花落英。每當懸鈴落盡，夏天就跟著來了。

一九九六年，上海經濟正在起飛，人們將「再現上海輝煌」常常放在嘴邊。上海菜，終於戰勝了十年前風靡上海的廣東海鮮，成爲時髦菜式。一些舊時代遺留下來的老洋房，被漸漸改造成新式餐館。那些已凋敗了將近五十年的院落，被鋪上進口的新草皮，重新種上玫瑰和鬱金香。那些多年未曾修剪整理的恣肆大樹，也被小心地修剪整齊，在大樹下放了遮陽傘和桌椅，晚上，桌上的蠟燭放在喝威士忌的酒杯裡防風。老房子斑駁骯髒的牆面，用義大利黃的塗料粉刷一新，它們污髒的馬賽克，在工人反覆沖洗下，奇蹟般地展現出帶著紐約四十年代風格的黑白圖案，或者南歐馬賽克絢爛的顏色，讓人不敢再認。那些被整修一新的老洋房，像梳洗打扮以後，正在等待南瓜馬車的辛德瑞拉一樣，展現出失而復得的，令人驚喜的光彩和深長的，隱忍的期待。

一九四七年就被賣出的王家老宅，在這一年被一個餐館女老闆從國家手裡重金租下。她從做一開間的本幫餐館起家，到將鄰居樓上的房間也吃下來，漸漸做大了。做大以後，她的心願，就是開一家帶花園的精緻的餐館，像畫報上看到的法國餐館一樣，草地上撐著白色的遮陽傘，客人穿著鑲拼皮鞋，像她爸爸從前穿過的。這是她私心裡的愛好，她想，也是許多上海人的愛好。

她聽說，這房子所有的材料，當年都直接從外國海運到上海，門上的把手是新英格蘭那些舊房子差不多的銅把手。樓梯上的鑄鐵彩色玻璃的樓梯窗，是 Tiffany 的風格。地板和壁爐，是南洋的好木頭。燈泡則全都是德國的，甚至現在，留在底樓客廳吊頂裡的彩色燈泡，都是德國飛利浦的新產品。燈泡上積滿陳塵，可細心的女老闆在工人拆除以前，讓人接上電源試了試，通電以後，那些燈泡竟然大放光彩，一個也沒壞，只是連接燈泡的電線被剪斷而已。半個世紀以前的燈光如幻夢一樣籠罩著整個客廳，女老闆心中欣喜而惆悵。她決定要將這棟老房子全部恢復原狀。工人復原的時候，在底樓起居室的牆壁裡，發現了一幅用油漆畫在牆壁上的巴洛克風格的油畫，她保留下那幅牆上的油畫，並讓設計師將電路改過，爲這幅油畫特地增加了一組射燈。

她聽說原來這老宅裡的家具都是年代久遠的，正宗的歐洲巴洛克式的家具。要重新找回來，是不可能的。但她的丈夫找遍上海西郊那些在倒閉的舊工廠裡開出來的古舊家具市場，一桌一凳地找來租界時代上海的西式老家具，海關裡的雕花並嵌骨的靠椅，西班牙式帶鏡子的柚木壁爐，維多利亞風格的食具櫥，當年從徐家匯教區裡流落出來的，可以供十八個人吃飯的柚木長餐桌。古舊家具商爲他們清洗修復了那些家具，再按照老家具的式樣，仿製了需要配套的家具。雖然那不是眞正的巴洛克式樣，也遠遠不像格林教授的書裡那樣豪華，但無論如何，它是洋派的，古色古香的，像泡力斯漆散發的氣味那樣，散發出只有租界時代的老東西才有的惆悵。對女老闆來說，那就是她心目中的老上海。本來餐館用不著，但她還是額外爲窗子配了寬條的木頭百葉簾，用來配合熱帶殖民地的氣氛。她和許宏一樣，在新中國出生，並沒見過舊上海的樣子，家族中也沒有外國的背景，但她心裡，卻對此有著深長的鄉愁。她將那張柚木大餐檯放在從石灰裡刮出來的舊油畫前，大餐檯主人座後面的牆上，安放著一條義大利進口的描金鏡框，裡面陳列著從格林教授書中複製的，王家帶有照片的家庭樹，那裡是整個大堂的中心。

做成樹狀的家譜上，第一代的王筱亭沒有照片，只有一張線描的肖像，是點石齋畫報式的。第二代王崇山的照片有些呆板和緊張，第三代王佩良和第四代王甄盛，就能看到他們眉眼之間的風流，如同秋天的霧氣那樣沉浮流轉。王甄盛以後，跳過一代，接著的，是王簡妮的照片，家庭樹裡唯一的一張彩色照片。她穿著白色鑲金邊的旗袍，強硬地微笑著。在她的照片下，注明她在美國法亞洋行工作。王家的家庭樹上，從王筱亭開始，就在美國的法利洋行做買辦，直到王甄盛，一直世襲下來。到王簡妮，轉成法亞洋行。因爲法亞和法利的名字相近，所以，看上去好像也是世襲下來的一樣。

這家上海餐館，名字就叫「王家花園」。

餐館的牆上，還裝飾著不少舊時代的舊照片。那是一批最早重現在上海市井中的歷史照片，直接從歷史研究所的上海近代史研究人員手裡翻拍下來的。有清末上海灘上的名妓合影，有大華舞廳燈光璀璨的內景，還有舊式郵輪啓航時，漫天飄揚的握在旅客和送行者手中惜別的紙帶。那些影像模糊的翻拍照片，散發著一個被遮蔽了的舊時代的神祕。這些照片後來成爲年輕人想像上海最結實的材料。當然，在這裡大放異彩的，是那些王家過去的照片。從格林教授的書上翻拍下來的，放大了的照片像電影一樣，給來吃飯的客人一種重返過去的幻覺。等待上菜時，客人們常常以參觀牆上的裝飾和房子的細節爲樂。他們透過照片表面那一層印刷品遺留的網線，細細看著照片上那些神祕遺傳的大嘴和額頭，心裡浮沉著某種淵源的幻想。

王家花園的菜式，是從紐約華埠的上海餐館借鑒來的，有什錦暖鍋這樣的私房菜，有更地道的莧菜梗蒸臭豆腐和蝦露臭冬瓜這樣的家鄉菜，還有蜜汁火方、松鼠黃魚、水筍紅燒肉這樣的傳統上海菜。但是，王家花園的酒水卻是地道的洋酒，食具也是西式的，在烏木筷子邊上，必擺一副刀叉。

因爲這些老照片，這座死灰復燃的老宅子，這口味重油膩的老菜式，王家花園給人一種源遠流長卻一脈相承的安慰，在一九九六年的上海，這種安慰因爲暗暗與上海人心中的期待與茫然契合，而大受歡迎。它很快成爲上海最時髦、最熱門的餐館，每天晚上都需要預定，才能坐得下來。到上海來的外國人，更是把這裡當成了一個旅遊點，就像到巴黎要去聖日爾曼大街上的那些咖啡館喝咖啡一樣。日本的旅遊雜誌上介紹了女老闆的發家史，她如何在短短五年時間裡，從一家深受外國人歡迎的小餐館業主，做到提到上海便不可缺少的風雲人物。

在王家花園的牆上，唯一一件全新東西，是一張獎狀。這裡的裝潢，獲得一九九五年上海市建築行業的年度裝潢最有創意獎。

這個黃昏，王家花園的晚市就要開始，花園門口的洋鐵皮廣告牌上，射燈大放光明，照亮暮色中廣告牌上餐館的標誌。那是一個用電腦修理過的女人的舊照片，梳著四十年代兩鬢如蝴蝶般隆起的髮式，深色大花的旗袍，領口用粒 Tiffany 四十年代式樣的胸針緊扣著，帶著點上海舊女人煙視媚行的樣子。那是盧夫人年輕時代的照片。她是王佩良最後一任姨太太，跟王家去了香港，但她在上海時，從沒住進過王家在上海的老宅。如今，她卻成了王家花園餐廳的店標，印在餐館的貴賓卡和定座卡片的左上角。

門廳裡領位的小姐已等候在寫滿預定客人的包間牌子下。她們穿的是月白色的改良旗袍，短到小腿上，溫良而利落，沒有一般餐館和酒店裡領位小姐那種拖到腳背上的高衩旗袍的俗。腳上穿一雙尖頭淺面的小高跟皮鞋，帶著五十年代的香港風格。王家花園的每間包間，都以舊上海街道的名字命名，霞飛路，洋涇浜，金神父路，花園弄，棋盤街，十六鋪，四明村。店堂裡燈火通明，烏木筷子頂端上一寸見方的仿銀包鐵，擦得鋥亮的西食具、玻璃杯和酒杯，都在燈光下閃爍著優渥的晶瑩的光芒。穿黑色中式衣服的侍應生們，讓人想起大公館裡溫良的傭人們。

一切都準備好了，通往屋外露台的門敞開著，露台上放著白色的桌椅，從前，王家的甄字輩在露台那裡搭台唱戲的時候，從露台到草坪，有淺淺的兩級石階。現在，那兩級石階已經沉入地面，露台現在與草坪一樣平了。要是不對照著照片仔細看，還眞的看不出來。

原先被王家的年輕人挖過一個小湖的花園，現在早已不是玫瑰園了，而是啤酒花園。今天有一個來自紐澤西的大學修學旅行團在這裡晚餐，花園裡架起了好幾個 BBQ 的烤爐，那是爲美國學生特意準備下的。

柚木大餐檯上放了「Reservation」的小牌子。在餐檯的中間，按照客人的吩咐，侍應生準備了一個在紅寶石預定好的栗子蛋糕，蛋糕很大，能插下七十三根生日蠟燭，這是機械進出口公司特地爲兩個商業英文顧問的生日準備的。機械進出口公司預訂了這張桌子，爲兩個七十三歲的英文顧問慶祝生日，也算答謝兩位老人一周三次，舟車勞頓，到外灘上班的辛苦。那個蛋糕和幾包蠟燭下午時分被一個年輕小姐送到餐館，她對鮮奶油裱出來的一圈粉紅色玫瑰花十分得意，再三言明是給重要客人的禮物，警告領班要小心。現在，紅寶石漂亮的栗子蛋糕被眾多的蠟燭插得滿滿的，不得不將裱花都破壞了。插蠟燭的小姐一方面不忍心將漂亮的裱花破壞，另一方面不耐煩這麼多工作，她負氣地想，那個壽星，無論如何不可能一口氣將這麼多蠟燭吹滅的，所以他們對蠟燭許的願，再好也是白搭。

客人已經陸續到來。要是本地人，就是一些穿著精緻的中年人和青年，他們散發著淡淡的法國香水氣味，身上的西裝大多是日本的，手裡的提包是義大利的，而領帶和絲巾更多是歐洲各地的名牌。將釘在袖口的商標不肯撕去的暴發時代已經開始退潮，他們已經懂得含蓄的炫耀了，女人臉上的妝也越來越淡，年輕女人更用淡棕色的唇膏來掩蓋上海女人臉上常常因爲化妝而凸顯出來的風塵氣。

要是外國人，除了衣冠楚楚的商人們，還有一些完全休閒打扮的旅遊者，曬得通紅的，脖子上吊著裝護照的小袋袋，背著照相機，手裡握著一本「孤星」叢書中的《中國》卷，封面上是北京皇宮的黃色琉璃瓦頂，還有一本黑色封面的《上海》，那是在和平飯店，或者希爾頓酒店的大堂裡可以找到的，爲外國旅客提供的上海指南，比「孤星」的上海介紹詳細有趣得多。

店堂裡有了這兩種人，就像沒加鹽的菜裡放了鹽，已經放鹽的菜裡加了味精，立刻變得有滋有味，要全是清一色的外國人，或者中國人，那就太乏味了。他們大多已經了解了王家花園的稀奇之處，所以一旦坐定，將外套和手提袋放在自己的座位上，就開始去參觀房子，家具和牆上的圖片。他們仰著頭，在那些鏡框面前唏噓，就像美國愛爾蘭的後裔，到愛麗絲島上的移民局遺址博物館的姓名牆上去尋祖的樣子。外國人在那裡看到自己的家鄉，上海人在那裡找到了自己的過去，外國人和上海人站在同一張照片前面，好奇而歡喜地看著，然後彼此笑一笑，算是打了招呼。這樣禮貌而舒服的微笑，在上海的其他地方還眞不容易找到，所以雙方的心都一下子鬆弛下來。很容易，就交談起來，會英文的上海人說英文，會中文的外國人說中文，雙方都熱心而眞誠地恭維對方：「你說得眞好！」華洋雜處，本來就是上海的特色，在王家花園，這失落了多年的特色，重新煥發出它的魅力。然後，常常有人在照片前停下來，在胸前抱著雙臂開始交談：「你從哪裡來呀？」常常這就是第一句上海人的問題，用英文。美國、德國、法國、盧森堡、荷蘭、西班牙、日本、韓國、泰國、馬來西亞、新加坡、烏克蘭、伊朗、瑞典、冰島、印度，從世界各地來的。雖然說的都是英語，但可以聽到各種稀奇古怪的口音。「上海眞是個奇妙的地方，沒想到中國有這樣的地方。」這常常是外國人的感慨。這個城市與他們想像中的中國不怎麼相干，但是與他們的家鄉，也不怎麼相干，但卻又能看到非常相似的地方，簡直讓人迷惑不解。在這裡，美國人認出了他們的Tiffany，西班牙人認出了他們的壁爐，德國人認出了他們的燈泡。「因爲這裡從前是外國租界。」上海人這樣解釋，有時，他們將租界和殖民地這兩個詞混淆起來，其實，它們是不同的，殖民地是被一國侵占，而租界卻是被多國租借，中國也保有主權。「啊！難怪這樣國際化，與香港和孟買以及西貢又是不同。」外國人恍然大悟。然後，他們也懂得了王家花園舊主人作爲買辦的奢華。

來上海修學旅行的美國學生到了，出國修學旅行，在美國學校裡也算學分，學校請當地的專家和教授爲學生上課，講授當地歷史。這次，紐澤西大學政治學專業的學生旅行團，請到一個被《紐約時報》稱爲上海文化保護者的美國老太太上課。她已在上海僑居多年，致力於研究和整理上海的租界歷史，她將租界遺跡用幻燈片拍下來，保留了整整一個書櫃。下午，在她上海的家裡，她已經爲他們講了一個小時三十分上海作爲一個全球化背景下成長起來的都市，與西方交往的歷史。接著，她帶領學生來參觀王家花園。此刻，她指點給他們看牆上的那些鏡框，裡面有些照片，是下午講座時已經放過幻燈片的。她認爲，從前，上海是在西方背景下，才能從一個小漁村發展成二十年代世界上最繁榮的世界主義色彩濃郁的大都市。現在，西方人因爲沒有對殖民歷史的屈辱感，又是上海歷史眞蹟的保護者。

她領著學生們到那個陳列著王家歷史年表的鏡框前去，「這是很重要的家庭樹，對已經流失了的這個買辦家族來說。請大家注意，這不是愛麗絲島上我們都看到過的移民樹，那是由政府作爲強有力的支持者。對上海歷史的保存和發現，在這裡更多的是由民間完成的，常常還是在外國人的幫助下。這個美國洋行世襲買辦家族的家庭樹，就是在一位美國學者的著作裡發現和保存下來的。」她說。

王筱亭：一八五〇年從寧波到上海，粗通英文，入買辦穆炳元門下，學習經紀。遂入美國法利洋行，從事簽約勞工和鴉片貿易。一八六〇年時，從跑街、跑樓升至買辦，同年，長子王崇山出生。

王崇山：一八六一年出生在寧波，成年後作爲世襲買辦，成爲法利洋行的買辦，同時任美國利邦洋行買辦。正值第二次鴉片戰爭後上海的迅速發展時期，洋貨大舉進入中國並迅速向中國內地擴張，王家父子大展身手，成爲旅滬寧波人中的巨富。

王佩良：一八八七年出生於上海，庚子賠款的留美學生，學習機械製造，王家的第一個留美學生。學成歸國後，繼承美國法利洋行買辦，並成爲王家的第一個實業家。在中國資產階級發展的黃金時期，他開辦寧波輪船公司，並沿途自建碼頭和倉庫，後開辦精良修船廠，除修船和拆船以外，也承接造船。後大部被毀於太平洋戰爭時期。但在買辦方面，仍借戰爭時期，海路阻斷，化學原料飛漲之機，發了大財。他是王家，也是中國的最後一代買辦。隨租界廢止，時代變化，買辦業衰微。一九四七年，他還往香港，大敗於投機香港股市。一九六四年，在香港逝世。

王甄盛：一九一八年出生於上海，王家主要繼承人，MIT工商管理碩士。香港法利洋行總代理。

王簡妮：一九六七年出生於新疆阿克蘇，美國紐澤西州立大學經濟系畢業，美國法亞洋行駐華雇員。」

老太太將鏡框裡的中文恢復成了英文，念給美國學生聽。

「他們家當中斷了一代人。」有學生指著王甄盛和王簡妮中間的空檔說。

「大概在一九四九年革命以後流散到世界各地去了。」老太太解釋，「這在上海，是很普遍的事實。一九四九年的前後對上海來說，是完全不同的兩個世界，上海文化在一九四九年因爲意識形態的轉變，被完全切斷。上海的紅色政權並不珍惜自己城市獨一無二的歷史和面貌，你們知道，一九四九年以後的上海人把 English 叫什麼，叫『陰溝裡去』。殖民地的解放浪潮以後常常會發生這樣的事，由於仇恨，由於屈辱，也是由於無知。他們並不知道自己在破壞這土地上最有價値的遺留物。」

「如果是這樣的，爲什麼在你的家裡，仍舊可以看到這麼多老上海的東西呢？」另一個學生問，她在上海興國路上租借的一棟西班牙式的老洋房裡，到處陳列著老上海的生活遺蹟，掛在她家門廳窗邊的，是一九三一年上海童子軍的隊旗。旁邊的鏡子，是一九二〇年代南洋兄弟菸草公司的禮品，鏡子下放著一百年前海運到上海的 Singer 縫紉機，仍舊可以用。而在窗下的椅子，則是赫德時代的海關財產。她的房子，是消息靈通的外國旅遊者到上海必遊之地，在上海的外國人裡有時流傳著，老太太可以用這樣的生活掙錢的閒話。

「它們都是我一點一滴從民間收買來的，都是中國人覺得無用，但是也捨不得扔掉的舊貨。」老太太說，「我從他們手裡買來時，大多數人爲能將這樣的舊貨變成錢而欣喜不已。」她說著將在餐館裡陳列的家具一一指出，「慢慢地，在上海的外國人有了這樣的需求，一些心裡親近西方的上海人也開始學習到這種方式，這個餐館就是很好的例子。這些由中國工匠根據歐洲的圖紙，在上海製造的西洋家具，都是上海人爲滿足這種需求，自己建立了舊家具市場，並雇用工匠修復的。原先，它們都已經殘破，並且骯髒不堪。現在，因爲中國經濟不得不漸漸加入全球化，上海的歷史被翻了出來，上海人也開始靠這些東西恢復自己的記憶，了解自己城市過去的寶貴之處。這家餐館在修復前，老闆到我家來過好幾次，我一直是她餐館的客人。」

「她不爲被殖民的歷史而憤怒嗎？」一個美國學生問，「這些鏡框，這些陳設，」她轉身向四周指了指，「似乎是沾沾自喜的。」

老太太聳了聳肩：「也許最初的時候，會覺得傷自尊心的。但不可辯駁的是，那時是他們的黃金時代，中國未被租用的城市都遠遠沒有脫離中世紀的水平。的確是與西方的聯繫，將上海成功地帶入世界。」

「上海人本身也這麼認爲的嗎？」那個面容嚴肅的學生追問道。

「大家看這個王家花園，它是上海最昂貴的餐館之一。但到這裡來吃飯，仍舊需要預定，這說明了它受歡迎的程度。它的陳設，努力再現當年一個買辦家的情形，也是上海當年的面貌，他們將它當成一種懷舊的象徵。餐館的主人與王家沒有任何關係，但是他這樣做了。這也許可以解釋一些你的疑問。」老太太說。

「你與他們交談過嗎？」學生又問。

「很少，她只能說最簡單的英文，而我也只能說最簡單的中文。」老太太誠實地說。

美國學生被老太太引領著，去看另一個鏡框，那裡面是一張在愛麗絲島上的移民博物館裡展出過的唐人街照片。那裡面就有通過法利洋行送去美國的中國勞工。然後，他們轉去另一個鏡框，那裡面是一個洋行辦公室的內景，中國人和外國人正坐在寫字桌前忙碌。還有一個鏡框裡，是某一處貨棧，一個洋人和一個光頭的中國人，正在清點成箱的鴉片，旁邊，是幾個赤膊的苦力，正在搬運那些新到貨的鴉片。最後，美國學生停在一張照片前，那是一個龐大的家族在一棟有兩個尖頂的大房子前的合影。遠遠地，可以看到花園裡的玫瑰園，玫瑰樹的枝條，被花朵壓彎了，還有在陽光下泛出白色的草地。

老太太指點著照片說：「這就是這棟房子。大家可以看到，那個遠處的露台，就是我們將要吃晚飯的地方，在照片裡，還有兩級台階，但現在，這兩級台階已經看不見了。上海的土地鬆軟，房子很容易下沉。那兩級台階已經沉到土地裡去了。」

斑駁的老照片，如今被細心地鑲在巴洛克式的描金鏡框裡，鏡框是那樣大，豪華得那樣誇張，而黑白的舊照片是那樣小，那樣模糊，好像一個從鑰匙孔裡窺視到的世界。

從院子裡，隨風飄來燒烤的香味，那是美式的燒烤，裡面有紐奧良地區出產的燒烤鹽含有桂皮的特殊氣味。美國孩子們立刻被那來自家鄉的氣味吸引，不由自主向花園移動，對遙遠過去遠東殖民地的擔憂和好奇，被紐奧良鹽在油汪汪的肉塊上的氣味沖散。

他們使得寂靜的花園裡充滿了歡聲笑語，以至於整個餐館都跟著活潑起來。

「他們讓我感到好像回到了紐約。」魯坐在靠窗的兩人座上，看著窗外的學生們說。是的，他是魯，范妮的前男友。他並沒有欺騙范妮和她的父親，他的確是去環球旅行了。此刻，他從越南到了中國，將要從上海飛去西藏，然後，從西藏去尼泊爾，然後，印度，緩慢地回國。他的臉因爲長期旅行而變得黝黑消瘦，但比從前讀書的時候健壯多了。

「你懷鄉了吧？」回應他的，是他在西貢遇到的越南女孩，她本來是他雇用的導遊，後來他們自然而然地成了情人，她就隨他一起來到中國。她披著一頭黑色的柔順長髮，皮膚柔軟得常常讓魯想起范妮。他想，也許亞洲女孩個個都有柔韌的好皮膚。

在外面旅行了幾年，千山萬水，魯已經記不眞范妮的臉了。剛剛在家庭樹的照片上看到簡妮的照片，他突然想起范妮的臉，這家老宅的主人與范妮是一個姓，魯心裡動了一下，但是他想，世界上沒這麼巧的事。在他看來，東方的女孩長得都相像，就像他的越南女朋友告訴他，在東方人看起來，洋人也都長得難以分辨。

「並沒有怎麼想家，而是想起了我在紐約時的女朋友，她也是上海人。」魯說。

「這裡？這個上海？」越南女孩點點地下，她說了一口清晰的美國英語，是從小跟留在西貢的美國人學的，那個美國人爲聯合國工作，很多人卻說他實際上是間諜。

「是的。但是我們分開了。她現在住在我當時租下的公寓裡。也許我回紐約時，沒有落腳的地方，還得再住回去。」魯說。他沒意識到，那越南女孩柔和的臉開始陰沉下來了，她沒想到他會回到另一個東方女孩的公寓裡去，那她怎麼辦呢？她想，她難道只是他旅行中的伴侶嗎？但她什麼也沒說。

「她也有一頭黑色的長髮。」魯看著夕陽裡那些曬成棕色的健康的學生們說。

這時，爺爺來到大堂門口。他的淡藍色的確涼襯衣和淡灰色的確涼長褲，在店堂裡寒酸得很扎眼。他一眼看到從挑頂的縫隙裡射出來的彩色燈光，便愣住了，好像被嚇了一跳。他年輕的時候，在父親離開上海談重要生意的時候，兄弟姊妹們有時會帶同學回家開舞會，那時他們將頂棚的德國彩燈都打開。他還記得姊姊的一個中西女塾的同學，模仿美國黑人唱爵士，聲音妖嬈。他能認得那彩燈的顏色，那是太平洋戰爭前大紅大綠誇張的風格。

大堂裡那個高䠷的女服務生及時迎上去。將他堵在門口。她穿著月白綢子的中式小褂，黑色綢子長褲，將頭髮盤了一個法國髻，插了一排用細鉛絲纏過的茉莉花，是公館裡本分傭人的打扮，只是神情有些粗魯的勢利。她以為又遇到了沒眼色的客人。

王家花園剛剛開張的時候，常常有這樣的客人闖進來。他們坐下了，也把餐巾抖開了，等到看菜單，才驚叫起來：「這麼貴！」常常，他們的臉也隨著漲紅了。服務生心裡明白，那種紅，一半是著急，一半是生氣。她就不出聲地在一邊站著，等著。心裡驕傲地反問：「你難道以為此地是飲食店嗎？」要是他們夠膽量站起來走人，倒也爽快。但這種客人，常常又是最抹不開臉的那種人。他們要是硬撐著在這裡吃飯，鐵定就是最難服侍的客人。他們一定不喝法國波爾多的進口紅酒，也不喝日本進口的啤酒，只點些最便宜的菜。但一會嫌菜少了，湯又嫌涼了，其實，千言萬語匯成一句話，就是嫌太貴了。

王家花園的餐桌，就像放大鏡一樣，將客人的背景放大得纖毫畢現。而這裡的服務生，就像站在放大鏡後面那樣，掂量著客人的份量，然後決定自己的態度。在明亮的燈光映照下，女人的首飾和修得閃閃發光的指甲，男人乾淨的皮膚和真正燙過的白襯衣，都被照亮了，富有的臉，帶著挑剔和精明的樣子，還有一點點的驕橫與得意，也被漿燙過的雪白桌布和鍍銀的食具襯托出來。服務生們都喜歡看到那樣的客人。而這些迫不得已坐下的客人，總是吊著苦瓜臉，即使有高談闊論的，也能看出他們磨毛了的的確涼襯衣領子，發黃的指甲，在雪白桌布前的拘謹不安。要是冬天，他們已經在暖氣裡熱得紅頭漲臉，卻死死捣在厚毛衣裡，不肯脫掉，一定是裡面穿的衣服不能見人。服務生們是從心裡鄙夷他們的，服侍這樣的客人，連自己都不那麼體面了。但是，他們是不會表達出來的，他們會表現得更加彬彬有禮，滿臉假笑，著意襯托客人們的寒酸。逼客人不得不草草用了餐，趕緊落荒而逃。慢慢地，王家花園的高門檻在周圍傳開了。王家花園服務生被薰陶出來的乖巧與勢利，在有錢客人和外國客人裡面也是有口皆碑。他們的態度使這些受到禮遇的客人，在心裡滋生出微妙的滿足，猶如爽利的奉承。

漸漸，不識趣的客人少了。她在大堂服務，也很久沒看到過這樣的客人了。

「先生預定過嗎？」她問。

「是的。」甄展回答說。

「我們這裡的規矩，要請領位小姐將你領進來的。」她引著他往外走，「你說預定過，請問是用誰的名頭呢？」

甄展卻並不隨她往外走，臉色也強硬起來。從前他家的傭人的確也穿月白色的衣服，他對她們都客氣，有時，他還願意教年輕的傭人寫字，給他們些錢接濟家裡。這樣讓他心裡舒服，領受到下人的感激，覺得自己是個好少爺，不浮華，有悲憫之心，像俄國的知識分子。他在這個宅子裡，還沒看到過如此刁滑的神情。他冷冷地看著她，看她眉眼之間那年輕的愚蠢的勢利，挑剔她上海話裡明顯的安徽口音。「好沒有眼色。」他心裡說。

這時，已經坐在桌前的年輕職員看到了甄展，他們紛紛過來招呼他。進出口公司的年輕職員大多是這幾年外文系畢業的學生，他們格外喜歡甄展這樣的老先生，雖然甄展從不提自己的身世，但他們還是喜歡他靜默中不凡的趣味，他純正的口音以及他神祕的低調。在喧譁的致富聲中，他看上去十分清爽。

侍應生這才偏過身去，讓到一邊。但甄展卻並不動身，他遠遠地站在侍應生的對面，等待她退到一邊，將路完全讓出來。直到她不得不退後兩步，他才微微朝她點了點頭，向他的桌子走去。遠遠地，那燙得平平整整的雪白桌布上插滿蠟燭的大蛋糕，讓他想起小時候家裡人慶生時，飯桌上每人都在胸前別一張剪成花狀的花紙，表示祝賀。小時候在這棟大房子裡，他度過了無憂無慮的，清高沉靜的青少年時代。

甄展被讓到主座上，與另一個老太太坐在一起，她是外貿學院退休的教授，燕京大學的畢業生。他們倆被請到公司幫忙。他們看到餐桌中央的大蛋糕，滿滿的蠟燭雖然難看，卻是真心實意，他們倆同聲客氣：「不敢當，不敢當，我們已經老朽了。」老太太雪白的鬈髮襯著藍襯衣，讓他想起自己的妻子范妮。

年輕的職員們很喜歡他們兩個老人，在等菜的時候，紛紛要求陪他們去參觀房子和牆上的照片。他們斷定，老人自己是不會來這種昂貴的時髦地方消費的。甄展和老太太被那些年輕的職員們陪著，去看照片和彩色玻璃窗。

「我去美國念書的時候，就乘這種郵輪。」老太太指著照片說。

甄展看到了自己家傳統的額頭和嘴，從祖先，一直到簡妮。在大哥和簡妮照片的細縫裡，他看到了老范妮和小范妮、愛麗絲、哈尼他們三兄弟，還有自己的一生。那麼小的一條細縫，像《唐吉訶德》的插圖那樣，浮沉著這麼多無所歸依的人形。然後，他看到那個永遠被留在照片上的鴉片倉庫和穿月白長衫的中國人的臉，看到了唐人街濕漉漉的街口邊，站著的中國男人。

「因爲太平洋戰爭，我們的船要停好幾個地方。」老太太繼續說。

甄展看到樓上浴室的門，那是他們兄弟用的浴室，姊妹們的房間和浴室在樓上。那個銅把手看著眼熟，但原來的門是棕色的，現在卻換成了白色，他倒不敢認。那個銅把手來自美國的新英格蘭，在美國留學時，維爾芬街公寓的浴室把手也是這樣的。經過那裡的時候，他不由得伸手去握了一下，熟悉的感覺像閃電一樣照亮他的心，果然那是原來的把手。陪著他的女職員卻輕輕制止他：「王先生要用洗手間的話，要到樓下去。」她示意他，他才發現，門上釘了個小銅牌，上面畫了一隻高跟鞋，甄展迷惑地看著它，然後恍然大悟，現在，這裡是給女賓用的洗手間。他慌忙說：「眞是荒唐，我沒看到這張牌子。」

「王先生，你去留學的時候也應該坐這種郵船的吧。」那個年輕女孩問甄展，她對他一直很溫柔，很照顧，她是個聰明孩子，也學得很快。甄展覺得她對自己那樣的體貼，好像想要安慰和補償他那樣。

「是的。」他簡單地說。這班小青年很喜歡知道他的過去，他們沒有惡意，他知道，但他不想說。他們陪著他和老太太看照片，看房子，看那下沉的露台，與照片上的露台對照，誰也沒想到，他就是照片裡站在露台上滿身戲裝的王家少爺，這裡曾是他的家，他就是在甄盛和簡妮中間的那條空白裡的眞實。他看了身邊的女孩一眼，比起他妻子范妮的臉來，她臉上有種村姑式的單純和對繁華熱烈的嚮往，類似嘉麗妹妹的那種。范妮的神情一直很像女明星瑪琳·戴德麗，走到哪裡，都有人忍不住多看她一眼。甄展想，范妮的消失，也像戴德麗演的《珍妮的肖像》裡的珍妮。她比盧夫人眞是漂亮多了，好比鑽石與赤足的金子。

他看到他的臥室現在變成了一間包房，它的名字叫「洋涇浜」。他忍不住想笑，眞是幽默啊。

這餐飯吃得很平靜，年輕人胃口很好，整整一砂鍋水筍紅燒肉都吃光了，整整一只什錦暖鍋也吃光了，每個人的骨盆裡都堆著小山一樣高的花蛤殼，它們張開著，眞有幾分像元寶。

該到吹蠟燭吃蛋糕了，店堂裡的音樂突然換成了《祝你生日快樂》，滿桌的年輕人都和著音樂對甄展和老太太唱歌。侍應生來點燃了蠟燭，滿滿一蛋糕的燭光跳躍閃爍，眞是壯觀。甄展和老太太欠起身來，他們成了店堂裡的中心人物，女老闆特意帶著侍應生來祝賀，她送給甄展和老太太一人一張八折的貴賓卡，希望他們今後常來吃飯。

「別忘了許個願呀。」年輕人們七嘴八舌地說。

甄展代表老太太致謝，他說：「我們老了，沒什麼一定要實現的心願。只是希望你們好，希望你們能順利地與世界溝通，從此與世界融爲一體。」

「沒了？」大家問。

「夠大的了。」甄展說。

老太太深深地點頭，也說：「是夠大的了。」

女孩子說：「你們的生日，要爲自己許願的。」

「這就是自己的心願。」甄展和老太太同時說。

當他們合力吹滅七十三根蠟燭時，他們聽到了掌聲。

他們吃完飯，離開王家花園時，那些美國學生也結束了，他們一起離開餐館。等與辦公室的同事們一一告別以後，甄展獨自向家的方向走去。當年，王家的大隊人馬要離開上海時，他最後一次回家吃飯以後，也是這樣步行回自己的家。這條馬路兩邊的格局幾乎沒什麼變化，只是房子都老了，破了，髒了，但在夜色的掩護下，看不那麼清楚。街道兩邊的樹也長高了。

這時，在街心花園邊上，他看到那個美國老太太搖著頭往前走，一邊厲聲說著No。而一個挎著芒果籃子的安徽人卻緊緊跟著她，不停地叫著「老闆」。老太太邊上跟著一個中國青年，他回頭來大聲喝斥那個賣芒果的安徽人，不讓他跟著他們。

甄展走了過去。安徽人將手裡拿著的那個摔爛了的芒果給甄展看：「老闆啊，這外國人挑芒果的時候，把我的芒果摔爛了，我拿來的時候，進價那麼高，我賠不起呀。」

「你想讓人家外國人買你的爛芒果，良心有哇？」那個青年大聲責罵著，「它自己掉下去摔爛的，怪得到別人嘛。」

「你們要是不這麼翻籃子，它也不會掉下去的啊。」安徽人說，「外國人已經買了幾個了，就算便宜點，把這個也買去，不行麼？」

「去去去！」那青年甩著手趕那個緊跟著他們的安徽人，「把你一籃子一起買去好哇？你怎麼這麼黑心。」

甄展說：「這個芒果剛剛摔爛的，還可以吃。你們買了去，他做小生意就不損失了。」

「你是誰？」那個青年責怪地看了一眼甄展，「如今賣芒果還有搭子啊？這世界眞出怪了！」

老太太轉過頭來，拉住那青年的袖子，輕聲要他離開這裡。

甄展走過去，擋住老太太的路，說：「女士，你並不在乎多買一個芒果，而且這個剛剛熟透的芒果也完全是可以吃的。他是個窮人，你爲什麼就不能幫助他？」

老太太看了一眼甄展，他有地道的紐約口音。

「我不是不願意幫助他，我是不喜歡他這種方式。」她說，「我不喜歡被威脅。」

「那麼，你喜歡他的方式？」甄展指著那個青年，「你不覺得那也是令人不快的方式？」

「你想怎樣？」老太太問。

「我想，你最好把這個芒果也買下來。」甄展說著從安徽人手裡將芒果拿過來，遞到老太太手裡，「就是這個，女士，你看著它被摔破的。」

老太太很不情願地打開自己手裡裝著芒果的塑膠袋，將那個芒果裝了進去，將錢遞給安徽人。

等老太太和那個青年離開了，看熱鬧的人也四散，甄展才發覺自己渾身發抖，這是他記事以來，第一次在上海街頭與人爭執。他獨自往家的方向走去。

INK PUBLISHING

印刻

深耕文學與生活

劃撥帳號： 19000691　成陽出版股份有限公司　掛號另加 20 元
本書目所列定價如與版權頁有異，以各書版權頁定價為準

文學叢書

1.	吹薩克斯風的革命者	楊　照著	260 元
2.	魔術時刻	蘇偉貞著	220 元
3.	尋找上海	王安憶著	220 元
4.	蟬	林懷民著	220 元
5.	鳥人一族	張國立著	200 元
6.	蘑菇七種	張　煒著	240 元
7.	鞍與筆的影子	張承志著	280 元
8.	悠悠家園	韓・黃晳暎著／陳寧寧譯	450 元
9.	想我眷村的兄弟們	朱天心著	220 元
10.	古都	朱天心著	240 元
11.	藤纏樹	藍博洲著	460 元
12.	龔鵬程四十自述	龔鵬程著	300 元
13.	魚和牠的自行車	陳丹燕著	220 元
14.	椿哥	平　路著	150 元
15.	何日君再來	平　路著	240 元
16.	唐諾推理小說導讀選 I	唐　諾著	240 元
17.	唐諾推理小說導讀選 II	唐　諾著	260 元
18.	我的Ｎ種生活	葛紅兵著	240 元
19.	普世戀歌	宋澤萊著	260 元
20.	紐約眼	劉大任著	260 元
21.	小說家的 13 堂課	王安憶著	280 元
22.	憂鬱的田園	曹文軒著	200 元
23.	王考	童偉格著	200 元
24.	藍眼睛	林文義著	280 元
25.	遠河遠山	張　煒著	200 元
26.	迷蝶	廖咸浩著	260 元
27.	美麗新世紀	廖咸浩著	220 元
28.	台灣原住民族漢語文學選集—詩歌卷	孫大川主編	220 元

29.	台灣原住民族漢語文學選集—散文卷(上)	孫大川主編	200元
30.	台灣原住民族漢語文學選集—散文卷(下)	孫大川主編	200元
31.	台灣原住民族漢語文學選集—小說卷(上)	孫大川主編	300元
32.	台灣原住民族漢語文學選集—小說卷(下)	孫大川主編	300元
33.	台灣原住民族漢語文學選集—評論卷(上)	孫大川主編	300元
34.	台灣原住民族漢語文學選集—評論卷(下)	孫大川主編	300元
35.	長袍春秋—李敖的文字世界	曾遊娜、吳創合著	280元
36.	天機	履　彊著	220元
37.	究極無賴	成英姝著	200元
38.	遠方	駱以軍著	290元
39.	學飛的盟盟	朱天心著	240元
40.	加羅林魚木花開	沈花末著	200元
41.	最後文告	郭　箏著	180元
42.	好個翹課天	郭　箏著	200元
43.	空望	劉大任著	260元
44.	醜行或浪漫	張　煒著	300元
45.	出走	施逢雨著	400元
46.	夜夜夜麻一二	紀蔚然著	180元
47.	桃之夭夭	王安憶著	200元
48.	蒙面叢林	吳音寧、馬訶士著	280元
49.	甕中人	伊格言著	230元
50.	橋上的孩子	陳　雪著	200元
51.	獵人們	朱天心著	即將出版
52.	異議分子	龔鵬程著	380元
53.	布衣生活	劉靜娟著	230元
54.	玫瑰阿修羅	林俊穎著	200元
55.	一人漂流	阮慶岳著	220元
56.	彼岸	王孝廉著	230元
57.	一個青年小說家的誕生	藍博洲著	200元
58.	浮生閒情	韓良露著	即將出版
59.	可臨視堡的風鈴	夏　菁著	即將出版
60.	比我老的老頭	黃永玉著	280元
61.	海風野火花	楊佳嫻著	230元
62.	家住聖・安哈塔村	丘彥明著	240元
63.	海神家族	陳玉慧著	即將出版
64.	慢船去中國——范妮	陳丹燕著	300元
65.	慢船去中國——簡妮	陳丹燕著	240元

INK PUBLISHING
文學叢書 065

慢船去中國——簡妮

作　　者　陳丹燕
總 編 輯　初安民
責任編輯　高慧瑩
美術編輯　許秋山
校　　對　吳美滿　高慧瑩

發 行 人　張書銘
出　　版　INK 印刻出版有限公司
台北縣中和市中正路 800 號 13 樓之 3
電話： 02-22281626
傳真： 02-22281598
e-mail:ink.book@msa.hinet.net
法律顧問　漢全國際法律事務所
林春金律師

總 經 銷　成陽出版股份有限公司
訂購電話： 03-3589000
訂購傳真： 03-3581688
http://www.sudu.cc
郵政劃撥　19000691 成陽出版股份有限公司
印　　刷　海王印刷事業股份有限公司

出版日期　2004 年 8 月 初版
ISBN 986-7420-09-8
定價　240 元

國家圖書館出版品預行編目資料

慢船去中國：簡妮／陳丹燕 著.
--初版，--臺北縣中和市：INK 印刻，
2004〔民 93〕面；　公分（文學叢書；65）

ISBN 986-7420-09-8（平裝）

857.7　　93011937

INK INK INK INK INK INK INK
INK INK INK INK INK INK
INK INK INK INK INK INK INK
INK INK INK INK INK INK
INK INK INK INK INK INK INK
INK INK INK INK INK INK
INK INK INK INK INK INK INK
INK INK INK INK INK INK
INK INK INK INK INK INK INK
INK INK INK INK INK INK
INK INK INK INK INK INK INK
INK INK INK INK INK INK
INK INK INK INK INK INK INK
INK INK INK INK INK INK
INK INK INK INK INK INK INK
INK INK INK INK INK INK
INK INK INK INK INK INK INK
INK INK INK INK INK INK
INK INK INK INK INK INK INK
INK INK INK INK INK INK
INK INK INK INK INK INK INK
INK INK INK INK INK INK
INK INK INK INK INK INK INK
INK INK INK INK INK INK
INK INK INK INK INK INK INK
INK INK INK INK INK INK
INK INK INK INK INK INK INK